술

술은 이유 불문코 위대한 주(酒)님이시다.
술 안 마시는 자 죄 많은 자들이다.
술은 피 한 방울이다.

술의 사연, 술의 인연, 술의 절대성은
가장 빛나는 정오와 일치하고 가장 어두운 자정과 일치한다.

금강경

이 세상 보이는 것 일체는 보이지 않는 것의 그림자다.
그 보이지 않는 실체가 바로 금강경이다.
그리고 그 속에 당신 모습, 내 모습이 담겼다.
그러나 금강경에선 이렇게 말한다.

"죽음보다 무서운 건 삶이건만 사람들은 그걸 모르더라.
한 발 더 나아가 죽음이 실은 무서운 게 아니라
죽음을 무서워하는그 마음이 무서운 건데
사람들은 이걸 역시 모르더라."

자살

아무리 죽음이 목전일지언정
졸리면 자는 게 인생이다.

깨어 있어야만 인생이라면 잠들어 있음도 인생이요,
살았음이 인생이라면 죽어 있음도 충분한 인생이니까.

살아선 살고 죽어선 죽는다.
그게 완벽한 인생이다.

마음비움

내가 마음 비워 아직 금강경과 놀아나는 기적,
마음 비워 아직 주(酒)님을 섬기는 기적,
마음 비워 자살을 참고 버티는 기적,
이만치 신성한 기적 말고 무슨 호로쌍놈의 기적이 더 있겠는가.
여래께서 사자후 터뜨리신다.

"술보다 못한 인간이라면 술을 마시지 말고
죽음보다 못한 인간이라면 함부로 자살하지 말라."고.

목마르면 물마시고
배고프면 술 드세요

목마르면 물 마시고
배고프면 술 드세요

초판 1쇄 인쇄 · 2019년 7월 1일
초판 1쇄 발행 · 2019년 7월 5일

지은이 · 현몽
펴낸이 · 이춘원
펴낸곳 · 책이있는마을
기 획 · 강영길
편 집 · 이경미
디자인 · 디자인오투
마케팅 · 강영길

주 소 · 경기도 고양시 일산동구 무궁화로120번길 40-14(정발산동)
전 화 · (031) 911-8017
팩 스 · (031) 911-8018
이메일 · bookvillagekr@hanmail.net
등록일 · 1997년 12월 26일
등록번호 · 제10-1532호

ISBN 978-89-5639-312-4 (03810)

이 도서의 국립중앙도서관 출판예정도서목록(CIP)은 서지정보유통지원시스템 홈페이지(http://
seoji.nl.go.kr)와 국가자료공동목록시스템(http://www.nl.go.kr/kolisnet)에서 이용하실 수 있습
니다.(CIP제어번호: CIP2019021973)

기막히게 재미나는 색다른 명상 에세이

목마르면 물마시고
배고프면 밥 드세요

현 몽

쓰고
그림

책이있는마을

| 시작한다 |

지난날 되돌아보면 하늘 우러러 내 인생 거짓 한 점 참 많았다. 너무 비겁했고 너무 더러웠고 너무 뻔뻔했다. 이제 속죄의 심정으로 금강경 명상을 새로이 쓴다.

필자는 10년 전『한 나무 아래 사흘을 머물지 않는다』라는 타이틀의 금강경 해설서를 펴내 분에 넘치는 독자들 사랑을 받은 바 있는데 그것 역시 부끄럽다.

이번엔 전혀 새롭고, 어쩜 자살보다 새로운 금강경 명상을 펼친다. 인생을 갈가리 깨부수어 잔인하리만치 한번 색다르게 파헤쳤다. 자살할 줄 모르기에 그는 하느님으로 자격미달이라고, 필자는 기존의 신을 무시했던 터다.

그럼 명상이나 참선은 고달픈 우리 현대인에게 얼마만큼의 위안을 줄까.

물론 무조건 찬양하지 않았다.

이 책의 생생함을 위해 원고 끝내기 무섭게 필자는 세계 5대 명상센터 중 하나인 태국 치앙마이의 Wat Umong international meditation center에서 몸소 3개월간 머물기도 했다. (덧붙이는 글_ 둘 참조)

UFO KING
HYUNMONG

　참 재미없는 인생이다.

　우리가 원하는 건 민감하게 깨어 있는 삶이고 즐거운 일상이고 행복한 세계다. 미친년놈이 되어서라도 그렇게 살고 싶어 우리는 환장한다. 그래, 피는 물보다 진하고 술은 피보다 진하나, 명상은 술보다 진하나니!

　우습지만 마무리는 예수님 말씀으로 때우겠다.

　"자, 귀 있는 것들은 들어라.

　눈 있는 것들은 보아라!"

차 례

먹는다

사람은 종종 먹기 위해 살고 살기 위해 먹는다. 세계만방의 원수들이 정상회담을 열 때도 푸짐한 만찬이 메인이벤트로 따른다.

당시 여래(Buddha)의 식솔은 1250명. 이들이 진홍색 가사 자락 휘날리며 음식을 구걸하는 건 일변 떼거지 행렬이고 무리의 우두머리는 여래였으니 그가 일약 거지 왕초였던 모양새다.

비굴한 자세는 금기다.

고개 숙여 한푼 줍쇼가 아니다. 어디까지나 당신들께 복 지을 기회 드리고자 내가 왕림했소이다였다.

그리고 그건 기가 막히게 대박을 쳤다.

"베풀 수 있는 기회를 주신 은혜 백골난망입니다."

주는 쪽에서 오히려 머리 조아려 쩔쩔매며 감사를 표한다. 여래로 인해 존경받던 당시 거지 풍습이 오늘날까지 거룩하게 자리잡아 인도에선 거지라는 신분이 공공연히 떳떳한 직업으로 이어지는지도 모른다. 오죽하면 중학교 교사직을 사퇴하고 거지로 나서버린 별종을 직접 필자가 목격했을까.

"대접할 차례를 주시와 가문의 영광입니다."

"복받으소서."

수행자 1인이 사용할 구걸 특권은 한 번에 딱 일곱 가구였으니 선택받은 시혜자 입장에선 감지덕지할밖에.

그러나 여기에도 엄연히 규율은 따른다. 걸식 수행자는 하루 한 끼(오전 열한시)만 먹되 좋은 음식이 나옴직한 부잣집을 일부러 기웃거려선 아니 된다는 것.

고등어 지짐이나 송이버섯 구이도 얻었을까. 아유, 군침 도는 계란말이나 장조림도 얻었을까. 필자가 부처님 첨 만난 건 일곱 살 꺾어들었을 때다. 초등학교 갓 입학해 봄소풍 간 곳이 공교롭게도 필자의 고향인 서악사(경북 안동)였다. 지금은 시내로 편입되었으나 당시엔 고색창연한 외곽지대로 산적적 인적적 했던 곳이다.

"귀여운 꼬마 불자님들, 일찍 자고 일찍 일어나는 새 나라의 어린이는 부모님 말씀 선생님 말씀 잘 듣죠?"

"네." "네." "네."

"더불어 부처님 절에선 한 가지가 더 있어요. 엄마아빠보다 선생님보다 더 높으신 분이 부처님이거든요. 그분이 누구신고 하면 어화둥둥 잘 믿을진대 자다가도 벌떡 일어나 떡이 생기고 학교 공부는 따놓은 1등에다 죽어선 사시사철 꽃피고 새들 지저귀는 나무서방정토 룸비니 동산에 태어나 더는 죽지 않는답니다."

"?" "?" "?"

그렇담 우리가 소풍 온 이곳이 바로 그곳인가?

사방이 울긋불긋 봄꽃으로 흐드러진데다 이름 모를 산새들도 지지배배 시끄럽게 우짖는다.

나무서방정토는 또 뭐야?

가만히 눈여기자니 어깨동무한 우리 반 친구들은 좀이 쑤셔 하품질이고 수업시간에도 노상 졸기 선수인 똘똘이는 어느새 게슴츠레 실눈을 감았다.

나도 지겹다.

월요일 아침 조회시간마다 전교생 집합시켜 나라사랑 무궁화사랑 어쩌구저쩌구 떠벌리는 교장선생님의 연설과 너무 닮았다.

"아항, 졸려."

뭐가 뭔지 알쏭달쏭한 주지스님 이바구는 따분했고 흥미로운 건 대웅전 중앙 탁자에 수북이 쌓인 먹거리였다. 못 먹고 죽은 귀신이 모이는 곳인가. 사과 배 곶감 시루떡 두부전 고사리무침 이런 것 저런 것 들들 볶아 진수성찬이다. 부처님 대단한 분인가 보다.

이번 기회 이용해 친해두면 여러모로 밑지지 않겠다.

"일단은 잘 보이고 보자."

필자는 일렬횡대 나란히의 참배 도중, 아깝지만 점심식사용으로 준비한 김밥 한 줄과 간식용 눈깔사탕 한 개를 슬그머니 뇌물로 상납함과 동시 재빠르게 탁자 위의 큼지막한 사과와 배 한 알씩을 도둑질해 배낭에 감추었다. 잘 보이는 건 좋으나 까딱하단 나만 손해 막심이란 약아빠진 계산도 깔렸던 거다.

그래, 그 사람들한테 줄 거야.

강기슭 굴다리 밑에 사는 품바들을 빗댐이다.

"어 씨구씨구 들어간다.

작년에 왔던 각설이

죽지도 않고 또 왔네."

땡초스님
현몽

깡통 두들기며 남루한 옷차림에 구슬픈 가락으로 펄쩍펄쩍 뜀박질 춤을 추는 저들 볼 적마다 괜스레 코끝이 찡했었다. 저들은 왜 빌어먹으며 불쌍하게 살까.

"부처님, 제가 드린 만치 저도 받고, 제가 훔친 건 존 데 쓸 테니까 용서해 주세요."

두 손 포개 합장하며 이윽고 부처님과 시선이 찌리릭 얽히는 순간 난 깜짝 놀라 나자빠진다.

"이 양반 너무 발랑 까졌네."

예상 밖이다. 우수한 인상이 아니다. 얼굴 전체는 떡두꺼비 뺨치게 복스러운데 이목구비 하나하나는 들쭉날쭉 엉망진창이다. 입술이 일단 생쥐 다섯 마리 잡아 족친 듯 새빨간 피 칠갑에 귀는 파초 이파리 저리 가라며 축 늘어진데다 턱수염은 방정맞게 몇 올만 싸르르 감아올렸다. 한 술 더 떠 눈썹은 청개구리 빼박아 초록색.

아무래도 수상쩍다.

이건 사람이 아니다.

더 세세히 살필수록 한층 더 가증스러웠다.

머리통 정수리가 벼락을 맞은 듯 불룩 솟구쳐 영락없는 낮도깨비다.

낮에 나온 반달은 어여쁘지만

낮에 나온 도깨비는 밉살스럽다.

어른들은 왜 이런 꼴사나운 얼간이한테 손이야 발이야 싹싹 비비며 꼼짝달싹 못하는가.

꿈에 볼까 징그럽다.

"부처님, 오늘 우리가 만난 건 재수 옴 붙어서였습니다. 아무쪼록 앞으론 다시 보지 말자구요."

아양구양 손사래 치며 물러서다 말고 은연중 나는 또 한 번 기절초풍한다. 부처님 뒤편의 총천연색 탱화 처자들이 금강산 전설의 두레박 선녀는 저리 가라며 너무 고왔기 때문이다.

예쁘다.

저렇게 예뻐도 목숨엔 지장 없는 것인가.

"으헤헤, 정신 차려야지."

낮도깨비가 시방 날 잡아 족치려 요술 부리는 거야.

소풍에서 돌아온 그날 밤 난 으슥한 골방에 처박혀 두 가지 고민에 머릴 싸맸다. 불문곡직 첫 번째 고민은 탱화 속 처자들이었다.

고것들 단체로 부처님 마누라들일까?

사실이람 말도 안 된다.

울 엄마는 한 분인데 부처님은 울 엄마 수십 명을 거느렸다니 나쁜 아저씨다. 내가 하루라도 빨리 무럭무럭 자라서 한 명이라도 빼내야겠다.

두 번째 고민은 주지스님 설법.

부처님과 짝짜꿍 단짝이 되면 주야장천 꽃 피고 새 우는 명당에서 죽지 않고 퍼드러지게 산다니 그곳이 아무리 얼씨구절씨구 신나도 인간이 안 죽고 또, 또, 또 살고 또 산다면 얼마나 지겨울까.

"차렷! 열중쉬엇!

사랑합니다."

이렇게 호령하고 속삭이는 여자 담임선생님도 매일 대하다 보면 궂은 날엔 짜증 팍팍 나는 터에 새빨간 입술의 변태 아저씨랑 어울랑 붙어 천년만년 살고 지고는 역겹다.

무찌르자, 낮도깨비!

얼른 새 나라의 어린이는 늦게 자고 늦게 일어납니다. 송아지 송아지 얼룩 송아지는 송아지 송아지 빨간 송아지로, 내가 학교에서 배우는 동요부터 노랫말을 뜯어 고쳐야겠다.

정말 웃겼어.

인간이 안 죽고 자꾸자꾸 산다면 인구는 넘치고 넘쳐 지구도 룸비니 동산도 언젠간 무너지겠지. 안 되고말고지. 그다음 일들도 안 되고말고지.

"오늘은 치료 안 합니다."

지구를 지킨답시고 또는 룸비니 동산 지킨답시고 의사 선생님들은 병을 고치긴커녕 어떻게 하면 빨리 악화시켜 환자가 숭구리당당 숨지게 만들까 하는 그런 기막힌 연구에 몰두하겠지.

그러면서 낮도깨비 부처님 한편으론 가련하다였다.

허구한 날 엄마 할매 아지매들이 꾸역꾸역 갖다 바치는 산해진미 꿀돼지 마냥 포식하다간 행여 배가 터지지나 않을까.

나는 어른이 되어서라도 부처님께 공양미 300석 절대 바치지 않을뿐더러, 하지만 그가 난생 첨 만난 도깨비였으니 그를 위해 로봇 부처님 제작해 새로운 금잔디 동산 열두 대문을 열 거야.

어디 누가 이기나 두고 보자구요. 부처님이 빡세다면 저도 억세다구요.

후로는 계속 낮도깨비 연구에 열공했다.

엄마와 선생님께 묻고 동네 할아버지 할머니들께도 물었다. 묻고 물어 얻어낸 저들의 종합적 대답은 도깨비와 친하면 큰 횡재를 한다였다. 도깨비감투를 쓰면 투명인간이 된다든지 도깨비방망일 얻으면 돈 나와라 뚝딱 미쓰 코리아 홀랑 벗고 나와라 뚝딱 무엇이든 만사 오케이랬다.

좋아. 그렇담 숫제 도깨비 부처님 만들고 말 거야. 나를 위해 무엇이든 해내는 로봇 부처님.

그로부터 무려 60년이 지나서다.

간절하면 통한다던가. 부랴불 때가 무르익었다.

마침내 AI 출신인 알파고 바둑돌이 현존하는 지구 최고의 기사들을 줄줄이 물리쳤다.

필자가 성장했던 어릴 적은 1차 산업 시대였다. 그러던 게 떼굴랑 굴러 지금은 눈부신 4차 산업 시대로 접어든 21세기에 인공지능 로봇 부처가 탄생 직전이다.

왈 AI 부처님이다.

정식으로 고고의 울음 터뜨린다면 욕심꾸러기 까까중들 일망타진 몰아내고 혼자서 북 치고 장구 치며 사찰업무 총괄할 것이다. 아주 영리하고 민첩해 까다롭던 신도들도 졸졸 따르며 홀딱 반한다.

"선착순으로 만납니다."

구름 관중으로 만원사례인 입시철이나 사월 초파일 불공이라면 헌금액수 가늠해 척척 교통정리까지 하며 신도님들 기분 맞춘다. 투자하는 만치 베풀되 수익금은 전액 불우이웃 성금으로 재투자한다.

불공비 5000원 내면

"짜다, 가당찮구나."

이마나 쓰다듬어 주시고 5만 원이면 포옹, 10만 원은 뽀뽀, 100만 원 이상 고액 시주자는 허리 보듬고 오솔길 데이트하시되 1000원짜리는

"내가 노숙자더냐?"

성질 발칵 내며 귀싸대길 갈긴다. 연속 동작은 엿장수 맘대로다.

"앙고 시방삼세 금일 불공제자

재수 빵빵 로또 1등 당첨."

이상은 불원간 대한민국 절집에 펼쳐질 디지털 스타일의 신 풍속도다. 오대양 육대주에서 자본주의가 가장 잘 발달한 특수 지역이 한국 불교이다

보니 어쩔 수 없다.

걸식하다. 밥을 빌어먹다.

밥을 먹는 평범한 일상이 실은 금강경 큰 법문의 시작이다. 무슨 어마어마한 큰 비밀이 부처님껜 숨어 있으리라 일반인은 기대하지만, 이렇게 먹고 싸는 평범한 일상 속에 부처님 큰 진리는 숨어 있음을 암암리에 알리는 게 금강경 제1장이다. 부처님의 깨달음은 멀리 있는 게 아니라 우리가 먹고 싸는 일상 어디에나 있음을 알리는 메시지가 사실은 금강경의 전체적 맥락이다.

금강경은 현재 인도의 스라바스티라는 곳에 위치했던 기원정사(㊧)에서 막을 연다.

"이 밥이 올 때까지의 공덕을 생각할진대

덕행이 부족한 나로서 먹기가 송구하오나."

부처님 당신은 하루 한 끼뿐이던 식사를 시작하기 전 이런 게송을 외웠으나 필자는 이를 싹 무시해 나의 식사를 즐겼었다.

"이 밥이 올 때까지의 공덕을 생각할진대

덕행이 충만한 나로서 먹기가 마땅하다."였다.

불교의 3대 경전 중 하나인 능엄경의 첫 머리는 여래의 사촌동생이자 십대제자 중 하나인 아난다(Ananta)가 불구덩이 위험에 처하자 여래가 가공할 신통력 발휘해 그를 구하는 무용담으로 시작한다.

그러나 금강경에선 신통력 무시해 가장 평범한 일상의 하나인 목구멍 포도청으로 시작한다. 금강경 진리란 그토록 절박하면서도 간단명료한 것임을 우회적으로 일깨워주고자 함이다. 하다 보니 금강경 큰 뜻은 '밥 먹는 것으로부터의 밥'이자 '이것으로부터의 이것'이 된다.

저승에선 어떨까.

그곳 아수라국과 이웃 동맹들은 부처님 성호조차 먹는 음식으로 착각한다. 애오라지 먹고 보자는 식인종들이다. 그들은 상상만으로 헛배를 채운다. 하지만 사람고기 구한다는 게 어디 그리 쉬운 일인가.

상상, 상상만으로 먹는다. 그들은 상상한다.

목욕탕 사람들은 국밥, 백화점 모인 사람들은 자판기 음식, 대학병원 진을 친 사람들은 불량식품…….

"부처님께 비옵나니 배고파 미치겠습니다. 부디 어여삐 여기사 도와주소서."

이승이라 별다를까.

짜장면 곱창전골 순댓국 비빔밥 모둠회 따위 먹음직스런 음식 이름 짜르르 외운다고 배부를 리 만무이듯 금강경 말씀도 가슴으로 익히고 몸으로 실천해야 빛을 발하는 거지, 머릿속으로 아무리 암기한들 그게 무슨 신통력 발휘하겠는가.

밥으로부터의 밥이나 이것으로부터의 이것은 다시 말해 무상으로부터의 자비이자 허무로부터의 용서를 구해 깨달음을 이루자는 부처님의 당부이렷다.

봄 소풍 다녀온 2년 후의 아홉 살 크리스마스도 절절히 잊지 못한다. 이번엔 혼자 소풍으로 목적지가 동네 교회였다. 육이오전쟁 직후라 지지리 배고픈 아이들에게 양코배기 선교사께선 껌 한 개 초콜릿 한 개씩 나누어주며 예수 믿으라 꼬셨는데 내용은 교회나 절이나 대동소이했다.

"어린이 교우님들, 예수 믿고 하느님께 충성하면 살아생전엔 닥치는 대

로 소원성취하고 죽어선 에덴동산에서 영원히 춤추며 산답니다."

영원히 산다니 역시 되게 웃겼다.

예수님 부처님이 죽마고우이든지 중고등학교 동기동창생이었든가.

똑같은 말씀 아닌가.

"목사님, 하느님께서 정말 세상을 만드셨나요?"

"그렇고말고요."

"그 전엔?"

"아무것도 없었지요."

"그렇담 말이에요, 아무것도 없는 데서 하느님은 어디에 앉든지 어디에 서서 세상을 만들었을까요?"

"에, 그분은 전지전능하신지라……."

"그곳이 어디냐고요?"

"주님, 이런 어린이를 만나게 해주셔서 감사하옵니다."

이 사람 웃긴다.

홀딱 벗고 마누라랑 자면서도 "이런 여자랑 자게 해주셔서 감사합니다. 그러면 붙겠습니다."라고 감지덕지할 것인가.

하느님은 AI 로봇이랑 달리 생산될 수 있는 브랜드 제품이 아닐진대 그는 언제 어데서 출고되었으며 성능도 아직 미지수인 그에게 인간들은 왜 오래오래 살게 해달라고 비굴하리만치 굽신거리는지 모르겠다.

세상은 곧 말세라는 협박보다 한층 가공할 게 안 죽고 영원히 산다는 말씀이렷다. 난 이제 일곱 살 철딱서니가 아니다.

바야흐로 아홉 살이다. 구구단도 외우고 곱셈 나눗셈도 척척 해낸다. 어리다고 마냥 깔보지 말라. 아홉 살이면 적어도 아동기에선 최고위층이다.

어디 그뿐이랴.

학교에서 가르치는 대일본 저항 노래인 '압박과 설움에서 해방된 민족'이란 가사도 어느 결엔지 우리 반 아이들 상당수는 '앞방과 뒷방에서 x하는' 소리로 부르던 터다.

노래만 변한 게 아니다.

남녀칠세부동석이라는 공자왈 맹자왈도 필자는 진작 '남녀칠세지남철'로 바꾸어버린 터다. 새 시대 새 나라의 어린이는 엉뚱한 곳에서 되지게 한번 꼬꾸라졌다가 또다시 전혀 엉뚱한 정점에서 한번 더 뒤집어져야 한다고 필자는 그때 이미 어렴풋이 믿고 있었더랬다.

난 이제 아무도 안 믿는다.

일곱 살 적 부처가 낮도깨비라면 아홉 살 적 예수는 밤도깨비였다. 헌데 또 가슴을 저미는 건 성화라 일컫는 기독교식 걸개그림이다. 예수님 주변에서 나팔 불며 날뛰는 날개 달린 처자들이 하나같이 야들야들 예쁘다 못해 예수님보단 그녀들 믿고 싶은 지경이니 어쩌랴. 맞다. 예방주사도 예쁜 간호사가 놓으면 하나도 안 아픈데 소도둑놈 같은 남자 의사가 찌르면 되지게 아프다.

암튼 부처님이나 예수님, 여복이 차고 넘친다.

어서 빨리 쑥쑥 자라서 예수님 애인도 한 명 가로채기해야겠다.

그러나 훗날 알고 보니 그녀들과 결혼 안 한 게 백번 잘했다고 땅을 쳤다. 남녀는 언젠가 결국 변해서 원수가 된다는 걸 그땐 몰랐던 것이다. 보라! 낮도깨비 나라에서 무지무지 오래 살았다면 이몽룡과 춘향이는 러브스토리 못지않을 이혼 스토리 남겼을 테고, 밤도깨비 나라에선 로미오와 줄리엣이 천하무적의 악남악녀던을 내질렀을 테니까.

하긴 그깟 게 무슨 대수냐.

여래께선 마누라를 누가 채가건 말건 혹은 우리 살고 죽는 게 구석기 시대건 최첨단 시대건 그딴 것 신경 쓰지 않고 당장 이곳을 늘 화제로 삼았다. 우리가 살고 죽는 이곳이 긴급 뉴스였다.

"속보를 전하겠습니다.

집들이 불타고 있습니다.

사람들이 갇혔습니다."

무슨 얼토당토않은 재난경보인가.

통상 사바세상 상식에서 1+1=2라는 게 요지부동의 정답이건만 1+1=11이 될 수도 있다는 기상천외의 또 다른 정답을 여래께선 제시하셨겠다.

원본 금강경의 첫 구절을 옮겨본다.

중국판에선 如是我聞이고

영문판에선 Thus have I heard at one time이다.

꼬부랑 영어나 짱꼴라 중국어나 쏼라쏼라 발음은 달라도 내용은 일목요연해 우리 조선말로 풀자면 "나는 이렇게 들었으니."이다.

이건 모든 경전의 첫머리다.

그도 그럴 것이 여래께서 입멸 후 무려 400년이 지나서야 그동안 주옥같았던 귀동냥 말씀들 짜깁기해 금강경은 어렵사리 누더기로 편집되었으니 어쩌겠는가.

"저는 이렇게 들었습니다.

제 살고 있는 집에 불이 났답니다."

"그곳이 공(空)함을 깨닫는다면

살 길이 열리느니라."

"공(空)이 무엇인지요?"

"보리심."

보리심이란 위 없는 지혜를 일컬음인데 어떻게 갈고 닦아야 피안에 도달

할 수 있겠습니까 하는 수행의 자세와 마음가짐을 주고받은 대화다.

보리심(아뇩다라 삼막삼보리).

즉 최상의 지혜이자 금강경의 중심이면서 궁극적으로는 불교의 근본이 된다.

하면서도 불교는 이따금 심술을 부려 부처님이 전하고자 하는 핵심을 글이나 말이 아닌 이심전심(telepathy)으로 싹 갈아엎어버리기 예사다.

잘 나가다 삼천포로 퐁당이라 이거다.

하지만 일변 얼마나 멋진 거래인가.

"살려줍쇼!"

"입을 떼면 이미 죽은 소리!"

살려달라는 외마디 비명마저 틀어막아버린다. 이건 일종의 선문답 형식인바 이런 것들 저런 것들 외람되게 오가는 것 자체가 부처님적 민주주의식 가르침이더라 이거다. 여기서 불타는(burning) 집이란 물론 우리가 살고 있는 사바세계를 비유함이다.

안에서 구하라!

불교에서 줄기차게 내세우는 경고문이다.

그럼 정확한 경계선은 어딜까?

근대 정신사에 큰 획을 그은 힌두교 성자 마하리쉬는 심장을 기준으로 정의했다. 호흡이 들어오는 들숨이 안이요, 나가는 날숨이 밖이라는 논리다. 들이쉰다. 안이다. 내쉰다. 밖이다.

대만(Taiwan)의 저명한 불교학자 남희근 교수는 "보이는 건 무조건 밖이며 보이지 않는 건 안"이라 우긴다.

필자의 견해는 다르다.

내가 무아삼매(無我三昧)에 들었을 때가 안이요, 들지 않았을 때가 밖이라는 논지다.

그럼 무아삼매란 무엇인가?

존재하는 삼라만상은 물질이든 비물질이든 이들 일체는 인연 따라 잠시 머물다 스러지는 임시 반짝이 생명들로, 영구불변하는 나(me)라는 독립적 개체를 갖지 못한 무아(no self)들이다.

고로 없는 나를 기억하고자 용을 쓴다면 그곳이 밖이요, 없는 나를 잊어 고요하다면 그곳이 안이 된다. 안은 텅 빈 충만이 쌓이는 곳으로 무아삼매 외에도 선정삼매 내지 고요삼매로도 불린다. 그곳에 들고자 불교에서는 참선(zen)과 명상(vipassana)을 개발했다. 당나라 적 모월모일의 아침 나절 소년 스님들 간 설익은 선문답 놀이가 한창이다. 청사에 길이 빛날 깃발 입씨름이다.

소년 스님 A가 운을 뗀다.

"우와, 멋지네. 영공 드높이 펄럭이는 우리의 깃발(卍)을 보라구."

"경망스럽긴."

소년 스님 B가 딴지를 걸자

"경망스럽다니?"

소년 스님 A가 발끈한다.

"펄럭이는 건 깃발이 아니라 바람이지."

라고 소년 스님 B가 되받아치자 이번엔 물끄러미 지켜보던 소년 스님 C가 나선다.

"둘 다 틀렸다. 깃발도 아니고 바람도 아니다. 펄럭이는 건 우리들 마음이다."

이 기상천외한 발언의 주인공인 소년 스님 C가 항차 중국 불교사에 일대

센세이션을 일으킬 6조(초조는 달마) 혜능선사다.

이게 다가 아니다.

10년 후 대종사(grand master) 명예가 걸린 마지막 타이틀매치에서 이들은 다시 맞붙었다. 5조 홍인 대종사께서 자신의 후계자를 고르는 경연장에서다. 각자 자신의 살림살이(깨달음의 척도)를 펼쳐 인가(permission)를 받는 자리다. 먼저 10년 전 B 소년 스님이었던 신수선사께서 한칼 날린다.

몸은 깨달음의 나무요
마음은 맑은 거울이니
부지런히 털고 닦아
때 묻지 않도록 하세.

소년 스님 C였던 혜능선사가 즉각 신수선사의 예리한 선방을 차단한다.

깨달음에 나무 없고
거울 또한 참이 아니네.
본래 한 물건 없거니
어느 곳에 때가 묻을까.

드디어 제6대 조사로 등극하는 게송(깨달음의 노래)이었다. 그래, 본래 한 물건 없었다. 이런 판에 깨달음을 두고 무엇이 무엇인갈 따진다는 자체가 부질없음이다. 깨달음이란 어떻게든 색다르게 묘사하려 들수록 어느 사이 은산철벽에 덜컥 가로막히는지라 여래께선 금강경 통해 그 경지를 조심조심 살얼음 밟듯 풀어 나가신다.

대충 현동스님께
대충 달마선사

혜능은 가난한 막노동자 출신이다.

그가 입산 전 땔나무 한 지게 팔러 나갔다가 장마당 탁발승으로부터 무심코 엿들은 금강경 한 줄이 실은 발심동기였다.

어떤 내용일까.

일체유상 개시허망

딱 여덟 글자였다.

직역하건대 형상을 갖춘 두두물물은 본바탕이 허무하고 허망하여 아무 의미가 없다는 뜻이다. 제법 그럴싸하나 냉정한 시선에서 살피자면 이 정도야 요즘 한국의 초딩들 6학년 수준이다.

암튼 일체 존재물엔 자아라는 주인공이 없다.

고로 한 번 태어난 사람은 두 번 다시 태어나지 않고 한 번 죽은 사람은 두 번 다시 죽지 않는다. 인간이 아무리 발버둥쳐 보았자 눈으로 볼 수 있는 한계는 바깥이 고작이다.

어떻게 안으로 들어갈 것인가?

이를 위해 여래께선 명상을 이용해 제3의 눈을 만들고 혜안 법안 심안 불안으로까지 시야를 넓혔다.

세월의 수레바퀴는 돌아 홍안이었던 혜능이 백발이 성성하자 왕년의 체험담 질문을 이번엔 제자에게 던진다.

"너는 행여 바람을 보았더냐?"

"바람은 보지 못했으나 바람이 일어나는 진앙지는 보았습니다."

"그곳이 어디더냐?"

"제 마음이었습니다."

"착하고 착하도다."

이들은 부처와 마음을 둘로 쪼개서 보지 않았다.

인간은 살아서 삶이 특별하지 않고 죽어서 죽음이 특별하지 않다고 여래께선 누누이 타일렀었다.

하지만 추종자들은 특별한 삶을 원했고 그 이상의 그 이상을 원했다. 6조 혜능의 계보를 직통으로 이었다고 자부하는 한국의 고승들은, 그러나 너무 빳빳이 종교화 또는 불교화되어 연병장의 사관생도 같다. 자연스레 부처님의 참 풍경과는 거리가 멀어 전혀 신선하지 못하다.

그들은 어디론지 혼자만 간다.

어느 땐 대단히 위험한 족속이다.

그들은 아만에 가득 찬 수행을 빌미 삼아 우주적 자유를 원하나 그 자체가 이미 뒤틀린 부자유더라 이거다.

"여래여, 보소서!"

어느 날 신통술 고수가 들이닥쳤다.

"저는 10년간 오매불망 피땀 나는 요가수련 통해 저 갠지스강을 걸어서 건널 수 있게 되었소이다. 이야말로 수행의 백미가 아니온지요?"

"딱한 친구로다."

"네?"

"동전 한 닢만 내면 나룻배 타고 단 10분 만에 건널 강을 어기영차 10년씩이나 걸려 건너다니?"

뜻을 세웠다면 엉뚱한 샛길로 빠져 허우적거리지 말고 다만 잔잔한 평상심으로 수행하라이다. 지극한 평범 속에 지극한 비범은 도사렸다는 일침.

길 잃은 어린 양을 위해 불교가 있어야지 불교를 위해 중생을 희생양 삼는다는 건 어불성설이다. 그건 마치 감기약 복용을 위해 감기 걸리는 것만

치 이율배반적 모순이다. 옛날 공자의 제자들이 스승댁 들락거릴 적마다 대문간의 문지기 하인은

"그대는 너무 잘났구나!"

라고 고래고래 악을 썼더란다.

아무쪼록 겸손하고 하심하라는 경책이었다

사회 지도층으로 분류되는 고위급일수록 이들에게서 가장 잘 발달된 소질은 사실 자기합리화, 변명, 시기, 질투, 잘난 척, 아부, 갑질, 뭐 이런이런 잡동사니 아니던가.

혼자 잘나 유유자적하는 위정자들,

혼자 잘나 아만탱천하는 성직자들,

이들이야말로 21세기 한국의 마지막 적폐청산 대상자들일 것이다.

"Thus have I heard,

나는 이렇게 들었으니……."

금강경이다. 여기에 비해 기독교 성경(Bible)의 첫 구절은 까고 까고 또 까고로 운을 뗀다.

"아브라함과 다윗의 자손 예수 그리스도의 세계라. 아브라함이 이삭을 낳고 이삭은 야곱을 낳고 야곱은 유다와 그의 형제를 낳고 유다는 베레스와 세라를 낳고.

The book of the genealogy of Jesus Christ the son of David, the son of Abraham, Abraham begot Isac, Isac begot Jacob, and……."

사실 금강경의 듣고 먹고나 성경의 까고 까고 하는 이 평범한 동사 속엔 두려움과 경외심이란 공통점이 깔렸다. 죽음에 대한 두려움과 사후에 대한 경외심이다.

잘 듣고 잘 먹고 잘 까도 결국 인간은 죽는다. 그 이후를 도와주소서다. 하면서 그 이전도 부지런히 잘 먹고 잘 까게 싸잡아 도와주소서라는 두 마리 토끼 잡기의 이중 욕심도 깔렸다.

사
랑
한
다

일체의 상(相)이 상이 아님을 직시하라. 상이 상이 아님을 깨닫는다면 즉시 여래를 볼 것인즉.

若見諸相非想

郎見如來

Wherever there is possion of
marks there is fraud, wherever
there is no marks no fraud.

　　존재의 허구성을 다잡는 소회이자 그릇된 시선을 나무라는 다그침이다. 생명은 생겨나고 죽고를 반복하는 현재진행형(ing)이다.

　　없는 데서 있는 것이 불쑥 나타나고 나타나면 어느 결엔지 없는 데로 불쑥 사라진다. 지구상에서 하루 동안 명멸하는 생명의 종(species)이 대략 3000여 가지라고 과학자들은 증언한다. 이것이 있는 그대로의 혹은 없는 그대로의 인연진리다. 인연이 무엇일까.

그것은 그대로다.
It is as it is.

이것이 인연법이다.
수억 겁을 개미 쳇바퀴 돌듯 돌고 도는 성주괴공의 인연에서 나는 언제쯤 태어났던가?
정확히 언제쯤 죽었던가?
또는 까마득한 현재진행형 현재완료형 시제에서 나는 아마 미래에도 태어나지 않으며 과거에도 죽지 않았을지 모른다.
석가모니 생존 시 각별한 단짝 친구였던 유마힐(Vimalakirti)은 이 막연한 안갯속 상황을 아래와 같이 담담한 시편으로 노래 부르기도 했었다.

내 살고 죽는 게 참이 아니라면
다시 어디로 돌아갈 것 없고
기히 가버렸다면 다시 올 일 없으며
벌써 언젠가 오고 갔다면
두 번씩 되풀이할 인생도 아니어라

살고 죽는다.
살고 죽는 자 누구인가?
이 어이없는 질문을 던지며 여래께서 연꽃 한 송이 손에 들자 제자 마하가섭이 얼른 그 뜻을 간파해 빙그레 비웃었겠다. 속칭 '염화미소' 해프닝인데 빌어먹을 불교학자들은 이를 두고 부처님 3대 불가사의 중 하나라고 게 거품 문다.

참말 웃긴다.

초창기 금강경 집필자들은 부처님 우상화 작전에 죽기 아님 까무러치기로 매진했던 꼴통 보수파였나 보다.

히말라야 순수 혈통의 어버이시여
떠오르고 차오르는 태양이시여
꺼지지 않는 중생의 횃불이시여
새 시대 새 나라의 최고 존엄이시여
대를 이어 결사옹위하겠나이다.

여래가 영산회상 법회에서 무의식중 연꽃 한 송이 들어 보인 건 반갑습니다였고, 연속하는 강행군 설법에 지친 나머지 취한 제스처였건만 불가사의라니 가당찮다. 하긴 부처라고 비웃음 사지 말라는 법 없긴 하지만.

우리들 인생은 지극히 한시적이다.

언제나 지금이 본 무대고 지금이 전성기다.

"이번 드라마에서 처참히 전사하는 병사 역할 맡는다면 차기 작품에선 만인이 떠받드는 장군 배역 맡을 것이다."

의역하건대 금생에 개고생 참고 부처님 위해 비명횡사한다면 내생엔 만인이 우러르는 임금님으로 태어날 수도 있다인데, 우리네 인생이 그야말로 요지경 막장 드라마여서 죽은 자가 언제라도 성큼성큼 되살아날 수 있다는 것인가.

이 소식 접하자말자 아동기 최고위층 아홉 살이 일갈한다.

"뺑까지 말라!"

필자는 20대 중반 대한민국을 발칵 뒤집어버린 추접 사건의 주범으로 지목되어 몇 년간 망망대해 낙도를 떠돌며 살았었다.

"아가씨들, 절에는 가지 마소!"

"세기말의 강간범 현몽이 악몽이!"

당시의 신문기사 제목들이다.

실제 이 사건의 백 퍼센트 피해자는 나 현몽이 악몽이고 결정적 가해자는 악의적 기사를 대서특필 소설화한 『서울신문』과 『경향신문』이다.

저들은 왜, 무슨 억하심정으로 전혀 알토당토않은 그따위 기사를 휘갈겼을까?

단 한 번도 저들에게 사과를 받은 적 없다.

민의를 대변하고 사회정의를 앞서 실천한다는 저들 덕택에 피해자는 단 한마디 변명의 기회도 없이 폭삭 꼬꾸라져 조계종단으로부터 영구 제적당했다. 당시 사건에서 E대생 두 명이 강간당했는데 범인 중 한 명은 붙잡힌 반면 오리무중 한 명을 매스컴에선 내게 뒤집어씌운 것이다.

필자는 나머지 오리무중의 한 명이 누구인지 정확히 안다. 당연히 담당 수사기관과 매스컴에서도 안다. 하면서도 저들 모두는 함구했다. 그 한 명은 혐의 없음으로, 필자 역시 혐의 없음으로 사건은 종결됐다. 하면 말이다. 피해자는 두 명인데 반해 범인은 한 명이다.

"현몽스님아, 한번만 눈감아달라. 은혜는 꼭 갚겠다. 내가 거액으로 모든 것을 틀어막았다. 그대만 더 문제제기 않는다면 만사 오케이다."

그리고 그 한 명은 출세가도 달렸고, 필자는 땡초의 길을 달렸다.

아아, 낙도의 가파른 파도소리.

거의 미쳤었다.

쾌청한 날이 싫었다. 억지로 바람 불고 싶어 나는 늘상 바람이었고 억지로 비 내리고 싶어 나는 늘상 빗줄기였고 억지로 술이고 싶어 전천후로 술통이었다.

그중 잊지 못할 곳이 남해안의 비금도 서산사다.

"수보리야, 누군가 자신이 엔간한

경지에 들었다면 그가 여래를 보겠느냐?"

"여래를 볼 수 있는 경지라면

수다원급(級)이 아니겠습니까?"

이곳에서 필자가 스스로 개발한 특수 비술을 이용해 1300년 전의 신라국 원효대사를 한번 만난 바 있다. 시간여행(time sliding)이란 신통술 부려 가상 현실을 직접 체험한 것이다. 간략히 비술에 대해 간추려보겠다.

"천상을 왕래하려면?"

"그건 사다함급입니다."

이상의 두 가지 급수를 뛰어넘는 고차원 급수가 아라한급이고, 아라한급에 오르면 시간여행이나 가상현실을 수시로 체험할 단계에 이른다.

하면 필자는 아라한급이었을까.

결코 아니다.

참선(zen)과 명상(vipassana)에서 행하는 기초적인 호흡법에 비밀주술(tantra mantra)을 보탰고 여기에 또 하나 믿거나 말거나의 비전을 섞었는데 이는 대단히 삿되고 대단히 위험한 외도·짓거리라 하여 여래께서 적극 말리신데다 한국의 선원(zen center)에서도 엄격히 금기시되어왔던 터다.

그 엄격한 금기를 깨뜨리기 싫음에 여기선 일상수행의 기본기 호흡법만 설명하겠다.

호흡법의 4단계

긴 날숨과 들숨을 알아차리고
짧은 날숨과 들숨을 알아차리고
온몸이 진동하는 호흡일 땐 전신을 다잡고
조용한 호흡일 땐 수행을 바짝 조인다.
방해 요인으론 시시각각 들끓는 탐욕과 망상이 대표적인데 수행자는 억누름 호흡을 이용해 이들을 제압해야 한다.

이러한 준비과정을 거쳐 고요한 자세를 유지한다고 누구에게나 본(本) 삼매가 일어나는 건 아니다. 그뿐 아니라 진정한 본 삼매에선 비전이나 비술도 통하지 않는다.

필자가 즐긴 건 한 단계 아래인 근접 삼매에서였다. 늘 하던 대로 어느 날 밤 남해지킴이 익룡(wyvern)을 호출해서 타고 무색계의 시간을 거슬렀으며 색계의 물질세계를 단번에 뚫었겠다.

필자가 도착한 곳은 서라벌 번화가의 쪽샘 골목.

거기 목로주점에서 원효를 만났다.

"존경합니다. 소승은."

"촌스럽긴. 그대는 목하 한국 국가대표 땡초로 명성이 자자한 현몽이 악몽이 아닌가?"

"알아주셔서 광영입니다."

"한 잔씩 비웁세."

원효가 손수 술을 권한다.

"위하여!"

"위하여!"

연거푸 경주법주 다섯 잔씩 벌컥벌컥 들이켠다. 잠시 뜸을 들였다가

"현몽이 악몽이 이놈!"

순간의 방심을 노려 원효가 서슬 퍼런 한칼을 날린다.

"아이쿠."

납작 엎드린다. 이로써 수인사는 파했다.

"토함산엔 봄바람 향기롭고

두견새는 술잔 속에 파묻혔구나."

선원 문고리 좀 잡았다는 수좌(선객)끼리 마주치면 일어나는 기선제압 통과의례로 일종의 선문답 샅바 싸움이다. 한 발 밀리면 천 길 낭떠러지다. 나도 땡초 특유의 동물적 본능으로 그의 사타구니 샅바를 바짝 당겨 비튼다.

"감포 앞바다 노닐던 돌고래는

목이 말라 진작 익사했건만

어리석은 원효는 날마다

안압지 못물만 갈아 치우더라."

"칼끝이 제법 예리하군."

"과찬이십니다. 한 수 하교하소서."

나는 고개 떨구고 낮은 자세 취한다. 상대는 해동바다 주름잡는 절정 고수다. 조금 전 나의 응수는 허세이자 과대포장이었다. 내 무슨 복으로 이만한 선지식의 발가락 한 개인들 다시 어루만져보겠는가.

"스승님, 일러주소서."

"악몽이 그대의 수행 목적이 무엇인가?"

내가 진솔한 수행자라면 원효를 독대한 희열을 만끽하는 동안 잡다한 무얼 더 챙기랴. 그보단 이러한 두근거림 뒤에는 무슨 일이 일어날지 두렵기도 했다.

그렇다.

내가 수행자라면 이 오싹한 희열은 영원한 게 아니라 무상의 또 다른 단면임을 제대로 관찰해야 한다. 더 나아가서 희열이 즐거움이 아닌 또 다른 고통의 전조임을 알아야 한다. 단지 금강경 몇 번 읽고 비술 이용해 시간여행 자유자재한다고 보다 차원 높은 부처님의 뒤안을 감히 알겠느냐 말이다.

아차, 원효가 묻고 있지 않았던가.

정신 바짝 차리자. 수행의 목적을 물었었다.

"제 목적은 생사해탈입니다."

"생사가 무엇인가?"

"사는 것과 죽는 것."

"그게 어디에 있는가?"

"이 몸통 안팎입니다."

"이 몸이 비롯함은?"

"내가 실재한다는 그릇된 집착에서입니다."

"집착의 근본은?"

"생사를 가르고, 나와 부처를 가르고, 이승과 저승을 가르고, 무엇이든 둘로 가르는 분별심 아닐까요?"

"분별심의 근본은?"

"어리석음."

금강경에서 시도 때도 없이 전하는 부처님 말씀이다. 3독을 여의라, 욕심내고 화내고 어리석은 이 세 가지 독을 끊지 못하는 한 너는 육도윤회의

땅은 현묭스님

비워라
마음을 비워라!

고통 속에서 영구히 자유롭지 못하리라 하는……. 날숨과 들숨의 일념으로 삼매에 들 때 나는 그 일시적인 일어남과 스러짐을 분명 자각했던가?

원효가 이내 내 얄팍한 속마음을 읽었다.

"악몽이 그대는 분별심이 일어날 때 무엇에 의해 일어난다고 생각하는가? 어리석음과 갈애(渴愛)와 탐욕으로 얼룩진 갈등이 일어남에 의해서 분별심이 유발된다는 사실을 아는가? 어리석음의 실체는 잘못 파악하는 것으로 우리가 겪는 색계 무색계의 온갖 현상은 기실 어리석음이 원인이라. 여기에 예외는 없는 법, 이제 어찌 하면 좋겠는가?"

"나를 비워야겠죠."

"비움의 근본은?"

"……."

"한 발을 더 떼라. 비웠으면 그만이지 비워버린 공터(zero zone)에 무슨 구차스런 근본인들 빌붙겠는가? 그대는 참으로 비워버린 그곳까지 갔다면 근본 자체가 근본이자 비움이라."

"쉽게 풀면?"

"인생무상."

"토를 달면?"

"제행무상."

깨소금 신혼 재미에 푹 빠져 녹슬었나 싶었던 원효는 의외로 날카롭고 자신감 넘쳤다. 나는 불각 중에 객기 발동해 그를 시험에 들게 해본다. 의외의 암수(trick) 기습이다. 이왕지사 한번은 빼들었던 칼이다.

수박밭의 호박이라도 찔러야겠다.

"대사님께선 청소년기 거슬러 기생집 출입이 잦은데다 토대도 지체 높은 화랑도였습니다. 그깟 계급으론 10리도 못 가 발병 나던가요. 급기야 특급

신분인 공주를 꼬드겼습니다. 그건 암암리에 왕권을 노린 노회한 공작은
아닐까요?"

"수행자는 목숨을 거는 게 원칙이라. 마음을 수행하는 것은 불멸의 감로
수를 마시는 것이며 그것은 가장 위험한 질병인 번뇌 망상을 치료하며 이
를 위해 수행자는 필요시 여하한 처방전도 마다하지 않는 게 원칙이다. 내
가 앓고 있는 백팔번뇌를 치료키 위한 방편상 나의 신분이 양반이든 쌍놈
이든 인연 닿는 한 여자 만날진대 혼인하는 게 도리지 그대처럼 단물만 쪽
빨아먹고 토끼는 게 부처님 교시던가?"

"옳으신 질책입니다."

"다음 궁금증은 무엇인가?"

"부인인 요석공주도 수행공부에 열공합니까?"

"이 질문에 관한 답변은 그대가 즐겨 우려먹는 그대의 연애백서에서 빌
리겠네. 그대가 연애불사에 빠질 적마다 전가의 보도로 휘두르는 궤변이
있었지. 예쁜 여자가 미쳤다고 절에 가고 교회 가느냐. 예쁜 여자는 부처님
예수님 안 믿어도 천당극락 독차지하게끔 이미 천상의 시나리오는 짜여져
있다고 하는."

"저는 그런 놈입니다."

"후회하는가?"

"천만에요. 전 부처님보다 예쁜 여자가 좋습니다."

"그럴 테지. 우리들 몸뚱아리 억만 쪼가리로 분쇄해 용광로에 넣고 불태
워도 정(情)의 씨앗은 남게 마련이고 그게 언필칭 우주운행의 원동력이자
연속하는 삼라만상의 인연법이기도 하더라 이거지."

우와, 놀랄 노짜다.

공부 중엔 도둑공부가 장원급제란 옛말 하나도 틀리지 않다. 진탕 놀

고 보자가 주특기였던 그가 언제 금강경과 힌두(Hindu) 비방의 섹스 경전인 까마수트라(Kama Sutra)까지 통합본 한 권으로 달달 독파했을까.

원효의 말씀 백번 지당하고말고다.

우주 성립의 기본 골격인 음양법칙을 죄악시하는 종교는 어김없이 사이비였고 섹스를 사탄의 전유물로 억누르는 교리는 거의가 인권을 탄압하는 집단이었다. 비구니나 수녀가 앓는다는 섬세한 기분장애 저류에도 십중팔구 억눌린 섹스 스트레스가 자리잡았다지 않던가.

신나게 섹스하는 남녀는 위대하다.

불교 쪽 원효의 부인이 성스럽다면 그늘진 음지의 그녀, 필리핀 출신 가수로 세계적 명성을 얻은 레즈비언(lesbian) 펨핀코도 성스럽고, 기독교 쪽 성(St.) 어거스틴의 첫사랑 여자가 성스럽다면 매음굴의 막줄래 마리아도 성스럽다. 섹스는 지상최대의 명상수행 중 한 가지다.

만민평등이다. 누가 진짜 선수인지 모른다.

고로 하루빨리 올림픽 종목에서 채택해 타당할 웰빙 스포츠요, 만리장성 허물기의 행위예술이요, 비타민 X 결핍의 만병통치약이다. 사관생도 스타일의 악바리 수행자가 쌓는 억지고행의 공든 탑은 십년공부 도로 아미타불로 무너질지언정 선남선녀가 쌓는 섹스 탑은 오래 버틸 것이다.

"악몽스님은 어떻게 즐기누?"

"엄청 단조롭죠. 열두 글자, 즉 12진언(twelve letter mantra) 장단 맞추어 왔다리 갔다리."

"열거하자면?"

"벗자, 씻자, 눕자,

붙자, 싸자, 가자."

"으하하, 배꼽이야. 뭉뚱그려 자짜 돌림일세. 이를테면 영자, 정자, 경자,

숙자, 순자, 놀자, 헌데 에서 사짜 돌림은 왜 빠졌누?"

"사짜 돌림이라뇨?"

"즉사, 압사, 복상사, 복하사."

"으하하, 병사와 상사는 병가지 상사라는 것도 빠졌습니다."

"덕택에 오늘 잘 놀았네."

헤어질 시간이다.

필자는 옷매무새 가다듬고 원효에게 3배의 예를 올린다.

"오늘 고마웠습니다. 언제 또 만날지요."

"그대가 나랑 헤어져 남해안 비금도 토굴로 돌아가기 전 마지막 당부할 말이 있다. 그대는 일체를 무상으로 돌리고 무상을 다시 허무로 돌리는데 그건 잘못된 견해다. 자칫 제 얼굴에 침 뱉기다. 무상에선 누구나 무상의 포로다. 신(神)도 허무주의자도 예외는 아니다. 무상은 허무 이전의 무아이기 때문이다. 단 무상을 절절히 느끼는 한 그게 다가 아니고 거기에도 나름의 고통은 따른다는 것 명심하라."

역시 지당한 충고이고말고다.

한량없는 생명들 중 알에서 깨는 건 물고기나 새들 종류요, 탯줄에서 나는 건 사람이나 고래 따위 포유류요, 습기에서 돋는 건 지렁이나 기생충 종류, 이저리 변하여 생기는 건 몸을 두세 번 바꾸는 것으로 올챙이에서 개구리로 번데기에서 매미로 둔갑하는 돌연변이 종류, 빛깔이나 생각이 있다가 없다가 애매한 갖가지는 귀신 종류다.

모든 건 모든 것대로다.

하지만 어떻게 생명을 받아 나든 이들은 필히 4상(相)의 덫에 걸려 허덕인다.

4상이 무엇이냐.

인간이 태생적으로 갖고 태어난 네 가지 장애(handicap)로 중국 불교에선 이를 가리켜 기필코 넘고 말아야 할 4산(山)이라고도 명명한다.

조목조목 풀어헤치겠다.

나 말고 나 없다고 우쭐대는 아상, 인간은 동식물 위에 군림한다고 으스대는 인상, 나는 영원할 것이라 자부하는 중생상, 귀신 종류 비웃으며 날뛰는 갑(甲)질 근성의 수자상.

"오늘 우리들 겨룸에서 누가 이기고 누가 졌습니까?"

"악몽이 그대가 만약 날 이겼다고 생각한다면 그건 또 다른 자아의 시작이겠지. 자아란 탐진치의 압축된 단어에 불과하니까."

"스님께선 완전한 무아입니까?"

"나 원효는 무아임이 틀림없음에 감히 무아라고 나를 내세울 수 없느니라."

말장난인가, 또 다른 수행적 거짓말인가?

자, 조용히 앉아 명상에 돌입해보자.

일단 들이쉬고 내뱉는 호흡에 의식을 집중한다. 하다 보면 들숨과 날숨이 마주치는 미세한 교차점이 포착된다. 거기서 더 전진하면 들숨날숨은 정수리 기점으로 상하 일직선에서 놀다가 팔다리 좌우까지 에너질 전달한다는 걸 느낀다.

바로 그때다.

에서 한 걸음 넘어서면 무아의 경지가 일어난다. 이 상황에선 그냥 까무룩한 밤하늘이 되어 일체를 맡겨둔다.

그곳은 시공과 존재가 끝난 자리다.

그곳은 이승이며 또한 저승이며 모든 게 끝나버린 그곳 어딘가에서 나는 실재한다. 이때 금강경은 나와 당신을 또 다른 어딘가로 한 차원 더 높여줄 것이다.

통일신라 르네상스를 화려한 색참(sex+zen)으로 수놓았던 원효스님이 은퇴하자 대를 이어 등극한 신돈스님이 고려 말의 또 다른 색참으로 나서며 천하를 쥐락펴락 주무른다. 신돈은 자타공인 소녀경의 대가였다.

소녀경이라면 힌두교의 까마수트라를 중국식 정서로 교묘히 번역한 해적판이다. 내용은 섹스의 기교와 섹스의 쾌락을 오로지 남자 쪽 입장에서만 꾸몄음에 이 책에서 여자는 자연스레 섹스 노예 내지는 섹스 노리개가 된다.

섹스가 별것이고 참선이 별것이냐.

"둘은 불가분의 하나다. 섹스가

참선이고 참선이 섹스다."

신돈의 모토(motto)였다.

신돈은 미천한 노예 집안 후손이다.

엄마가 보리암(경남 남해)의 공양주보살이었는데 유달리 영악했던 신돈이 일찌감치 희귀본이었던 소녀경에 통달해 방중술을 왕궁까지 전파하고 공덕에 힘입어 일약 출세가도를 질주한 한국판 카사노바.

개천에서 이무기 났달까.

끝내 공민왕을 섹스 도반으로 꼬드기는 데 성공한 것이다. 그날부로 구중궁궐은 신돈의 수행도량이자 섹스 도량으로 변신에 변신을 거듭한다. 호박꽃도 필 땐 곱다는데 전국에서 뽑힌 이팔청춘 궁녀들 좀 고왔을까. 이내 전인미답의 신돈이식 섹스 포고령이 전국을 들쑤신다.

"일곱 살 이상 예순 살 이하 여자는

동지섣달 꽃 본 듯이 환영한다."

나는 섹스한다. 고로 존재한다. 나랏님도 섹스한다. 고로 존재한다. 섹스의 쾌감은 떨(marihuana)의 다섯 배요, 앵속(opium)의 열 배라.

"까자!"

"박자!"

동해물과 백두산이 마르고 닳도록 까고 박자다. 타고난 정력이 출중한 나머지 탯줄 끊으며 쏴갈긴 오줌줄기의 압력은 천장을 뚫다 못해 지붕 기왓장까지 태풍 치듯 파바밧 날렸더란다. 게다가 신돈은 김수로왕 무찌를 만치 당당한 헤비급 대물이었겠다. 거대 물총의 강적들. 가야국 시조였던 김수로는 그게 커도커도 염치없이 커버려 지게에 짊어지고 다녔는가 하면 유유상종이었달까. 그와 짝지은 인도 교포 허황후 또한 그게 감당 못할 만치 너무 커 큼지막한 함지박에 담아서 이고 다녔노라고 야사는 전한다.

그래서일까.

"뻥!"

"뻥!"

요승 신돈이 한번씩 용을 쓰고 뺄 적마다 포도주 병마개(cork) 따는 굉음이 궁궐 안팎에 메아리쳤단다.

빨랫방망이다!

멋모르고 첨 당하는 궁녀는 다급한 나머지 칼이나 낫이나를 앙칼지게 부르짖는다.

"시녀야, 칼이나 낫이나 가져와! 이놈이 날 찢어 죽이기 전 내가 먼저 찔러 죽여야겠다."

그러나 웬걸.

앙칼진 단말마는 서서히 간드러진 노랫가락으로 바뀌고 말더란다. 꽉 조여 하르르 뿌듯한데다 신돈이 연마한 소녀경 기교가 너무 뛰어나서다.

"오메, 나 죽네.

카알이나 나앗이나 얼쑤!"

어디 이뿐일까.

왕궁에 근무하는 별정직이다 보니 해외 정보에도 빠삭하게 밝았다. 중국과 인도, 그 외 몇 나라 거쳐 그리 멀지 않은 사막나라에선 신돈이 자신처럼 가난한 어릴 적의 자격지심(complex)에 시달리던 한 사내가 뜬금없이 나는 하느님 외아들이라 자처하며 인기 폭발하자 잽싸닥 이를 개조해 자신의 전매특허로 이전등기해 버린다.

내 앞에서 다른 신(神)을 섬기지 말라가 아니라, 내 앞에서 다른 신(腎)을 섬기지 말라였다.

그는 대웅전 부처님 전에서 뒤엉킨 한 몸 자세로 2인분 동참불공을 올렸는가 하면 후위 자세에서 여자가 앞발로 엉금엉금 기게 한 다음 도량석염불을 돌기도 했다.

남녀간 눈깔이 삐면 무슨 포르노인들 못 찍겠는가.

문제는 지나고 나면 깡그리 부질없는 한바탕 일장춘몽이건만 이와는 정반대 세계인 참선수행 역시 지나고 나면 한바탕 일장춘몽일 수 있다는 점이다.

심기일전의 불사도 게을리하지 않았다.

앳된 동녀들의 달거리(mense)를 수거해 금강경 쓰는 것이다. 피의 금강경이다. 핏방울로 한땀한땀 새기는 금강경 필사본. 남아 있다면 유네스코 지정 세계문화유산 제1호가 되고도 충분했으리라.

그의 참선 화두는

"섹스 이목고(What is Sex)?"였고

그의 불교관은 천상천하 섹스독존이었다.

공민왕과 결탁해 나라까지 망쳤지만 그가 과연 악마의 표본일까?

글쎄요다.

원효는 다만 옳았고 신돈은 그르지 않았을 뿐이다.

중생의 한계는 허망한 가치관에 사로잡혀 그것이 실체인 양 집착하는 어리석음이다. 신돈은 불교의 궁극적인 공(空)을 허무주의로 착각한 게 문제였다. 공(空)이란 색계 무색계 어디에도 '자아'라는 것, 영혼 같은 것 없으며 저 너머 어딘가에 우리 모를 무엇인가가 존재한다는 것도 없다는 걸 뜻한다. 허무마저 거기엔 없다.

결과하여 신돈은 정통수행에서 벗어난 이단자였으며 거기다 불교라는 색채를 가미해 자신의 가난했던 한을 풀고 섹스를 예술의 경지로까지 끌어올리려 했던 일종의 섹스 예술가(sex artist)였다.

인간은 누구나 똑같다.

우리들 누구에게나 신돈스님과 같은 꿩 먹고 알 먹는 여건이 주어진다면 과연 몇 사람이나 그 유혹에서 빠져나올 수 있을까. 필자는 그날 밤 다시 익룡을 타고 남해의 비금도 토굴로 귀환했다. 돌아와 그날 밤의 감격을 유행가 가사로 써갈겼다.

"하늘은 스스로
게으른 자를 돕나니
오늘 할 일 몽땅
내일로 미루자!"

암, 그렇고말고.

나는 못난 놈이다. 나는 3등 바보다.

지지리 못난 만치 섹스도 자살도 성불도 내일로 미루며 못난 놈답게 비실비실, 죽을 이유도 없이 딱히 살아야 할 이유도 없이 그냥 세월 축내는 거야. 달리는 열차 안에서 목적지 더 빨리 도착하겠다고 냅다 뛰어봤자 한낱 벼룩이겠지.

종교나 과학으로 마음을 검증하지 말자.

종교는 종교 나름의 모순을 지녔고

과학은 과학 나름의 미신을 지녔다.

절대 마음은 절대 진리여서 거기엔 어떤 놀라움도 어떤 시시콜콜한 의미도 꼽사리 끼지 못한다. 그 절대 속에서 산화했음에 여래께선 살아생전 종교적일 만큼 경건한 바른생활자일 수 있었을진 몰라도 종교를 탐닉한 광신자는 아니었으리라.

"수보리야, 넌 어떻게 놀더냐?"

"혼자 붕붕 뜹니다."

"혼자 붕붕이람 딸딸이(masturbation) 아니더냐?"

"맞습니다만, 부끄럽진 않습니다. 21세기는 혼밥이나 혼술이 대세인 시대니까요."

놀다(play)라는 이 대목에선 여래께서도 시침 떼시지만 은근히 얌체시다. 당신은 출가 전 왕궁에서 삼천 궁녀 거느리며 할 짓 안 할 짓 다 저질러놓고 제자들더런 여자는 독사이니 멀리하라 하신다.

그나마 필자는 혼자 붕붕 뜨지도 못한다.

왈 대한불교 조계종 최고의 땡초로 낙인찍혀서다. 70년대 조계종 대본사에선 입산 초심자들에게 "땡초 현몽이를 닮아선 아니 된다."며 필자를 신돈 다음의 최고 악질, 최고 색마로 점찍었는가 하면 필자가 『사랑고행』이라는 책을 냈던 90년대엔 불교 신문 중 하나인 『H 불교신문』에선 박스

기사를 쓰되

"현몽이 악몽이 책을 냈다.

불자들은 일치단결해

그놈 책을 읽지 말자."

라고까지 했을까.

기사가 하도 기가 막히다 보니 『조선일보』에선 이걸 또 기사로 다루기도 했었다.

기
도
한
다

섹스 직후 인간은 더럽게 슬프다.

축 늘어지면서 막연히 서글픈 감정으로 곤두박질친다. 기고만장해 물에 빠져도 젖지 않고 불에 들어도 타지 않을 듯 날뛰다가 별안간 태풍의 중력 밖으로 내동댕이쳐지기 때문이다. 이게 고작 인생 최고의 쾌락인가.

쌍시옷(number ten)이다.

남녀가 뒤엉켜 부들부들 떨다 폭삭 꼬꾸라지며 일순간 멍한 지체장애자가 된다. 유사한 비상사태에서 사마귀나 거미는 섹스 짝꿍을 물어뜯어 죽여버리는 불상사도 범한다.

어찌 곤충뿐이겠는가.

크게 도를 깨친 수행자는 깨달음이 일으키는 지고지순한 절정(orgasm)이 사라지면 말미의 고독감에 사로잡혀 미친다. 섹스의 절정과 깨달음의 절정은 종잇장 한 장 차이다. 조선 중엽 서해의, 밀리고 밀려서 만들어진 외딴섬 간월도에 스스로 고립당해 어부로 생계를 이었던 진묵스님이 좋은 본보기다.

"하늘을 지붕 삼고 산으로 베개 삼고
달빛을 촛불인 양 구름을 병풍인 양
바닷물로 술을 빚어 마시니
자고 가는 저 구름아
난 너무 외롭구나."

위의 시편이 진묵스님 오도송(깨달음의 노래)이라면 고려 말 귀양길 떠나던 도중 신륵사에서 음독자살해 버린 나옹스님 오도송이 여기에 쌍벽을 이룬다.

"청산은 말이 없고 창공은 고요함에
사랑도 미움도 훌훌 털고 살자 하나
부처야 내 청춘 물어내라.
당신을 알고부터 나는 더 외로워라!"

도인이라 별다를까.
부처님께선 이렇게 권고하신다.
"진묵선사여, 섬에서 애꿎은 물고기 그만 잡고 그대 고향인 김제 만경의 지평선으로 돌아가라. 그곳에 초가삼간 짓고 굳게 마음을 다잡아 온몸으로 나를 느끼라."
온몸이란 단어는 호흡을 통해 부처를 새롭게 보라는 명시적 경고문이다.
"살생하지 말라."
진묵스님께선 어부였음에 물고길 잡아서 팔았다. 이에 대해 부처님께선 말씀하신 바 있다.

UFO KING
HYUNMONG

"제가 병에 걸려 고기를 꼭 먹어야 한다면 어떻게 할까요?"

"세 사람 이상의 손을 거쳐 왔다면 먹어도 좋다."

여기서의 세 사람은 단순 비유일 뿐, 일상사에서 집착을 끊고 살생 따위 잔인한 마음을 끊고 탐욕을 끊으라는 3단계 수행과정을 일컬음이다.

나옹스님은 또 누구인가?

그는 정치적으로 보수파에 속한 태극기부대의 선봉장이었다. 타락한 공민왕과 신돈을 연민으로 부둥켜안았으나 그의 수제자 무학스님은 결연히 이성계 편에 서며 반체제 쿠데타를 성공시켰으니 부자지간 남남으로 갈라선 셈이다.

말년에 그의 제자 무학스님이 이끄는 좌파 그룹에 박해받아 떠돌던 중 신륵사에서 음독자살로 생을 마감하는데 유언도 지극히 간결해 "죽기 전에 죽겠다."였다.

나옹스님 토굴가.

"첩첩산 깊은 골에 토굴 하나 지어 놓고

사립문 반쯤 열고 들락날락하니

풍경도 좋고 물소리도 좋아라.

적적한 곳 묵묵히 홀로 살아본즉

10년 전 몰랐던 인생사 이제야

겨우 알겠구나. 부처야, 부처야!"

여기서 잠깐.

심오한 내면이야 가늠키 난감하나 외형상 잔재주로만 따지자면 진묵스님 나옹스님의 시는 역시 한국의 초딩 6학년 수준이다. 꼬맹이들이 주고받는 카톡놀이(kakao talk game) 정도니 말이다.

당장 인권에 관한 표어를 하나 놓고 보자.

"사람 위에 사람 없고 사람 밑에 사람 없다."

선지식(grand master)들은 위와 같이 짓는 데 반해 영특한 요즘 초딩들은 아래와 같이 짓는다.

"사람 위에 사람 있고

사람 밑에 사람 있다."

그러곤 귀여운 토를 단다. "아파트."라고.

물론 진묵은 야사에서만 전해지는 고승이다.

그는 아무 말씀도 후대에 남기지 않았다. 신비한 유언비어만 500년 세월 동안 전북 김제의 만경평야를 진원지로 떠돌 뿐이다. 말이란 게 그렇다.

인간의 입에 말이 발리면서 세상엔 거짓이 싹텄다. 고로 말이란 언어소통의 수단일 뿐 그가 예수든 부처든 말만으론 중생을 저 멀리 피안에까지 데려가지 못한다.

진묵스님은 어쩌면 실재하지 않는 제3세계를 탐험해 그곳에 머물면서 때로는 바다가 되고 때로는 육지가 되어 언제나 난생처음으로 태어났고 난생처음으로 죽으며 이 땅에 처음 형상을 드러낸 히피(hippie)이자 수피(sufi)였는지도 모르겠다.

그는 외로웠다.

여성이라곤 오직 당신 엄마만을 사랑하는 데 그쳤다. 오죽함 김제 홍복사에서 엄마가 돌아가시자 "내 비록 독신으로 대가 끊기나 엄마의 제사는 만년껏 모셔드리겠습니다."라고 했을까. 그리고 그 약속은 오늘날까지 밀밀히 지켜진다.

전라도뿐 아니다. 팔도강산의 농사꾼들은 야외에서 새참(snack)을 들 때 우선 "고시래." 하고 읊조리며 음식의 일부를 논밭에 던진다.

바로 그거다.

진묵스님의 엄마에게 드리는 공양으로 진묵스님 엄마 이름이 '고시라'였기 때문이다. 이것만 봐도 그가 얼마나 칭송 자자히 존경받았는지 상상이 가리라 믿는다.

다음은 나옹스님 이야기다.

나옹의 한문 이름을 한글로 풀면 게으른 늙은이란 뜻이다. 썩 마음에 든다. 게으른 것만치 아름다운 미덕이 이 세상에 달리 어디 있겠는가.

나옹스님은 게을러서 행복했던 인물이다.

시방 여기 존재하는 무자식 상팔자로부터 달아나지 않았고, 시방 즐거운 여기 무계획 개팔자에서 더 앞서지도 않았다. 게으른 하루가 그에겐 진리였던 셈이다.

진리, 하지만 그건 갈고 닦거나 전수되는 게 아님에 한껏 게으르고 싶은 후학들은 답답할 뿐이다.

덤으로 무언갈 덧붙이자면 현재 필자의 대명사로 불리는 땡초란 단어의 어원이 실은 나옹스님으로부터였다. 선사께선 이성계에 저항하는 반체제 승려들 모아 회합 때마다 술 마시며 유독 돼지고길 안주로 씹었던바 돼지고기가 왈 이성계였던 셈이다.

이때마다 이성계 휘하의 보안사 포졸들이 덮쳤지만 정작 가보면 별것 아니었다. 술 취하고 고기 뜯는 타락승 회합, 이른바 당취 집단이다. 이놈의 당취가 댕취 땡취로 변하다가 급기야 땡초로 굳었는데 진묵스님 모친의 이름 고시라가 전라도 사투리 힘입어 고시래로 변해버린 것과 같은 맥락이다.

예서 한 가지 또 짚을 건 진묵스님 나옹스님 이 불세출의 영웅 두 분이 시대는 다르지만 한때 오대산 북암에 똬릴 틀었다는 점이다. 그래선지 그곳은 날고 긴다는 전국구 무당 점쟁이들의 산신기도처 성지로 우뚝 솟아 1년 내내 저들의 왕래가 오늘날까지 끊이질 않는다.

　이번엔 무대를 조선 중엽의 송악(개성)으로 옮기겠다.
　그곳 천마산 지족암에 계시던 지족선사 이야기다. 사찰 이름이 지족스님 법명과 일치함은 지족스님이 창건한 개인 사찰로 그는 꽤나 부자였던 셈이다.
　"선사님, 안녕하시와요?"
　쥐구멍에도 볕들 날 있다던가.
　중놈들은 도성 출입이 어렵고 아녀자는 사립문 밖 출입이 어렵던 유생들 독재시절 아리따운 요조숙녀의 깜짝 방문이라니.
　"스님 방끗?"
　"그대는 누구?"
　"소저는 타고난 색심이 강해 하룻밤도 독수공방 못하는 색녀로서 그동안 송악 인근의 내로라 뽐내는 오입쟁이들 죄다 잡아먹고 이젠 새로운 횟감 찾아 감히 최종순번 본보기로 스님을 점찍었사옵니다."
　"정체는?"
　"기생."
　"존함은?"
　"황진이."
　"즉흥적으로 사주팔자 짚건대 후대까지 길이 각인될 이름이로다."
　"소저가 가시밭길 헤쳐 큰스님께 온 곡절은 저같이 미천한 계집도 부처님 전 상서하여 반듯한 신심 일으킬 수 있을지 은근히 기대해서랍니다."
　"미심쩍은 서론이 길도다."
　"그럼 맛빼기로 큰스님께도 걸쭉한 육보시 한탕 지어 올리겠습니다. 보시 중엔 누가 뭐래도 육보시가 단연 최상급 진국이 아니겠사옵니까. 소저를 취하소서. 쫀득한 맛이 천하일품이옵니다."

힌두교의 까마수트라는 암암리에 널리 회자되어 당시 사교계의 여왕이던 황진이도 읽었던가 보다. 그럴 만도 했다. 기원전 티베트와 인도 동남아 중동 아프리카까지 골고루 전파되었던 비밀결사 조직인 5마사회(five M meeting)는 오늘날 한국에까지 침투해 짝 바꾸기(swapping) 놀이를 전염시킨 꼴이다. 섹스 바이러스 유행은 독감 바이러스보다 빠르다.

"선사께선 소저를 따먹으소서."

"어험."

지족선사는 눈 감고 딴청을 부린다.

갈애의 폭풍과 인내의 폭풍이 뒤엉켜 지족선사의 마음속을 후벼파는 상황이다.

지족선사는 명상호흡에 잠입한다. 위빠사나의 호흡명상은 오염된 탐욕이나 불순한 어리석음을 제거하는 최선의 수행 방법이다. 중단 없이 따라가야 한다. 이 경우 호흡은 숫자를 세거나 처음과 중간과 끝을 구분하지 않는다.

"아, 이목고?"

그는 지금 일어나고 일어나려는 상황의 무질서와 예측 불가한 순간에 호흡을 놓치고 그에 혼란스런 불안정에 멱살 잡히고 만다.

"소저는 발가숭이 관세음보살입니다."

"오냐, 올라타겠다."

"탔으면 달리세요."

"헉헉, 씨근벌떡."

"힘을 더 내세요."

"에구구, 저 푸른 초원 위에

그림 같은 집을 짓고."

"이랴 이랴!"

"어메, 천지개벽인갑다. 하늘이 돈짝만 하게

총천연색이여."

"소저도 헬렐레."

"더는 못 가. 짜지직 뿌왁!"

"소저도 뽀지직 깨갱!"

"이게 꿈인가, 생신가?"

"싸셨군요."

"난생처음이로다."

"지금 마음 경계가 어떠세요?"

"썩은 고목이 바위에 기댄 듯 차갑고 외롭구나."

"이놈의 절에 불을 확 싸지를까 보다."

"누굴 죽이려고?"

"당신."

"당신이라니?"

"우린 어울랑 접붙었음에 어쩌지 못해 여보당신이에요. 근데 말이에요, 큰스님 당신께선 쟁쟁한 명성과 달리 엉터리셨네요. 여인의 꿀 몸을 바윗덩이로 착각하시다니 부처님 몸인들 바윗덩이 아니겠어요. 신라국 원광법사께서 입문 초창기 쇠고기가 나무토막으로 보이기 전까진 입에 대지 않겠다고 하셨던바 그의 소견은 분명 외도였습니다."

"……."

"꿀 먹은 벙어리 하지 마시와요."

"듣고 보니 내 신세가 심히 부끄럽도다."

"스님께선 과히 부끄럽지 마시와요. 세속 남녀들은 그야말로 치명적으로 색을 밝힌답니다. 저들이 서로를 부르는 여보당신의 어원을 아시나요? 이 세상 동물 중 최고의 암컷 보x(vulva)는 여우보x고, 최고의 수컷 신(penis)은 당나귀 신이에요. 여우의 그것은 쫄깃한데다 세차게 빨아당기고, 당나귀의 그것은 우람차고 뜨거워 으뜸으로 치는 거예요. 하니까 여자는 여우의 그것을 닮으라는 뜻에서, 남자는 당나귀의 그것을 닮으라는 뜻에서 여보당신이 된 거예요."

"그럼 내 것은 당나귀에 비해?"

"中 되기 백번 잘하셨어요. 스님께선 아주 경량급 번데기예요. 딴은, 소저는 그런 의미에선 헤비급이니까 피장파장이네요. 그보단 사랑이 우선이겠죠."

"사랑이 뭣이라냐?"

"그런 건 몰라도 돼요. 앵두나무 우물가에 피는 건데 그걸 아신다면 中 된 것 후회하실 테니까요."

"지금부터라도 배우면 안 되나?"

"안 되니까 스님께선 반쯤 도인이세요. 극단적인 예를 들겠어요. 예수님인데요, 그 사람은 인류 사랑 만민 사랑 내세우면서도 남녀간의 애틋한 우물가 사랑은 전혀 모르걸랑요. 그래선지 그가 부르짖는 큰 사랑은 너무 극단적이고 살벌한 외골수예요."

"그 예수란 사람 숫총각으로 죽었나?"

"거야 하늘의 비밀이죠."

"딸딸이도 안 쳤나?"

"으헤헤, 그만하시와요."

66

"오냐, 화제를 돌리겠다. 그대는 조금 전 나랑 10분간 2층 지었음에 10분 마누라다. 10분 마누라는 풍진 세상 술과 색으로 지내는 동안 대관절 어느 결에 날 앞질러 이다지 크게 발심했더냐?"

"간단하옵니다. 소저는 저잣거리에 쌔고 빌은 난봉꾼 한량들과 어울려 음주가무에 놀아나다가 동틀녘이면 조용히 일어나 산책을 즐겼더랍니다. 그러던 어느 하루였습니다. 저는 우연찮게 이곳을 지나다 지족선사님께서 동자승들 깨우는 소릴 몇 번 엿들었습니다."

"내가 뭐랬을까?"

"한결같았습니다."

"한결같다니?"

"날이 샜다, 너희들은 너무 오래 잤다, 지금은 밤이 아니다, 깨어날(wake up) 시간이다, 뭐 이런저런."

"그래서?"

"그때 소저는 저도 몰래 등골이 오싹했습니다. 내 나이 어언 서른넷이다. 아, 나의 밤은 너무 길었구나. 잘 만치 잤으니 이젠 깨어나자."

마치 당나라 적 6조 혜능이 시장바닥에서 탁발승이 읊조리는 금강경 몇 줄에 소스라쳐 화들짝 발심했듯이 밑그림이 너무 비슷하다.

황진이는 우연찮게 지족선사의 동자들 부추김에서 그걸 자신의 인생으로 받아들인 것이다.

그리고 발심했다.

충분히 그럴 수 있다.

천년간 묵었던 동굴 속 암흑이 걷히는 데 필요한 시간은 실로 천년이 아니라 단 1초면 족하다.

그렇담 1초보다 빠른 건 무엇일까?

대춘 현옥스님

빛일까?

아니다. 빛이 아무리 빨라봤자 지구에서 북극성까진 800년 걸리고 은하계까진 200년이 걸린다.

빛보다 빠른 건 무엇일까?

외람되게도 인간이 가진 욕망이다. 영원하고픈 욕망, 출세하고픈 욕망, 섹스하고픈 욕망, 찰나(1초의 75분지 1)에도 수천 번씩 신출귀몰하는 욕망, 욕망, 욕망.

"황진아, 우리 오늘 밤 기점으로 헛된 욕망에서 벗어나자꾸나. 공연히 널 찔렀도다."

"자책하지 마시와요. 선사께서 찌른 게 아니라 소저가 물었던(bite) 거예요. 저급한 마음에 노래 한 곡 지어 올리겠나이다."

청산리 벽계수야 수이 감을

자랑 마라. 일도 창해하면

돌아오기 어려우니 밝은 달이

쓸쓸한 산을 가득 채웠기

잠시 쉬어간들 어떠리.

왈 황진이의 세속 오도송이다.

이차저차 황진이는 가까스로 턱걸이하여 왕생극락 이루었으나 지족선사는 어땠을까.

반쯤은 갔고 반쯤은 못 갔다.

그런 곳이 어드메더뇨?

그런 곳이 있었다.

추우면 더워서 죽고

더우면 얼어서 죽는 곳.

황진이는 이 풍진 세상 만났으니 한바탕 노닥거리다 진하디진한 섹스 쾌락 허망에서 인생무상을 보았던 것이다. 아, 다 소용없구나.

"일체를 놓아버리자(Cast away)!"

손에 쥔 소유물을 놓아버리는 것보다 실로 어려운 건 자신을 버리고 자신이 처한 일체를 놓아버리는 것일 터이다. 자살만치 어려운 '나'라는 직접 에고(ego)에서 벗어나는 것 말이다. 일체를 놓아버린다는 건 단도직입적으로 공(空)의 대오각성이다. 즉 생로병사와 함께 희로애락의 고통이 영원히 발붙이지 못할 곳으로 나는 떠난다이다.

그것은 열반의 행진곡이다.

"수보리야, 너는 정중앙 하늘의 허공이

얼마나 드넓은지 가늠해보았더냐?"

"그건 제가 태어나기 이전부터의

까마득한 넓이입니다."

"하물며 동서남북 모조리 때려 보탠다면?"

"전 계산치 못해 기절할 것입니다."

그랬을 거다.

어떤 공간도 물체를 앞질러 존재치 못했고 어떤 물체도 공간을 앞질러 존재치 못했음에 쌍방은 무한대다. 더 구체적으로 설명하자면 닭은 계란을 앞서 생겨나지 못했고 계란은 닭을 앞질러 태어나지 못했음에 쌍방은 공평히 무한대란 방정식이다. 그러나 어리석게도 인간들은 하늘 따로 땅 따로,

동물 따로 식물 따로, 계란 따로 닭 따로, 무엇이든 따로따로 분리시켜 한정된 값어치를 특정하려 덤빈다.

　결과하여 미분 적분으로 뻗어가지만 그게 생로병사의 문제를 얼마나 풀었던가.

　풀수록 $\sqrt{3}$이고 $\sqrt{3}$이다.

　나 잘났다는 아상(아만심)이 인생 혼란의 주범임을 간과하기 때문이다.

　금강경이 태초의 전율을 온 누리에 흩뿌리려면 여래를 미분 적분 이전의 자연계로 방생하는 게 급선무다. 파릇파릇 자유분방한 야성의 그를 무슨 명분으로 곰팡이 퀴퀴한 대웅전에 계속 감금하는가.

　유한마담들이 던지는 팁(tip)이 탐나서인가?

　일변 모범답안에 가깝다.

　여래는 어찌 된 셈인지 IMF 환란기에도 불경기 타지 않았던 최고의 주가였다. 아니, 천재지변 터질수록 약삭빠른 장사치들은 여래라는 작전 주식에 명을 걸었다.

　위기가 기회다. 여래는 전천후다.

　"비나이다. 홈런 한 방 때려주소서."

　께름칙한 훗날을 일찌감치 꿰뚫어보신 여래께선 당신의 사후를 점치되 싹수가 노랗다였다.

　"여래가 떠난 첫 500년은
　금강경 진리가 빛을 발하되
　이후부터 점차 기울다가
　다섯 번째 500년에 이르면
　저들이 노골적으로 나를 팔아

사리사욕에나 혈안할 것인즉."

여래께서 염려했던 다섯 번째 500년이 소위 이 시점이다. 팔도강산 도처에 돈벌이용 대형 사찰 개인 사찰 우후죽순 치솟고 가짜 부처 화신(avata)들이 홰를 친다.

"아낌없이 보시하십시오. 금일 이 가람에 황금 탑 세우고 황금 불상 모시는 건 자기완성의 성지를 친히 짓고 우리들 구원을 위함이니 물심양면의 기부를 아끼지 마십시다."

한마디로 잘라 부처님 등골 빼먹겠다는 감언이설이다. 그동안 대한민국에 절이 모자라 스님들이 수행 못했는가.

아니다.

킬로그램(kg)당 얼마씩에 부처고기 팔아 장사꾼 절 운영하는 브로커 땡땡이 스님들 땜에 진짜 스님들 외곽으로 밀리며 눈칫밥 먹었다. 전통 사찰은 텅텅 비어 빈집으로 퇴락하는 판에 저들은 왜 신도들 성금으로 절 짓고 등기는 개인 명의로 돌리는가?

"허어, 또 악몽이 너로구나. 내가 누군지 아느냐? 아인은 10년 묵언의 선지식이라."

"아인은 10년 장좌불와."

"아인은 10년 일종식."

필자를 일방타살로 족치자고 앞장서는 큰스님들의 자기소개서도 각양각색이다. 보편적인 기본 철학이라곤 쥐뿔에도 못 미치는 등외급(number four)들이 대다수다. 못났어. 진지한 수행자라면 현명한 한 사람에게 따귀 맞는 걸 영광으로 알아야지 어리석은 이따위 1000명한테 존경받는 게 무슨 대수더냐.

게다가 이따위 기행이 수행은 또 무슨 수행이더냐.

무릇 10년 묵언은 10년간 벙어리 행세요, 10년 장좌불와는 10년 꼬박 앉아서 지새우는 새우잠이요, 10년 일종식은 10년 내내 하루 한 끼 식사로 연명했다는 눈물겨운 자화자찬 고행담이다.

어느 면 기네스북에 등재될 인간승리다.

그러나 과연 부처님적 양심선언이라면 액면 그대로일까.

아니다. 삐딱한 쇼 호스트(show host)다. 엄밀히 까발겨 저들이 행한 건 손님 끌기용 단순 이색행각일 뿐 이상도 이하도 아니다. 10년 아니라 100년의 고독을 틈타 기행요술 부린다고 생사고해에서 해방되는가?

저들의 별난 기행이 국가대표 땡초였던 필자의 별난 타락과 견주어 얼마나 더 대단하다는 것인가?

필자는 이제 가장 평범하게 살고 있다.

왜냐. 유별을 떤다는 건 나를 알아달라고 몸부림치는 아상의 금자탑이기 때문이다.

잘나봤자 거기서 거기다.

"원수를 사랑하라."

이 역시 비겁한 유별일 수 있었다.

그런대로 이 불후의 명언은 너무나 평범한 인간적인 발언임에 내 가슴에 울림을 준다. 불한당 잡놈이 불문곡직 묻지 마 폭행으로 오른쪽 뺨 쥐어박자 자칫함 더 되게 맞을까 봐 서둘러 왼쪽 뺨마저 자진 헌납한, 비겁하면서도 솔직한 사건 아니었던가.

힘입어 원수를 사랑하라로까지 발전했을 것이다.

인간적이면 미담으로 남고 비인간적이면 전설로 남는다.

그래서 예수는 성경 밖에서 더 예수적이다. 비슷한 상황에서 여래라면 어떻게 대처했을까.

"누구든 금강경 널리 베풀진대

그 공덕은 3대까지 무량하리라."

이렇게 약간은 자아도취해 버린 내용이 꼬투리 되어 자객이 준동한다. 그중 대표 자객이 조달(Jevadatta)이다. 이놈의 인생 최종 목표가 여래 타도라 할 만치 여래를 향한 원한이 골수에 사무쳤던 인간이다.

"여래께선 자신의 책을 셀프 선전해 베스트셀러 만들 겁니까? 끝까지 나도 남도 속이는 천재 위선자군요. 오늘은 여래의 명줄을 끊어 만인에게 '그것이 알고 싶다'의 실상을 낱낱이 까발기겠습니다."

조달은 원래 여래의 사촌아우였다. 일찍이 총명하고 뛰어나 슈퍼스타로 우뚝 서고픈 야심가였으나 치고 나가는 길목마다 지뢰가 있었으니 여래였다. 아무리 발버둥 쳐도 조달이의 명함은 1인자 조달이 아닌 '석가모니의 사촌동생' 조달이다.

"저놈이 내 앞길 가로막는 장애물이다."

시기 질투심에 눈이 멀어버린 조달이 마침내 비구승 500명의 결사대 이끌고 공격해왔다.

"금강경은 혹세무민의 대표적 불온문서다. 내 앞에서 당장 불태우지 않는다면 사생결단하겠다."

"날 죽여서 네 마음 편하다면 그렇게 하라."

"나도 솔직히는 살인이 싫소. 내가 성님을 죽이는 대신 성님께서 설하시는 금강경 문(gate)을 활짝 열어 아우를 한번 제도해보소서. 증명할진대 목숨을 빼앗지 않겠소."

"조달이 사촌아우야. 마음의 준비는 되었느냐?"

"네, 일러주십시오."

뭔가 해빙 무드로 녹아들 듯 보이건만 결과는 의외였다. 여래께서도 은연중 녀석의 난폭한 성정이 무섭고 질리는 터라 정통 금강경 벗어나 아주 인간적인 폭탄선언으로 대응해버린 거다.

"조달이 개 같은 놈아.

구하라, 구할수록 망할 것이고

두드리라, 두드릴수록 쾅 닫힐 것인즉!"

그래, 굼벵이도 밟으면 꿈틀한다.

여래도 밟으면 꿈틀한다.

똥으로 똥을 쳤다. 여래와 예수의, 가짜 뉴스일지도 모를 이런 인간적 고해성사는 여러 가지 면에서 시사하는 바 크다. 예수는 하면서도 날 따르라 윽박질렀다.

여래는 사뿐히 나를 지르밟고 지나가소였다.

인간은 죽음의 씨앗이다.

씨앗이 발아해 성숙하는 절정기가 인간에겐 청춘기인데 이런 마당에 묵언 청춘이라니? 일종식 청춘이라니?

죽으면 자동 묵언이고 자동 장좌불와다.

생명은 우리 몰래 오고 간다.

인간이 다만 어리석어 막간의 윤회나 환생을 탐할 뿐이다. 다시 태어난다는 건 또 다른 죽음이 따르는 것인데 그래도 환생이 기분 좋은 굿모닝일까?

윤회나 환생은 무작정 더 살고 싶다는 집착이 찍어내는 싸구려 보험상품이다.

이런 면에서 여래는 두 가질 다 수용한다.

A. 윤회는 없다

삶의 밑바탕은 죽음이고 죽음의 밑바탕은 삶이다. 죽음 없이 삶이 있을 리 만무고 삶이 없이 죽음이 있을 리 만무다. 인간은 생사를 연기하는 어릿광대일 뿐이다. 모든 건 하나의 거대한 실루엣이다. 더구나 가슴과 가슴이 전달되지 않는 마당에 윤회는 무슨 얼어터질 윤회인가?

B. 윤회는 있다

나는 오직 안내자다. 목마른 사슴을 강기슭까지 안내는 할지언정 물을 강제로 마시게 할 능력은 없다. 물을 마시고 말고는 사슴의 몫이다.
윤회를 믿고 말고도 각자의 몫이다.
가슴과 가슴이 이승에서 저승으로 전달되지 않는데도, 나는 윤회하고 말겠다면 그걸 또 누가 말리겠는가?
정말이지 신이나 윤회나 철학적 사유에 관한 한 여래만치 박학다식한 전문가가 달리 있었을까.
하지만 그는 말하지 않는다.
당신 입에서 한마디 떨어지기 무섭게 뭇 중생들이 다투어 어느 한쪽으로 우르르 집단 투항하는 참상을 보고 싶지 않았음이다.

수
행
한
다

사람들은 끊임없이 '나'라는 아상과 '내 것'이라는 집착의 틀을 만들고 그 속에 꽁꽁 갇혀 인생은 고해라고 신음한다. 마치 누에고치가 명주실을 뽑아 그 속에서 꼼짝달싹 못하고 죽어 나가듯이 말이다.

다시 한 번 무아를 관찰하겠다.

A. 나고 죽는 원인에서, 생사를 인연하는 조건에서 벗어날 수 없음에 나는 무아였다. 하나의 무아는 또 다른 무아의 인자가 되고 두 번째 세 번째 무아도 무궁무진 변하는 인과를 반복한다. 고로 또 다른 무아 역시 또 다른 무상의 실루엣이며 또 다른 생사의 밑거름이다.

B. 임의로 바꿀 수 없음에 나는 무아였다. 벗어나고 싶으나 무상의 핵심에 갇혀 무아의 유전인자를 계속 생성해냄에 이는 피하지 못할 완벽 폭풍(perfect storm)일 수밖에 없다. 나가도 죽고 나가지 않아도 죽는다.

C. 무상은 어느 특정인의 소유도 어느 공동체의 전유물도 될 수 없음에 나는 무아였다. 거대한 능력의 신마저도 도도한 이 흐름에선 탈출하

지 못해 우리는 하늘과 땅에서 각자의 무아일 수밖에 없다.

여래는 진리도 아니고
아님 또한 아니니
What do you think is there any
dharma which the Tathagata has
fully knowns as the utmost

어찌 보면 퍽 나른한 김 빼기 요설이다.

여래의 진리는 진리가 아니어서 진리라니 죽도 밥도 아니게 똥 싼 자리에서 매화타령 하자는 건가?

쉽게 금강경 제1장이었던 「먹는다」에서부터 이 문제를 새삼 곱씹어보자. 지상에서 인연하는 이웃사촌에 사돈의 팔촌까지 일인칭 이인칭 삼인칭 동식물은 피차 안면 몰수해 물고 물리는 먹이사슬에서 자유롭지 못하다. 이들의 숙명적 진리는 약육강식이다.

하면서 이면의 또 다른 진리는 적자생존이다. 인연법에 의거해 모두 정정당당하게 생존한다.

'오수부동'의 예를 들겠다.

다섯 마리 이물질 종자의 짐승이 한자리에 모였다. 서로가 서로의 천적이면서 서로가 서로의 먹잇감인지라 함부로 움직이지 못한다는 정글의 법칙을 일컬음이다.

광야에 쥐가 한 마리 배때기 찰싹 깔고 엎드렸다.

바로 지척엔 고양이가 멀뚱멀뚱 쥐를 째려만 보며 얌전히 웅크렸다. 고양이가 섣불리 행동을 취하지 못하는 건 바로 곁에 늑대가 이빨을 갈아붙이고 있어서다. 그렇게 어리뚱한 늑대 옆엔 호랑이, 호랑이 옆엔 코끼리다.

아무도 경거망동하지 못한다.

어느 누군가 경망스레 움직이면 일제히 움직일 테고 일제히 움직이면 일제히 치명상을 입는다. 여기서 외양상으론 코끼리가 최강자일 듯싶으나 코끼리는 여차직 한 발 잘못 떼다간 쥐가 언제 자신의 긴 코를 쥐구멍으로 오판해 파고들지 몰라 전전긍긍 속앓이하는 신세다.

인연법 진리가 이와 같다.

최강자와 최약자가 평등하게 비기며 적자생존하는 게 인연법의 묘미다. 인간은 물론 이들 먹이사슬에서 치외법권적 특혜를 누린다. 하지만 더덜퍽 숨지면 쥐보다 약하고 달팽이보다도 약한 미생물 군단의 잔치 밥상이 된다. 아무리 땅 파고 깊이 묻어도, 고액 납골당에 굳건히 봉안해도 미생물의 무차별적 공격을 피하지 못한다.

백천만겁 동안 미생물과 한 몸으로 뒤섞이며 또는 스스로 미생물이 되어 또 다른 인연으로 거듭 변화할 뿐이다.

"과거심 불가득

현재심 불가득

미래심 불가득."

어제 내가 살았다는 증거가 오늘 내게 남지 않았고, 오늘 내가 사는 흔적이 내일까지 남지 못하는 마당에 막연한 오늘인들 기약해 무엇하랴는 한 맺힌 금강경 넋두리다. 하느님도 단군님도 동의해 마지않는 철학이다. 내가 누구인지 나는 모른다. 고로 인간은 한 맺혀 살고 한이 맺혀 죽는다.

참새는 가녀리지만 "쩩." 하고나 죽는데 인간은 쩩 소리도 못 내고 죽는다. 어느 시인인가 이 짜릿한 여래의 한숨을 현대적 감각으로 되뇌었으니,

"우리가 함부로 버리는

오늘이 어제 죽은 자에겐
그리도 살고팠던 내일이었다."고.

곱씹는다.

인연은 우연의 뒤안길로 숨어서 오는 필연이라고 누군간 말했다. 인간
세상에선 숙명이라고도 표현한다. 이걸 기도하고 참선하고 명상하여 조작
할 수 있는 것이라면 언젠간 감쪽같이 분실할 수도 있다는 논리도 성립 가
능하다.

"목사님, 인생이 무엇입니까?"

"하느님 뜻에 순응하는 것."

"하느님, 보여주세요."

"기도하십시오."

"기도해도 안 보이면?"

"그땐 당신의 믿음이 미신일 것이요."

"지금 저를 위해 기도해주신다면?"

"아무도 보지 못하였고 또 볼 수 없는 그에게
존귀와 영원한 능력을 돌릴지어다, 아멘(Whom no man has seen or can see, to
whom be honor and everlasting power, Amen)."

이 경우 목사님은 저 산은 움직이지 않되 움직이지 않는 그것을 보지 못
하게끔 하느님 능력으로 신도를 현혹한 것이다.

이번엔 불교 쪽이다.

"스님, 인생이 무엇입니까?"

"부처님 인연 따라 사는 것."

"부처님 보여주세요."

"수행하십시오."

"수행해도 안 보이면?"

"그땐 당신이 인연 밖 중생임에 어쩔 수 없습니다."

"지금 저를 위해 법문을 설해주신다면?"

"그는 오지도 않고 가지도 않고 오직

인연 따라 움직임에 그 이름이 여래라."

인연 밖 중생이란 기독교식으론 택한 백성이 아니란 비유일 터인즉 어쩜 이리도 목사님 말씀 스님 말씀 붕어빵 찍어내듯 일란성 쌍둥일까.

그래서 인연 밖 중생이나 택한 백성에서 제외된 양심수 죄인들은 오늘도 오라지게 달릴 뿐이다. 인간은 자신의 인생이 심히 부끄럽고 회생불능이라 절망할 때 가장 빨리 달린다. 서둘러 현장을 벗어나고 싶어서다.

그래서 인연 밖 부랑자나 덜 택한 백성은 오늘도 멀리멀리 내뺀다. 부처님조차 예수님조차 오지 못할 저 먼 곳으로. 가면서 그들은 십팔번 유행가를 합창한다.

"가도 그만 와도 그만

내 살던 곳은 언제나 타향~ ♪ ♪ 🎵"

열 길 여래의 맘속은 알아도

한 길 사람 마음속은 모른다.

여래는 마음을 열고 중생은 마음을 닫기 때문이다.

마음이란 어리석음과 각성, 희로애락과 팔만사천 번뇌의 집합체여서 의술과 종교술과 역술을 총동원하여 해부해보면 얼추 고만고만한 이런 영상일 것이다.

마음은 우주 안팎에서 가장 작다는 것보다 작고

가장 크다는 것보다 크고, 가장 어둡다는 것보다 어둡고, 가장 밝다는 것보다 밝고, 가장 길다는 것보다 길고, 가장 짧다는 것보다 짧고, 가장 넓다는 것보다 넓고, 가장 좁다는 것보다 좁고, 가장 높다는 것보다 높고, 가장 낮다는 것보다 낮고, 가장 깨끗하다는 것보다 깨끗하고, 가장 더럽다는 것보다 더러워.

가장 어떻고 가장 어떻지 않은 무엇.

여래는 이 복잡한 씨줄날줄의 퍼즐을 일일이 실험하고 그걸 재탕 삼탕 재조립했을까.

결과는 이래저래 반반이다.

어째서냐.

여래는 평소 자신이 완전무결한 우주적 완성체라고 생각하지 않아서다. 존재는 허망하나 쓰러진 땅을 되짚지 않곤 일어설 수 없듯이 허망한 만치의 인생을 되짚고 그만치 가치 있는 무엇을 찾고자 고군분투했던 게 다만 여래의 인생이었다.

여래는 자신이 여래인 줄 몰랐다.

알코올중독자가 자신이 알코올중독이란 걸 안다면 그는 가짜 중독자일 수밖에 없고 중증 치매환자가 자신의 증상이 치매임을 안다면 그는 가짜 환자다. 한술 더 떠 깊은 산 옹달샘의 가재가 자신이 가재임을 안다면 그가 어찌 진짜 가재이겠으며 들녘에 수줍게 핀 맨드라미가 자신이 맨드라미란 걸 안다면 어찌 진짜 맨드라미겠는가.

알고 보면 여래는 불교 신자도 아니었다.

예수도 물론 크리스천이 아니었다.

하면서도 그들은 인류가 담합해 천재성을 쥐어짜도 오리무중이던 $\sqrt{3}$의 비밀을 풀어냈다. 인류가 해답을 과학에서 구할 때 이들은 명상에서 구했고, 인류가 땅에서 노다지를 찾을 때 이들은 하늘에서 찾았다. 뭐, 이런 사소한 것부터 남달랐다.

인간은 전쟁이 일어날 때를 위험하다고 간주한다.

그러나 이들은 전쟁을 일으킬 때보다 전쟁을 평화로 바꿀 때가 한결 위험스럽단 걸 전쟁 전에 이미 알고 있었다. 부연하자면 산은 오를 때보다 내려갈 때가 위태롭고, 남녀는 만날 때보다 헤어질 때가 어렵고, 술 담배 마약도 시작할 때보다 끊을 때가 가일층 힘들고, 인간은 태어날 때보다 죽을 때가 더 고통이라는 따위.

하지만 아직도 전쟁을 일으키는 때가 위험하다고 역설하는 사이비가 범람하는데 어느 시대에나 다음의 부류가 대표적 인물에 속한다.

A. 성직자

B. 정치가

C. 학자

쌓고 부수는 것만으로 모자라 이들은 뻑하면 대가리 터지게 싸우고 싸우다가 담합하고 담합하면 또 세포분열 일으켜 무슨무슨 교파, 정당, 연합회 등을 결성해 한동안 부르짖는다.

적폐청산!

정의사회!

내세우는 대의명분이야 그럴싸하지만 한 꺼풀 벗기면 저네끼리 짜고 치는 밥그릇 지키기 난장판이다.

보무도 당당히 당나라 유학길에 올랐던 원효와 의상은 어땠는가.

이들 공히 당대에선 수능시험 만점자였다.

"일체 유심조."

허허벌판에서 하룻밤 노숙하던 중 멋모르고 마신 음료수가 해골바가지 물이었음을 알게 된 원효는 '일체는 마음의 장난'이란 걸 깨닫고 발길을 돌

86

려버린다.

그리곤 백골관 명상에 돌입해 큰 뜻을 펼친다.

백골관은 말 그대로 송장의 일부분인 두개골을 앞에 놓고 독하게 인생무상을 느끼며 행하는 수행인바 이를 위해 오늘날도 인도 바라나시의 갠지스강 노천 화장터(burning ghat) 주변에선 인골이 비밀스럽게 거래되기도 하더란다.

반면 의상은 가던 길 재촉했다.

훗날의 결과는 어떠했는가.

추앙받는 성직자였던 쌍두마차도 결국엔 앙숙으로 갈리며 수행길도 어긋났다.

원효는 여래가 몸소 행했던 위빠사나 명상을 골라잡았고 의상은 그 무렵 당나라에서 선풍적 인기몰이 한창이던 달마조사의 화두참선(zen)을 덥석 물어버린 것.

무엇이 어떻게 다른가.

사실은 둘 다 맞고 둘 다 옳다.

다만 방법론적 테크닉(technique)에서 미묘한 차이점을 드러내되 분위기상 명상선은 단조롭고 감미롭다. 어정쩡 과학적이며 상식적이다.

대조적으로 참선은 거칠고 날카롭다. 은근히 막무가내이며 단도직입적이다.

일차 명상선(vipassana)을 관찰하겠다.

명상선의 기본은 호흡이다.

전문용어론 아나빠나사띠(anapanasati) 혹은 코끝 명상으로 석가모니가 부처로 데뷔(debut)하기 전과 데뷔 후에도 줄기차게 애용했던 트레이닝이다.

KING
NYUNMONG

가부좌 틀고 정좌한 자세에서 독하게 몰입한다.

가능한 한 숨을 길게 들이마셔 배꼽 아래 한 치(3cm)에서 휘돌려 천천히 내뱉는 기술인데 숙달하면 들숨날숨의 한 차례 호흡을 30초 간격으로 정한다.

처음엔 10초 간격이다가 점차 늘린다.

무상에서 탈출해야겠다는 절절함이 간절할 때 호흡은 차츰 길어진다.

간절함 다음의 환희가 들락일 때 호흡은 더 길어진다.

공간이나 정신 같은 무색계를 세밀히 살필 때 호흡은 가일층 고요해 한 번의 들숨과 날숨이 1분을 버티기도 한다. 이때의 미세한 호흡을 정확히 계산하면 자신의 임종을 미리 예언할 수도 있다. 즉 날숨의 속도가 들숨 속도와 비교해 현저히 짧아진다면 이는 자신의 제삿날이 가까워졌다는 징조다.

"그동안 사부대중과 어울려 신바람 났었다. 하지만 어쩌랴. 시작이 있음 끝이 있는 법, 나는 머잖아 춘삼월 진달래 피면 꽃길 따라 고향으로 가겠다."

옛 고승들이 심심찮게 수하들 소집해 당신의 초상 날짜 에둘러 예고한 수수께끼가 바로 이 호흡명상법 의거해서다. 과녁을 벗어나는 허풍도 물론 부지기수다.

1980년대 타계한 한국의 아무개 고승은 대중들 비상대기시켜 발표하는 자신의 임종 날짜가 장장 네 번이나 빗나가자 다섯 번쨋 용하다는 점쟁이가 잡아준 날짜까지 뒤틀리며 망신살 뻗치기도 했었다. 그래도 빗나간 장례식 날 대통령이 보낸 조화가 빛났다. 이실직고해 그가 살아생전 신경 쓴 건 매스컴 스타가 되는 것, 세속적 유명세 타는 거였지 인생무상을 인생일 대사로 작정한 참 수행자는 아니었던 것이다.

이런 부류의 사람은 위빠사나 명상에 걸맞지 않다. 외에도 걸맞지 않은 부류가 더 있다.

A. 앉으나 서나 불안정한 성격의 유형

갈애에 지나치게 침잠한 사람으로 그는 마음 비움의 기쁨을 전혀 모르는 데다 감각적 욕구에만 충실하는 사람이다.

B. 공연히 바쁘고 우유부단한 유형

쓸데없는 일에 참견이 잦고 매사 나서기를 좋아해 어느 것 한 가지도 일 처리를 못하는 사람이다. 이런 자는 자신의 인생에 기회가 무한하다고 자만하지만 기회가 무한하다는 건 뒤집어 해석하면 기회가 전무함과 동일한 의미다.

C. 갈대처럼 흔들리는 유형

명확한 목적이나 목표도 없고 일관성이나 원칙도 없이 자신의 잘못이나 자신의 패배를 결코 인정하려 들지 않는 독불장군식 사람이다.

이런 유형들이 거울로 삼아 한 수 배워야 할 스승이 일본의 전설적 검객(samurai)이었던 미야모토 무사시다. 이 사람은 일평생 딱 한 번 싸우지 않고 패배했다. 마지막 도전자로 낙점했던 작은 고을의 성주가 도전을 사양하며 잘 가라는 뜻으로 장미꽃 한 송이를 선물로 보내온 것이 결정적 계기다.

"내가 난생 처음 졌다!"

미야모토 무사시는 그 장미꽃 대궁을 자른 상대방의 칼솜씨에 놀랐고, 스스로 승복한 단 한 번의 패배에서 그는 이윽고 자기 자신을 이겨냈음에 찬양할 만한 인간승리였다. 자신을 이긴다는 건 이상, 아만, 아집을 극복해 정말 대 자유인이 된다는 의미가 아니겠는가. 이런 심성의 소유자여야 금강경 이해도 빠르고 위빠사나 수행도 빠를 것이다.

자, 다시금 테크닉 수업이다.

우리가 이 명상에 깊이 빠질 때 누구나 겪는 비과학적 비현실적 가상현실에 대해서다.

예컨대 우리가 불현듯 찬란한 빛에 휘감기거나 천상의 황홀한 냄새를 맡거나 전혀 상상치 못한 소릴 듣거나, 또는 내 몸이 붕 뜨는 공중부양 내지는 필자가 암수(trick)로 즐겼던 시간여행(time sliding)을 경험한다는 점이다.

물론 거기에 큰 의미는 없다.

그러나 환상적 착각이라 치부하더라도 그리 나쁜 소식만은 아니다. 황홀한 냄새는 더러운 냄새보단 낫고 몸이 붕 뜨는 것도 기왕지사 가라앉는 것보단 백번 낫지 않은가.

한 걸음 더 나가보자.

티베트의 라마승(Lama)이나 무슬림 급진주의 그룹인 수피(Sufi)는 명상호흡에 다섯 가지 색깔을 첨가해 죽음을 예지하더란다. 명줄이 경각에 달리면 코끝 숨바람에서 아지랑이 나풀거리듯 오색 연기가 차례차례 피어오른다는 것.

날숨이 서서히 잦아들며
헛것이 보이다가
반딧불이 어른거리고
흰빛으로 뒤덮이는 듯
붉은색이 치솟으며
검은색이 전체를 감싸고
다음은 祝 사망이라는 것.

이런 애매한 불가사의는 힌두교 요가경(yoga sutra)에도 상세히 수록된바 세속에서 이르되 위빠사나 수행자는 간간히 순간의 도취에서 영겁의 망각을 추구하는 신비주의자에 불과하다고 평가절하하기도 한다.

이 경우 필자로선 반대 입장이다. 충분히 있을 수 있고 지금도 있음은 진행 중이다. 하지만 수행의 목적은 허무한 인생에서 벗어나자이지 단순한 이색체험은 아닐 것임에 그 점 명심 또한 명심해 마땅할 것이다.

이번엔 현대의 정신의학적 관점에서 한번 죽음에 임하는 다섯 가지 유형을 정리해보겠다. 바야흐로 웰빙만치 웰 다잉도 중요해진 시점이니까.

죽음의 간격이 점차 좁혀들자
환자는 억울하다며 쉬 긍정하지 않는다.
내가 왜 죽느냐며 분노한다.
1년이라도 늦추어달라고 신과의 협상을 꾀한다.
금강경이나 성경을 탐독한다.
인생무상을 절감하고 마음을 비운다.

예외적으로 마음이 깬 선각자라면 초기 4단계를 단숨에 월반해 최고 등급인 5항에 자진 입대하기도 하는데 그 정도면 이미 수행자급에 속하는 검은 띠(black belt)다. 그런다고 무엇이 달라지는가.

생자필멸!

태어난 생명은 반드시 죽는다.

진시황제, 헤라클레스, 링컨, 박정희, 제씨 영웅호걸들 모조리 한 방에 훅 갔다. 하나같이 비명횡사였다. 약진하여 공자, 석가모니, 그리스도, 마호메트 등 불세출의 세계 4대 성자들도 죽음 앞에선 초라한 한낱 범부였다.

KING
HYUNMONG

죽음 후는 무엇일까?

무서운 곳일까?

참선에서는 제법 대범하게 남의 말 하듯 옆집에 놀러가는 게 죽음이라 했다.

여래의 임종은 어땠을까.

한마디로 조촐하고 초라했다.

골수 추종자들이야 한껏 미화시켜 여래가 숨을 거두자 마른하늘에 뇌성벽력이 일고 파랑새가 무리 지어 비행하며 구슬픈 화음으로 애간장 녹였다고 전한다.

글쎄요다.

각본도 이쯤 되면 연말특집 연기대상 코미디 부문 우승후보는 저리 가라다. 고대 인도에선 나이 예순 살 넘으면 환갑잔치 대용으로 혈혈단신 죽음의 여행을 떠나는 게 관례였다. 홀로 왔음에 그림자마저 홀로 가다.

죽음아, 게 섰거라. 내가 간다.

철저히 일인분 외로움으로 중무장해 저승과 비슷할지도 모를 낯선 산하 고달피 떠돌며 한 많았던 과거사 담담히 되돌아보고 죽일 놈 살릴 놈 다 용서하고 남은 쥐꼬리 여생 말끔하게 처리하기다. 한국에서 한때 유행했던 고려장 장례풍습과 흡사하면서 진일보한 죽음의 문화다. 인간 거기서 거기다.

살아선 살아야 하고 죽어선 죽어야 하는 게 최선이다.

예외가 있을쏜가.

오호라 통제라. 석가모니는 죽음의 여행 중 지금의 우타르프라데시주 (state)에 부속된 구시나가르 사막에서 식중독에 걸려 오라지게 고생하다 유명을 달리했다는 게 사학자들이 증언하는 역사적 정설이다.

웃기는 건 그 다음이다.

콩깍지 눈의 맹신자 광신자들은 이걸 싸그리 갈아엎어 그의 죽음을 소설로 꾸미다 못해 아예 신화의 반열에 밀어붙이기다. 파랑새 합창이나 뇌성벽력으론 약했다. 화끈한 판타지(fantasy)로 가자.

"여래는 숨 거둔 지 사흘 만에 갑자기 여래의 주변에 솟아난 오아시스 감로수 마시고 즉시 쾌차해 천녀들 배웅받으며 도솔천으로 가시었다."

운운인데 예수의 3일 부활과 너무 일치해 낯 뜨거운 내용이다. 경계할 건 사실 광신자 노조다. 물론 광신자가 없으면 전통적 지식인이 제시하는 어떤 캐치프레이즈도 방향감각을 상실해 비틀거릴 지경이지만 새로운 시대의 전개에서 이들이 안고 있는 위험성은 이들이 계속해 미쳐 날뛴다는 데 있다. 이들은 지나친 자만심과 지나친 집착심으로 인해 상상키 어려운 요구조건을 계속 내걸며 범죄적 모험을 도모한다. 그뿐만 아니라 구속으로부터의 해방보다는 책임으로부터의 해방에 더 큰 매력을 품는다.

곁들여 이들은 간교한 이면까지 지녔다.

오늘날 태극기부대의 극우파 목소리 큰 놈(년)에게 국무총리 감투를, 쇠망치(빠루)부대의 극좌파 목소리 큰 놈(년)에게 국정원장쯤의 벼슬을 안겨준다면 그래도 저들은 계속 게거품 물고 날뛸까?

이들의 본바탕은 혼란이다.

이 혼란 속에서 남긴 여래의 유언 또 한 번 전하겠다.

"나는 살아생전

한마디도 설한 바 없다."

여래 아니라 여래 할아비인들 이만한 말씀 남기겠는가. 그러나 훗날의 한국산 중국산 고승들은 다투어 열반게(죽음의 노래)를 퍼뜨렸다.

"바닷속 제비집에

옥토끼가 새끼를 쳤구나."

"나 죽는다 아리아리 날라리

실낫달아 갑을병정 할."

뭐 이 정도의 정신병동 만담 안 남기면 체면이 서지 않았음에 근자의 도인일수록 기를 썼던 터다. 오죽하면 "산토끼 토끼야, 어디로 가느냐." 하는 유언까지 터졌을까.

의외의 한 분이 계시긴 하다.

여래의 유언에 버금갈 대한민국 스님이다. 2000년대 초 봉암사(경북 문경) 선원에서 입적하신 서암스님이시다. 노환으로 차일피일하던 차 임종이 가까워지자 그의 제자가 물었겠다.

"스승님, 남기실 게송이라도?"

"게송이라니 가당찮다. 내 죽걸랑 그 늙은이 그냥저냥 시줏밥이나 축내다 똥 싸지르며 가더라고 전해라."

이 얼마나 절절하고 뭉클한 한 말씀인가.

어쩜 쪽방촌 단칸방에서 혼자 살다 고독사하는 노인네의 독백과 비슷한데 내심 무엇을 전하려 한 것일까?

아무것도 실제로는 전달하지 않았다.

다만 우리들 가슴속 깊숙한 데서 꿈틀거리는 도를 향한 잠재성을 일깨웠을 뿐이다. 가까스로 움을 틔우려는 초발심자 새싹한테 멀리서나마 어떤 훈풍을 불어준 것이다. 스님의 수행은 이승과 저승의 대립을 초월하여 그 역설적인 일체를 당신의 단순한 죽음에서 통일시키려 했음이다.

이런 경우 애써서 "산은 산이요, 물은 물이요."라는 어렵고 애매모호한 임종게가 필요했을까?

그 늙은이 그냥저냥은 실로 단조로운 색다름이 아니라 확고한 수행에 대한 혁명적 선전포고다. 항상 당신에게 스며 있었던 무심삼매를 한 번 더 남의 말 하듯 되짚어준 말씀이다. 다시 태어나기 위해 나는 죽는다가 아니라 자신의 죽음을 통해 신의 영역까지 똥 싸지르겠다이다.

그 늙은이 그냥저냥 살다가…….

새삼 되새기고 되새겨 마땅한 큰스님의 업어치기 한판이다.

참선에선 인간사 중대사인 죽음에 대해서도 뭐 그딴 것도 있었느냐고 농담조로 짓밟아버린다. 그딴 것 올 테면 오라. 죽음은 죽음일 뿐이니 죽기밖에 더하랴!

와중에도 선문답 썰전은 오고 간다.

"부처도 죽습니까?"

"꽃은 붉고 잎은 푸르구나."

필자가 갓 입산했을 무렵 한국 절집에선 상기한 우문우답이 유별나게 독기를 품던 공황기였다. 대처승 물러가며 비구승도 제자리 잡지 못해 오만가지 시정잡배 양아치 무당 점쟁이들이 한솥밥 나누던 시대랄까.

필자 역시 못난 송아지 뿔났었다.

오냐, 나도 갈 데까지 가본다.

힘입어 필자도 무지막지 정면돌파로 치고 나갔다. 곳은 용주사(경기도 화성)의 중앙선원, 내 나이 스물다섯 살 적 그곳 방장이신 전강선사(작고)께 회심의 한칼 도전장 던졌겠다.

"삼가 법(진리)을 청하옵니다."

"희유하구나."

"What's Buddha?"

"간나 새끼, 조선말로 씨부리라."

"Sorry."

"고연지고. 니놈이 주한 미8군 사령관과 친분이 돈독하다는 소문은 익히 들은 바다. 그래도 이건 아니지. 여기는 소위 부처님 가람이거늘 어디서 함부로 쏼라쏼라야?"

"부처님이 미8군 사령관보다 높은 계급입니까?"

"이런 우라질놈을 봤나. 넌 못 갚을 불한당이다. 도대체 부처님 10대 제자 중 몇 명이나 기억하더냐?"

"두세 명 정도."

"그럴 테지. 대신 이쁜 가시내들 탤런트 이름은 스무 명도 서른 명도 넘게 따르르 꿰겠지."

"옛스, 매니매니."

"또 오두방정!"

"아이 엠 조심조심."

서서히 판이 무르익을 조짐을 보이자 주변의 스님들 모두 "잘한다, 악몽이!" 연호하며 박수갈채 날렸다. 100여 명의 저들 중엔 현재의 범어사(부산광역시) 대종사인 무비스님도, 대본사 고은사(경북 의성)의 방장이신 근일스님도 나랑 또래 동기생으로 함께이던 자리다.

필자의 특기는 초전박살이다.

"부처가 누굽니까?"

"부처도 몰랐던 부처를 뉘 알겠느냐?"

"당신이 알아야죠."

"나는 생면부지니 그분 내 앞에 데려오라."

"모가지 비틀어 끌고 오겠습니다."

"오냐, 기대하마."

"Wait!"

심사숙고하거나 뜸 들일 필요 없었다.

영하 17도로 매섭게 차갑던 그날 밤 자정을 틈타 필자는 전우의 시체를 넘고 넘어 천년고찰 용주사 대웅전으로 우렁찬 진격나팔 불었다.

부처 잡기 위해서다.

비켜라! 너 죽고 나 죽기다!

부처님 멱살 잡고 나뒹굴었다. 헌데 이게 뭣이냐.

"악몽이 미쳤다, 저놈 묶어라!"

비상사태 알리는 범종이 다급하게 궁! 궁! 궁! 울리는가 싶더니

"산 채로 생포하라!"

우당탕 퉁탕, 용주사 대웅전의 본존불은 이미 꼴사납게 마룻바닥에 처박혀 사대각신 산산조각 나 최하 30년 상해진단인데 가해자인 필자도 덩달아 팔다리 꽁꽁 결박당하고 있었다.

육박전은 파했으나 부처님도 필자도 만신창이다.

재깍 인민재판이 열린다.

재판장은 3권을 한 손에 틀어쥔 전강선사.

"네놈이 지랄발광의 세계신기록을 세우려 작심했구나. 감히 국보 부처님 팔다릴 부러뜨려?"

"제가 부처님 중상 입혀서라도 데려오겠다 약조했고 방장스님께선 기대한다고 은근히 부추기지 않았습니까?"

"도무지 말이 안 통한다. 영혼의 무색신 부처님 모셔오랬지 내가 언제 한국 국적의 목불님 모셔오라 했더냐?"

"제가 실수한 겁니까?"

"했다."

"어떻게요?"

"마음으로 잡아왔어야지."

"마음 같은 소리 하시는군요."

"저놈 주리를 틀라!"

불호령 떨어지기 무섭게 큰스님 친위부대원들 우시두시 달려들어 조선 관아에서나 있었을 멍석말이 몰매 타작이 마구잡이 자행된다.

나는 이러지도 저러지도 못하고 죽을 맛이다.

악이라도 쓰고 봐야겠다.

"못 살겠다, 갈아보자!"

"갈긴 누굴?"

"부처님과 당신."

"더욱 짓밟아라."

"에구데구, 죽기 전 임종게라도."

"가상쿠나. 뱁새가 황새 흉내 내다간 다리 가랑이 찢어지는 법, 어디 한 번 찌끄려나 봐라."

"갑니다!"

"와라!"

이윽고 선문답의 백병전이다.

"부처님 놈도 전강선사님 놈도

눈깔이 삐었구나.

나온 구멍으로 되쑤셔 박아라!"

속편은 더더욱 점입가경으로 굴러간다.

"추방!"

"못 추방!"

"뭐이가 어쩌구 저쩨?"

"오는 말이 고와야

가는 말도 곱다."

"또?"

"태산이 높다 하되

하늘 아래 뫼이로다."

"조계종 지정 공식적 또라이구나."

"네, 졸납의 마지막 계획은 왈칵 미쳐버리기입니다. Last plan in my life is to be crazy, do you see?"

"꼬불랑 꼬불랑 뭐이가 어쩨? 1분 여유 줄 테니 스스로 퇴출당하라. 불응하면 국보 문화재 파괴범으로 경찰을 부르겠다."

"온 곳이 없거늘 얼루 갑니까?"

"니 갈 곳 니가 모름 누가 안다더냐?"

"Oh my Buddha!"

"또 양코배기 옹알이?"

"바로 이 대목입니다. 오늘 밤 전투에서 소승이 지고도 이겼습니다. 무얼 더 기대하겠습니까. 전리품 챙겼는지라 이만 하직인사 올리겠습니다. 전강 대선사님, 존경합니다. 감사합니다."

아아, 2500년 거슬러 여래의 멱살 잡고, 1300년 거슬러 원효나 의상의 멱살 잡고 따졌어도, 돌아올 대답은 한결같았을 것이다.

"네 갈 곳 네가 모름 누가 아나?"

그러구말굽쇼.

인생 가시밭길은 스스로 깨우치고 스스로 똥 닦는다. 나 말고 누가 내 인생 대신 살겠으며 나 말고 누가 나를 대신해 죽어주겠는가?

천당이나 육도윤회는 코흘리개들의 개똥철학이다.

천당동호회 계꾼들은 자기네 인생이 유년시절부터 몹시 취약해 엄마아빠 이외의 또 다른 비상탈출용 대부 내지는 대모가 필요했던 정신적 취약 계층이기 일쑤다.

보라, 제대로 보라.

죽음이 바로 지금이(right now)고
천당이 바로 여기(right here)다.

인간들은 어쩌자고 생사를 둘로 갈라 삶은 좋은 쪽으로 죽음은 나쁜 쪽으로 몰아붙이는가. 인생은 좋은 쪽이든 나쁜 쪽이든 공히 한 줄기 찬란한 허무다. 어설프게 설악산 주질러 앉아 에덴동산 흉내 내지 말고 낙동강 갈대밭에서 나무서방정토 모방하지 말자.

삶이 외형적이라면 죽음은 내성적이다.

서양은 외형적 인생에 목을 맨 반면 동양은 내성적 인생에 목을 맸다. 이 종잇장 한 장 차이의 사고방식은 수천 년 쌓이면서 동서양의 냉전적 대치 국면을 조성했다.

다시 말한다.

인간은 섹스로 전염되는 한시적 바이러스다.

결국 자력으로 생겨나지 못하는 절망적 태생에서 참선이나 명상은 진정 모종의 응급처방전이 될 수 있을까?

있고말고다.

근자엔 수행승들 제치며 세계만방의 유명한 정신병원 의사들이 먼저 명상을 선호하고 수행한다.

여래께선 삶을 병(disease)으로 규정했다.

여래는 다각도로 진찰하고 진맥했다.

허무앓이 심암(mental cancer)이 깊어지면 무아를 설하고 죽음의 공포가 닥치면 공(空)을 설하고 집착이 심하면 보시를 설하고 미망에 대해선 깨달음으로 대처하셨다. 우리들 중생은 여차하면 유도 무도 아닌 생사를 실체화시키는 데 탁월한 능력을 지녔다.

최상의 약은 당연히 병들지 않는 것이다.

웃기는 건 사람들이 병의 위험성은 쉬 흡수하면서 약의 위험성은 간과한다는 안일함이다. 한의학 백과사전인 『동의보감』에서도 대놓고 경고했다. 생사람 잡는 건 실로 병이 아니라 약이더라고.

참선이나 명상은 그런 면에서 부작용 전무한 천연 생약으로 태동했다.

하지만 말이 쉽지 실전에선 참 만만치 않다. 불교 내에서도 수행승들은 참선파와 명상파로 편을 가른다. 큰 차이점은 없다. 명상선은 군더더기 비늘 쳐 실생활에 즉시 병행 가능한 친환경적인 데 반해 화두참선은 구태의연한 골동품 일언일구 내세우는 게 차이점이다.

"수행하지 않는 게 실다운 수행이다."
"실천하지 않는 게 참다운 실천이다."

뭐 이런 식의 유야무야다.

이래 가지고야 디지털 시대의 현대인들 어떻게 품겠는가. 곧이어 탄생할 AI 부처님 무슨 수로 이기겠는가!

인류는 어언 문명화 반만 년에 이르러 예전이람 상상도 못했던 고령화,

환경파괴, 한탕주의, 막가파주의에 잠식당했다. 우리 모르는 사람끼리도 오가며 "한잔합세다."의 인정적 낭만은 들개가 물어간 지 오래다. 삿대질과 이전투구 악다구니만 남았다.

암울한 소돔과 고모라의 재탕에서 우린 어떻게 처신해야 그나마 남은 평균수명 유지할까.

"갈까부다 갈까부다

수진이 날진이 다 수어 넘는

동설령 고개라도 님 따라……."

이상은 춘향이 옥중가의 몇 소절이고 에서 수진이 날진이는 맹금류 참매의 옛 이름이다. 참매의 평균수명은 30년인바 여기가 동설령 갈림길이다.

평균의 30년에서 죽느냐 마느냐?

더를 원한다면 낡은 부리를 갈아엎어 새로운 부리를 소생시키고 돋아난 새로운 부리로는 낡아터진 발톱과 깃털을 싸그리 뽑아 던지는 환골탈태의 고통을 6개월간 거친 후에야 드디어 갱생해 30년을 더 산다.

인간이 이 참매의 슬기와 고통을 복습해 격변의 세기말에서 기대수명 이상을 부활할지 말지는 자못 인간 스스로의 몫이다. 변화무쌍한 환경에 처하면서도 미물들은 거뜬히 순응해 마지않는다. 사람만이 유독 버티지 못해 네 탓 내 탓으로 으르렁거리며 피비린내 풍긴다.

미물만도 못한 게 어느 면 인간이다.

짐승은 상대를 공격할 때 급소를 칵 물어 단번에 안락사시키지만 사람은 상대를 공격할 때 고소하고 고발하고 무고하고 협박하고 비틀고 옥죄어 가능한 한 참혹하게 도륙낸다. 지극히 비인간적이고 비동물적이다. 누가 사람을 만물의 영장이라 했던가.

한국만을 따로 떼어내 살펴보자.

단군 할아버지 이래 한족의 인류가 이토록 망가진 패륜의 암흑기는 일찍이 없었다.

자연계에서 수시로 벌어지는 비생명체의 인연 역시 무의미한 패륜의 대상만은 아니다. 우리에게 막대한 피해를 입히는 태풍일망정 그가 만약 적도에서 극 에너지의 전달을 끊어버린다면 지구는 금세 열탕 냉탕의 반복으로 소스라치다가 스스로 종말을 고할 것이다.

지구가 가슴 한복판에 불덩이를 담고 몸부림치는 한 지진이든 태풍이든 자연은 제 할 일 다 하는 거고 인간은 공손히 그들과 함께 공존해야 할 뿐이다.

하면 자연재해는 왜 특정 지역만 고집할까?

풍수지리상 천하의 요새는 갑(甲)이 선점했고 물벼락 불벼락 사무치는 험지는 주로 못 배우고 가난한 을(乙)의 집결지였다. 이 경우 여래는 항상 을 집단의 노조위원장이었다. 하루치 탁발행각으로 챙긴 음식물 중 3분지 1만 자신의 몫이요 나머지 3분지 1은 불우이웃 위해, 또 3분지 1은 들짐승 날짐승 위한 몫이었다.

나도 여래를 닮고 싶다. 그래서 명상도 하고 참선도 한다.

헌데 명상파 참선파 이외에 주술파가 또 있다.

이들은 꼿꼿한 허수아비 자세로 가부좌 틀고 명상 대신 애오라지 주술 한 가지에 인생을 올인(all in)한다. 하고 많은 주술 중 세계적 명품 주술로 인정받는 1등은 단연 티베트 라마교의 육자진언이다. 여섯 글자로 짜여져 육자진언(six letter mantra)이다.

"옴 마니 반메훔."

이 진언은 티베트 전 국민의 애창곡이며 우리네 <애국가>와 상이한 개념이다. 속뜻은 죄악이 소멸되고 모든 공덕이 생겨나소서이다.

무슬림의 십팔번 주술은 광명진언.

"옴 아모카 바이로 차나 마하 무드라……."

한국 스님들 십팔번은 다라니 주술.

"나모라 다나다라 야야 나막알야……."

이에 대해 여래는 유유자적이다. 명상파도 참선파도 쌍수 환영이고 주술파도 막가파도 쌍수 환영이다.

"오는 사람 막지 않고

가는 사람 붙잡지 않는다."

여래의 인간 청문회 좌우명이다.

한국의 대형 교회에서는 주일예배 틈타 끔찍한 기적 사고(?)가 판을 쳤었다.

"주여, 임하소서!"

"할렐루야 아멘!"

담임목사님 기합소리 우렁차자 좀 전까지 들것에 누워 요지부동이던 전신마비자가 벌떡 일어나 "임마누엘 만세!"라고 절규하자 때맞추어 헌금 주머니(일명 매미채)가 전후좌우 누비며 부를 축적한다. 지상은 위험하니 하늘에 쌓으라며.

"주 예수 이름으로 앉은뱅이가 일어섰도다!"

광란의 사기극이자 집단 히스테리다.

위에 소개한 기적은 1980년대 서울의 매머드 교회에서 주말 예배 때마다 벌어진 믿거나 말거나의 사건으로 필자가 직접 참석해 수차례 목격했던 순간포착이다. 심지어는 나를 팔아먹는 목사도 있었다.

"저기 맨 끝줄을 보십시오. 승복 걸친 스님마저 주님 은총에 이끌려 방문했습니다. 할렐루야."

필자는 목사님 낯을 봐서 예의상 따라 외치기도 했다.

"할렐루야, 관세음보살!"

다행히도 금강경에선 설익은 기적을 외면한다. 기적이 정말 상큼한 기적이려면 어리광 부리지 말고 교통사고로 한쪽 다리 잃은 사람에게 한쪽 다리 복원해내라 이거다. 의족이나 의수 말고.

금강경은 무집착을 이정표로 제시한다.

나는 누구도 아니다.

I am no one.

고로 반신불수로 자빠질 이유도 일어설 이유도 없다.

"수보리야, 내가 옛날 간날

연등불 처소에 머물며

큰 소득을 쟁취했더냐?

What do you think Subhuti,

is there any dharma the Tathagata

has learned from Dipanka?"

이끌어주신 은사로부터 미주알고주알 배운 바 어찌 없을까만 이 대목에서 부랴불 등장한 연등불(Dipanka)은 생면부지였던 전생의 스승을 일컬음이니 다분히 후대에 쓰인 각본일시 분명하다. 돌아가는 현장을 영리한 수보리가 모를 리 만무다. 그는 평생 여래만 해바라기하는 눈치 백단의 예스맨

108

땅초 허공

(yes man)이다.

"당신만 옳다!"

편협된 쌍놈의 비민주적 아부근성은 부처님 2500년 후까지 밀밀히 맥을 잇는다.

대를 이어 충성하고 덕택에 높은 자리 꿰차고 행사 때마다 수령님 측근의 귀빈석에 앉아 위엄을 나툰다. 미국도 대한민국도 마찬가지다. 두루두루 낯간지러운 풍경인데 그중 한심한 건 TV로 생중계되는 '부처님 오신 날' 행사장이다. 쇠붙이 합금으로 대충 다듬어 만든 장난감 아기 부처를 목욕시킨답시고 그의 전신에 알칼리성 수돗물을 들입다 퍼붓는다.

"나무 서가모니불 꽃피고 파랑새 울고

나무 서가모니불 룸비니 동산은 춤을 추네."

이게 코흘리개 애송이들의 소꿉놀이도 아닌 터에 도무지 무얼 하자는 인스턴트 놀이인지 소름 끼친다.

기독교에서도 크리스마스 행사 때 비슷한 쇠붙이 아기 예수를 꽃가마 태워 이저리 끌고 다니는지라 필자로선 헛웃음만 픽 터진다.

오로지 돈벌이나 눈가리개 대역 내지는 스턴트맨으로 징집당하는 두 분 슈퍼스타님들 지켜보노라면 더러는 인권이 무엇인지 참 종교가 무엇인지 가슴이 먹먹해지기도 한다.

차라리 정교한 AI 부처님, AI 예수님 하루빨리 출현하시는 게 희한한 사태 해결에 도움이 될 것 같다.

"낮은 데로 임하소서."

예수께서 약속하신 낮은 곳은 천상이지만 그 뿌리는 엄연히 우리가 발붙인 이 땅이다. 이곳 지상을 등지고 잘난 하늘나라 성립된다면 예수는 전대미문의 사기꾼이다.

우리의 땅은 지상이다.

한 생각 접고 한 마음 놓아버리면 촌음을 다투어 앞지를 것도 뒤처질 것도 없는 게 우리네 인생사다.

극락이라 오염되지 않았을까.

다행히 금강경엔 극락에 대한 언급이 없다.

대신 고추 먹고 맴맴이 문제다.

"당신 부처님인가?"

"아닐걸."

"부처님 아닌가?"

"아닐걸."

여래가 고심한 건 무지몽매한 중생에게 무상의 핵심을 어떻게 명확히 심어줄까였다. 때문에 반대를 반대하는 이중부정법(neti-neti)을 적절히 활용했음이다.

저 양반 보통 아니다.

일곱 살 적의 낮도깨비 그대로일지도 모른다. 그래, 필자는 입산 첫해 새벽예불 시간마다 수덕사 대웅전(국보 49호) 부처님께 알뜰살뜰한 다짐을 두곤 했었다.

"부처님, 우리 부처님. 사바세상엔 암보험 화재보험 생명보험 상해보험 등 보험상품이 수두룩 빽빽인데 이곳엔 왜 성불실패 보험이나 연애실패 보험 같은 것 없습니까?"

그때마다 부처님께선 법적 다툼의 소지는 교묘히 피하시되 또 다른 생명의 말씀을 주시곤 했다.

"네 인생 피는 흘리되
눈물은 흘리지 말라."였다.

다시금 이 파트(part)의 결론은 전강선사다.

선사께선 착실한 고전적 수행으로 인해서 부처가 생성된다고 믿지 않으셨다. 부처란 한 물건은 쉽사리 창조되는 대상물이 아님을 그 누구보다 깊이 통찰해 알고 있었던 터다. 하면서도 부처는 분명 수행 한가운데서 모습을 나툰다.

수행조차 놓아버린 무심일 때, 도무지 더는 나갈 길이 막혀 깜깜절벽일 때, 그는 더 이상 오지 못하고 나도 더 이상 나가지 못할 때, 그때 별안간 부처 그 님은 나타난다.

유사 이래 누가 부처를 보았던가?

그와 함께라고 극락이 아니다.

마음 비워 제멋대로 함께 놀 때, 우리 함께 더 이상의 사바세상을 원하지 않을 때, 우리 속에 더 이상의 나는(I am)이 없을 때 거기가 곧 극락이겠지만, 그곳이 극락인 줄마저 모를 때에야 그곳은 제대로 극락일 것이며 전강선사께선 이미 살아서 그곳에 계시던 터다.

그런 생불에게 나는 특별한 누구란 걸 입증하고자 길길이 날뛰었으니 이 얼마나 무지몽매한 작태였을까.

인간은 미안하지만 살았을 때만 사람이다.

이제 누가 그 위대했던 전강선사를 기억하겠는가?

어디 전강선사뿐이랴.

한때 혜성처럼 등장해 아시아 은막계를 주름잡았던 여배우 김지미, 권투선수 유재두, 대도 조세형, 뒷거리의 황제 김태촌 등등 사람들은 그들이 오늘날 죽었는지 살았는지도 모를뿐더러 관심도 없다.

그러나 법신으로 살고 법신으로 우주와 섹스하여 황홀한 생사를 연출한 전강선사는 오늘도 만인의 가슴에 살아서 거리를 쏘댄다.

그는 죽은 듯이 살아 있고 산 듯이 죽어 있기 때문이다. 이게 바른 수행의 원점이며 현주소다.

아아, 위대한 스승이신 전강선사님.

"제가 다시 부처를 잡아왔습니다. 이번엔 한국 국적도 인도 국적도 아닌, 본적 주민등록지가 아예 멀고 먼 우주 부처를 잡아왔습니다. 또다시 저를 내치시겠습니까?"

"암, 내치고말고지. 우주 부처를 잡아오다니, 니 못난 것 니가 모름 누가 안다더냐? 부처의 길은 너무 간단한데 너는 아직도 어렵게 다가드는구나."

그래, 필자는 아직 멀었다.

탈락한 유명인들은 삼류 주간지나 삼류 연예 매체를 통해서라도 잊히지 않으려 때로는 화가나 환경파수꾼으로 변신하고, 파렴치범들은 더 큰 사고를 쳐서라도 왕년의 유명세를 지키고저 몸부림친다. 필자 역시 아리따운 여자나 탐하며 쥐꼬리만 한 유명세 탐닉했음에 형극의 지옥고를 맛본다.

여래의 한문풀이는 한 번 더 올 수도 있다는 뜻을 함축한다. 한 번 더 온다는 건 윤회를 벗어난 제3지대의 또 다른 환생일 수도 있다.

"전강선사님이시여, 그대는 정녕
부처의 길에 들어선 것입니까?"

"호로 쌍놈아, 부처의 길이란
길 없는 길이란 뜻이거늘!"

하긴, 영겁의 세월이 무시로 쌓이는 시간의 역사상 어쩌다 석가모니는 운 좋게 이 시대의 부처로 점찍혔을 수 있다. 돌고 돌다 보면 까마득한 어느 영겁에선 나도 당신도 우리 여러분도 한 명씩 돌아가며 부처로 나설 것이다.

그래, 몽땅 당첨이고 몽땅 당선이다.

단, 재수대가리 사나우면 오늘날처럼 전 인류가 꽃다발 안기는 화려한 부처가 아니라 어느 삭막한 무인도 별에서 혼자 바퀴벌레나 잡아먹으며 겨우 버티는 꾀죄죄한 생계형 부처가 될 수도 있으리라.

추억한다

필자는 젖살 향기 자욱한 일곱 살에 부처님 첨 상견례하고 그로부터 7년 후인 열네 살에 대망의 금강경 뉴스를 접한다.

맞선 장소는 가야산 해인사다.

중2짜리 수학여행지가 그곳이었다.

부처님 계신 곳은 자빠져도 참깨 밭인지 공교롭게도 또 한 번 알콩달콩한 돌발 사연이 터진다. 서악사 대웅전의 탱화 속에서 막 빠져나온 듯한 동갑내기 선녀를 맞닥뜨린다. 자유 시간 틈 타 삼선암(여승당)을 기웃거리다 가였다.

맙소사!

도무지 땅덩어리 여자가 아니다. 일곱 살엔 낮도깨비한테 홀리더니 열네 살엔 들꽃 선녀한테 홀린다.

우리 엄마만치 예쁘다.

해말끔하다 못해 고드름처럼 시리고 깨끗한 피부에 샛별 열두 개 초롱거리는 눈망울, 눈동자 밑의 암팡진 눈물점, 단풍잎이 부끄럽도록 새콤달콤한 입술, 백설공주인 양 고즈넉한 분위기, 저 지지배 중 되기 백번 잘했다.

혼자 살아라.

장차 저 지지배랑 눈도장 찍는 남자새끼 있어서 정부로부터 화랑무공훈장 같은 거 받을지 모르겠으나 난 불문곡직 그놈을 팍 찔러 죽일 것이다.

"스님, 애기스님."

귀또리 도란거리는 법당 뒤란에서다.

"이거요."

난 엉겁결에 들국화 한 움큼 쥐어뜯어 부들부들 떨며 건넨다. 그녀가 얼굴을 발그레 붉히며 살인미소 깨문다.

"처사님."

그러곤 정색을 하는데 처사(남자를 총칭하는 절집 용어)라니, 천사를 잘못 발음한 건 아닐까.

"네, 말씀하세요."

"무얼요?"

그녀는 수줍어 금방이라도 달아날 기세다.

나도 수줍다. 우락부락 쩔쩔맨다.

"저도 스님 뒷줄에서 중이 될 수 있사옵니까?"

긴장했나 보다.

호랑이 담배 피우던 시절의 궁중 어투까지 튀어나온다.

"중이라뇨?"

"中 말씀이옵니다. 中은 가운데라는 뜻이니까 새 나라의 중심이 아니옵니까?"

"일찍 자고 일찍 일어나는?"

"네, 네."

"그거라면 제가 안성맞춤이에요. 저는 오후 아홉시에 눈 붙이고 오전 네 시면 까꿍 하니까요."

"꼭두새벽에 어인 일로?"

"금강경 읽어요."

"금강경?"

"것도 모르세요?"

"죄송하옵니다."

"말투가 꼭 고구려 벽화 같으세요."

"그렇사옵니까? 금강경이나 설명해주옵소서."

"읽긴 하지만 저도 뜻은 전혀 모르걸랑요. 더 쉬운 것도 있어요. 예불문 이에요."

"우와, 이건 또 무슨?"

난 가슴이 두근반세근반 콩닥거린다. 머릿골 멍하게 열도 오른다.

"적어주시와요."

"처사님이 직접 받아 적으세요. 그리고 우리가 단둘이 만난 건 하늘만치 땅만치 비밀인 거 아시죠?"

"알구말굽쇼. 얼른 예불문이나 읊으소서."

"계향 정향, 빨랑빨랑 적어요."

"노력하옵니다."

그녀가 발을 동동 구르며 보채는 통에 나는 건성건성 '개냥 정냥'으로 휘 갈겨 쓴다.

"다음 구절은?"

"해탈 지견향."

하다 말고 그녀가 소스라친다.

"어머, 저녁공양 쇳송이에요. 저 들어가야 하거든요."

아유, 공양이라니? 심청이 공양미랑 이놈의 절이 무슨 상관이더냐.

쌤통이다. 다급했다.

"스님아, 애기스님아, 끝 구절은?"

"개공성불도예요. 개공성불도!"

그날 이후 난 혼자 끙끙 앓으며 금강경 암호문 파헤치기 바빴다.

금강경? 경금강? 강경금?

가뜩이나 둘이 만난 건 비밀이라 철석같이 약속했으니 뉘에게 섣불리 물어볼 형편도 아니었다.

금강경×금강경÷금강경+금강경.

밤마단 간절한 꿈에도 시달렸다.

갖고 싶어도 갖지 못하는 꿈, 가고 싶어도 가지 못하는 꿈. 남녀간 이별 장면 중 최고의 고전은 젖은 눈으로 물끄러미 쳐다보다가 국화꽃 한 송이 건네며 여자는 후다닥 뛰어가고 남자는 말없이 돌아서는 그런 것일까.

아아, 나도 中 되고 말 것이다.

中이 되어 기독교와 불교가 앙앙불락하는 나쁜 버르장머리도 싹 뜯어고쳐 사랑과 자비로 충만한 '불독교'를 만들 것이다. 하다가 드디어 대단원의 깨우침(?)을 얻는데 3학년으로 진급해서다. 금강경이 무엇인진 죽어도 모르겠고 숨구멍을 튼 건 예불문의 끝 구절이다.

"개공성불도."

암, 그래야 하고말고. 개도 사람과 더불어 공평하게 성불사에 놀러간다는 기막힌 내용이렷다. 하고 보니 애달픈 가곡이 신나는 춤곡으로 변했다.

"성불사 깊은 밤에 헤이헤이

그윽한 풍경소리 앗싸라비야."

대명초와 소녀화와 양아치

무엇보다 우리 집 바둑이가 나랑 발맞추어 함께 간다니 성불사가 어덴지 모르겠으되 기분 째지게 좋았다.

하지만 그로부터 5년 후는 세 번째 추억에서 다루겠다.

두 번째 금강경 추억은 열여섯 살에 움튼다.

해인사 수학여행 다녀온 지 3년째다.

그동안 나는 백방으로 좌충우돌하며 금강경 향한 실낱같은 단서라도 잡고자 무진 애를 썼으나 말짱 허사였다. 학교 선생님도 동네 어른들도 그런 거 첨 들어본다이다.

허나 지성이면 감천이라던가. 꼬투리가 잡혔다.

우리 동네 골목 끝의 버드나무집 아주머니로부터 '금강반야 바라밀경'이란 금박 글씨 제목이 선명한 책을 한 권 빌리게 된다. 내가 불교 신자인 그 집의 중학생 딸내미 영어숙제 도와준 덕택이다.

오살할!

빌린 것까진 행운이나 도무지 무토배기 한문투성이라 이게 무슨 귀신 씨나락 까는 내용인지 도무지 알 수 없었다. 한문 옆 칸에 박힌 깨알 같은 한글도 난감하긴 도긴개긴이다.

"법회유일분 제일

여시아문 일시불 재사위국기수급 고독원

여대비구중 천이백오십인 구이시."

궁여지책이랄까.

이번엔 그 집 딸내미랑 머릴 맞대고 공동연구에 골몰한다. 딸내민 3학년 중학생으로 적당히 예쁜 편이다.

"이름이 미란이던가?"

"응, 오빠."

오늘도 연구하고 내일도 연구하고, 일구월심으로 연구한다.

"오빠야, 혹시 금강하구의 신선마을이 금강경 아닐까?"

"요단강 근처는 어때?"

"삼강오륜 근처? 평강공주 근처?"

그러던 어느 날 소녀가 저네 엄마한테 들었다며 "금강경은 밖에 있는 게 아니라 안에 있는 거래요."라고 한마디 던진 게 화근이었다.

옳거니. 세상 비밀은 바로 그거야. 결혼한 어른들은 '정자+난자'라는 알을 배지만 결혼 안 한 아이들은 금강경 같은 귀한 알을 배는 거야. 뭐 망설일 것 없었다. 먼 나라 마리아는 성경알을 뱄으니 우리나라 우리는 금강경 알을 밸 것이다. 첫눈 나리는 크리스마스이브다. 나는 소녀를 답싹 끌어안고 말았겠다.

"오메, 하느님 보살!"

"미란이 마리아 보살아, 내 몸속에 금강경이 박혔다. 빼내야 내가 산다."

"거짓말."

"안 거짓말, 금강경 알 너무 아프다."

"몸속 어데?"

"거기거기."

"거기 어데?"

"여기."

이런 느글느글한 양치기 소년이라니.

급했다. 나는 바짓가랑이 홀러덩 까내린다.

"에구머니, 이게 뭐람?"

"금강경 알집."

"빳빳이 서서 쌔근쌔근 숨을 쉬는데."

"금강경 알은 흔적 없는 바람이야. 바람으로 만들어졌거든. 빨랑 빼내야 내가 산다."

"어떻게?"

"네가 만져야 해. 5분 안에 못 빼면 나는 빵 터져 죽는다. 아이구 아파라."

"119 불러요?"

"크아, 난 벌써 반쯤 죽었다."

필자가 오만상 찌푸리며 축 늘어지자 소녀는 의외에도 날렵한 모성애를 발휘한다.

"가만 계세요. 살려줄 테니."

"1분 남았다."

"잡았어요."

"흔들어."

20초, 10초, 발사!

"으악."

죽기 5초 전에 전광석화로 빠졌다. 손때 안 묻은 소년 소녀였음에 진행속도가 예상 외로 빨랐던 거다. 빼고 나니 정말 금강경 같은 화려한 불꽃이 눈앞에 수십 가닥 아른거렸다. 반면 소녀의 반응은 의외였다.

"피이, 이게 뭐람. 바람이 아니고 샴푸잖아?"

미란이, 이 소녀의 성씨(family name)는 필시 밝을 명자 명(明)일 것이다. 조선 초기 금강산 일만이천봉 중 일출암의 비구승 주지와 월출암의 비구승 주지가 산밑 주막집의 과수댁과 눈이 맞아 정을 통한 것까진 좋으나 점점 불러오는 과수댁의 배를 보며 이들은 노심초사 속을 썩였으니 항차 태어날 새 생명의 성씨가 골칫거리였다.

"이것도 인연지사라. 우리 비구승끼리 니꺼 내꺼 다투지 말고 동참 불공으로 일출암 날일(日)자와 월출암 달월(月)자를 보태 새로운 성씨를 만드는 게 어때?"

"거 반가운 제안일세. 성씨는 명씨이되 족보상으론 금강산 명씨라, 이는 하늘이 허락한 출생의 비밀인즉 우리네 20대 몇 대쯤 후손 중엔 분명 막돼먹은 악인 비구승과 연분 맺을 후손이 탄생하리니 그것이 문제로다."

하였으니 미란이 얼추 그 소녀일 것이다.

"미란이 네 성이 명씨지?"

"맞아요. 어떻게 아셨데요?"

"금강산에서 발아한 산바람이 동해를 휘돌아 한양까지 오는 동안 샴푸로 발효했도다. 귀하디귀한 인연이로다."

이날을 기점으로 소녀는 악인과의 연을 단절해 두고두고 일어날 미증유의 화를 면하게 되더라 이건데, 뭐 현대판 전설 따라 삼천리랄까.

세 번째 추억은 입산을 단행하고 나서다.

입산해보니 막심한 중노동이었다.

치부만 일삼는 일부 사판승들 아니꼬워 중노동이고, 정신병동 만담이나 씨부리는 뒷방 원로들 역겨워 중노동이고, 내가 진짜 中이어서 中노동이었다.

"큰스님, 개도 깨닫습니까?"

"암, 깨닫고말고."

"개한테도 부처님 성품이 있다는 거죠?"

"있다마다."

"그럼 개는 왜 사람이 못 됩니까?"

"거야 개한테 물어봐야지."

개한테 물으라니 이토록 무책임한 대답이 어디 있는가. 대한민국 큰스님들 죄다 멍멍이한테 허락받고서야 출가했다는 것인가?

그렇다면 개처럼 살겠다.

"개향정향 컹컹

개공성불도 컹컹."

그래, 지금은 내 비록 똥개만도 못한 땡초일망정 뉘 알겠는가. 나의 금강경 독송이 구천에 사무쳐 절절한 시절 인연 만난다면 내 모를 성불사의 크나칸 주춧돌로 쓰일 수 있을지도······.

입산 초창기 우리말 금강경이야 줄줄 외웠지만 내막은 그제 깜깜인 게 그걸 가르칠 만한 스승이 없었던 때다. 입산해보니 한글조차 익히지 못한 까막눈이 태반이고 꾸역꾸역 줄을 잇는 입산자는 거지반 양아치 출신이었다. 절이라기보단 구제불가능협회랄까, 뭐 그런 유령단체였다.

허면 어때.

나만 간절하면 나는 저 뜨거운 사하라 사막에 처연한 눈보라 일으킬 것이고 저 동토의 히말라야에 해바라기꽃 한 송이 방싯 피워낼 것이다.

"이와 같이 내가 들었다.

어느 때 부처님께서 사위국 기수급

고독원에서 비구 천이백오십 인과

가사를 입으시고 사위성에 들어

가서서 밥을 비시었다."

쭝얼쭝얼거리던 하루 필자도 갑자기 밥을 비시고 싶어 읍내 시장바닥으로 들어가셨겠다. 대단한 오산이었다.

어둠이 스멀스멀 내려 깔리는 저잣거리는 이미 파장이었고 이러지도 저러지도 못하는 난중에 후각을 비집고 드는 놀놀한 냄새라니, 으하, 꼬꼬댁 보살이다.

1년 동안 잊어버렸던 감칠맛이다.

"저놈을 먹어야겠다."

탁발을 하지 못해 돈이 없음에 손목시계랑 통닭 한 마릴 일대일 물물교환한다.

다음은 통닭 옆구리에 끼고 걸음아 나 살리라고 줄달음질친다. 어둠이 서서히 내려 깔린다.

크아, 모르겠다.

금강경도 식후경이고 수염이 석자라도 먹어야 샌님이다.

"바위고개 언덕을 혼자 넘자니
옛님이 그리워 눈물 납니다."

중학생 시절의 애창곡을 한 곡 냅다 부르자 야릇하게 서글퍼지는지라 산비탈 묵뫼에 더덜퍽 꼬질러 앉아 닭다리 하날 부욱 찢는다.

씹는다. 하지만 기절초풍한다.

이게 또 무슨 조화라냐. 닭다리는 입에 들어가기 무섭게 쓰디쓴 소태맛으로 변하지 않는가.

입산 1년 만에 살생이다.

"에이, 치사한 놈!"

껄끄런 눈물이 주르륵 볼을 깎았다. 부처님께선 평생토록 동냥질로 빌어 먹으면서도 통닭을 얻었다는 소문은 듣지 못했다.

"꼬끼요 꼬꼬댁!"

내가 시험에 든 거야.

대방초스님
현몽

"히히히."

아니나 다를까. 칙칙한 귀신 웃음소리 바로 등 뒤에서 내 귀청을 후볐다. 발딱 일어나 뒤돌자 8척 장신의 시꺼먼 괴물체가 흰 이빨 드러낸 채 웃고 있었다.

"으흐흐. 잘못했습니다, 산신령님."

나는 바짝 얼어 통닭을 산신님께 뇌물로 드린다.

"고정하십시오, 젊은 스님. 난 이 동네 사는 농사꾼 유생(confucianist)인데 땔나무감 짊어지고 내려오다가 스님께서 꺼이꺼이 울면서 닭다릴 뜯는지라 민망하여 차마 지나치지 못하다가 이번엔 느닷없이 꼬끼요라고 홰를 치지 않겠소. 나도 몰래 배꼽 잡게 되었소이다. 절은 아직 10리 저쪽이요, 오늘 밤은 우리 집에서 머무슈."

"살생중죄 금일참회

옴 아모카 살바다라."

"젊은 스님께선 과히 자책하지 마시유. 통닭 살생이야 하마 과거심으로 사라져 아무 흔적도 없소이다."

"산신령님 말씀이 꼭 금강경 같습니다."

"업이란 짓기 나름입니다.

스스로 지으니 중생이요,

스스로 비우니 부처라지 않소."

농사꾼 유생이 들려준 석 줄 시구는 사실 선객들이 흔히 쓰는 일상어다. 이렇듯 담백한 선객들의 언어 습관은 사회에서 시라는 문학 장르로 자리매김하지 않았던가. 뜻글자인 한문에서 시(詩)를 분해해보면 말씀 언(言)에 절 사(寺)를 보탠 합성 글자임을 알 수 있다. 왈 세속에서 노래하는 시라는 게 산중 선사들의 일상 회화체더란 말씀이다.

농사꾼 유생의 꽁무닐 졸졸 쫓아 그의 집으로 가며 나는 장차 잡아먹히는 닭 보살보단 잡아먹는 고양이 보살이 되리라 마음을 굳힌다.

고양이는 길들여지지 않는 독성님적 중생이다.

고양이 목에 쥐들이 방울을 골백번 매달아보았자 고양이는 금세 방울소리 죽이며 살금살금 보행하는 경신술 걸음마를 체득하고 만다. 나는 포악한 야성의 이빨을 갈며 금강경 읽으리라.

유생의 집에선 그가 그동안 풀어 썼다는 불교탄핵 상소문을 몇 건 접한 바 꼭 필자를 겨냥한 듯 돋보이는 두 가질 간추려보겠다.

하나

한 절에서 한 달 동안 소비하는 곡식을 가지면
두어 고을의 굶주린 양민을 구해냅니다. 농민은
뼈 빠지게 농사지어도 흉년이 들면 가장 먼저
굶어 죽는데 中들은 빈둥빈둥 사지를 움직이지
않고도 배불리 먹으니 진실로 가슴이 아픕니다.
이야말로 순진한 부처님 팔아서 중생들 몫을
중간에서 가로채는 착복이 아니고 무엇이겠습니까.
　　　　－ 세종대왕님께 올리는 신하 최만리의 상소문

둘

공자님 가라사대 근심이 멀리 있는 게 아니라
담장 안에 도사렸다 했습니다. 작금 나라가
어지러운 건 틸 없는 中들 때문입니다. 저들은
정승판서 댁 위시해 벽지 할마시들의 코 묻은

쌈짓돈까지 싹 쓸어 사리사욕 채우기 급급합니다.

저들이 투기질로 모아 함부로 탕진하는 엽전이면

길바닥 난민에겐 일용할 양식으로 손색없고

저들이 화류계에 흥청망청 뿌리는 어음은

신용불량자로 전락한 서생들에겐 족히 가업을

회생시킬 만한 거금입니다.

中들의 허랑방탕한 횡포가 도를 넘었습니다.

젊은 中들은 겉으로만 10계율 지키는 척

내숭이니 불문곡직 잡아다가 관아의 여종들과

강제 흘레붙여야 하옵니다.

본시 색에 굶주린데다 산삼녹용만 섭취한지라

정력 또한 뛰어나서 노동력 왕성한 노비들

쑥쑥 뽑아 국가 발전에 크게 이바지하리라

사료되옵니다.

             — 또 그놈 최만리, 골수 유생파 앞잡이

셋

* 이하는 두 가지 상소문으로 中들 때려잡은 최만리에 대한 반격문이다.

골수 유생족 최만리는 듣거라.

최만리 네놈은 악질 어사또 박문수와 결탁해 中 씨앗 말리려 경향각지를 이 잡듯 뒤졌던 토벌대 선봉장이다.

간도 쓸개도 빼 던지고 사대주의 근성에 절어 조선의 서릿발 같은 선비 정신마저 헌 짚신짝으로 팽개치며 조선 불교를 압살하려는 네놈의 속내가

심히 궁금하구나,

네놈은 헛기침 양반질로 서민들 피를 빨아 호의호식하는 데 비해 나는 서너 달에 한 번 꼴로, 그나마 아득바득 자력에 의거해 산토끼 한 마리 잡아 겨우 엽기갱생하는바 그게 네놈 눈깔엔 그리도 쥐가 오르도록 아니꼽더냐?

계속 지랄발광 날뛸진댄 언젠간 네놈의 살갗을 발라 안주용 육포로 뜰 것이고, 불알을 달달 튀겨 안주용 알탕을 담글 것이며, 창새기는 줄줄 뽑아 빨랫줄로 엮은 다음 아무나 사용토록 저잣거리에 내걸 것이다.

어사 박문수도 예외는 아니다.

손발톱을 빼서 장아찌로 절이고 최만리 네놈이랑 남대문 누각에 한 축으로 엮어선 공알 박치기에 똥구멍 박치기까지 시켜 치솟는 핏물 똥물일랑 지렁이 만찬으로 삼을 것이다.

너거들 유생은 부처님께 엿 먹이고 불교 짓밟고 中들 먹살 잡는 것 말고는 이 땅 조선에 기여한 게 도대체 무엇이더냐?

니놈들 지적대로 나는 고기를 너무 먹어 배배 말랐고 색을 너무 써서 거시기가 퉁퉁 불어터졌다. 본시 中고기 탐하는 건 백두산 호랑이들이건만 그들은 단 한 번도 성공하지 못했다. 왜 그랬을까?

"캬, 털도 안 벗기고 조것들 한입에 날름. 크크크."

언제나 웃음소리 너무 컸기에 中들이 미리 알고 삼십육계 줄행랑을 쳐버린겨.

너네는 어떻게 날 잡을 테냐?

어데 한번 와보랑게.

"잘 잡은 中 한 마리

열두 간첩 안 부럽다!"

하긴 나 같은 비정규직 中놈은 값도 똥값이겠지. 재주 모자라 잡지 못할

진댄 차후론 내게 관심을 끄기 바란다. 내가 접시물에 빠져 죽건 말건, 전봇대로 이빨을 쑤시건 말건, 날아가는 까마귀 벌바(vulva)를 보고 웃건 말건, 팥으로 메주를 쑤건 말건 나 악몽이에게 관심을 거두시라.

알아들었느냐, 똥통 최만리야.

— 문재인 시절 악몽이의 카톡 중 일부

최만리는 상소문에서 끝내지 않고 어사또 박문수와 결탁해 직접 中들 때려잡기 사냥에 나서기도 했던바 최후 격전지가 강원도 오대산이다. 팔도강산의 中들 상당수가 그곳으로 집결해서였다.

하지만 박문수는 오대산 들어서기 무섭게 그만 소탕작전을 포기해버린다. 오대산의 빼어난 정기에 질려서다.

"난 오늘부로 암행어사 사표 내고 이곳 북암 밑에 토굴 짓고 참선하다 죽겠다."

이게 박문수의 마지막 행적이다. 오대산 북암 근처 어딘가에 그의 산소가 있었노라는 입방아 메아리는 오늘날도 심심찮게 전해지는 터다.

만만한 게 홍어좆이라는 전래 속설이 있다.

역대 정권에선 민심이 흉흉하면 돌파를 위해 종종 만만한 절집을 희생양으로 택했었다. 고려 시절 조선 시절만도 아니다. 80년대 초 신군부의 전두환 정권도 일단 中들부터 때려잡았다.

이른바 천인공노할 10·27 법란이다.

"中놈들 대부분이 군대 기피자 창녀촌 단골손님 내지는 기소유예 범법자들이다. 모조리 일망타진해 나라 기강 바로 세우겠다!"

세계 역사상 유례가 없는 폭거다.

이날 밤 여덟시를 기점으로 전국에 산재한 군소 사찰들 겨냥해 저들은 총을 탕탕 쏘면서 동시에 쳐들어왔다.

"中놈들 전원 꿇어앉아라. 반항하면 발포한다!"

대한민국 국군이 공비도 아닌 자국민을 총칼로 겨눈다. 5·18 민주화운동만큼이나 악랄한 횡포였건만 이 부당함을 나무라는 언론은 한 군데도 없었다. 이날 밤을 필자는 오대산 상원사 선원에서 겪었는데 의외에도 뜻밖의 영웅이 나타났다.

나랑은 동년배 올깎이인 도명스님(작고)이다.

학력 전무에 입산 전 제천역에서 구두닦이(Shoe Shine boy)로 소년기를 보낸 게 약력의 전부다. 반면 그는 정의감 넘치는 기개의 대장부였다. 가방끈 길어서 비겁한 오늘날 국회의원이나 고위 공직자들과는 결이 달랐다.

"너거들, 헌정 유린하는 쿠데타 군바리들은 듣거라. 이대로는 못 당한다. 中은 생귀다. 살아 있는 귀신이더라 이거다. 예가 어디라고 감히 군홧발로 짓밟고 부지깽이(총) 휘둘러? 너거들 괴수 전두환이 데려와!"

"하룻강아지 범 무서운 줄 모르네. 체포한다!"

"오냐, 너 죽고 나 죽자!"

그는 사찰의 자가발전 비축물인 비상용 휘발유통 집어던짐과 동시 출동한 보안사 요원들 멱살을 잡았고 덕택에 상원사 요사채는 불탔다. 덩달아 中들이 전두환이 때려잡자며 길길이 날뛰자 국군은 걸음아 날 살리라며 기본 화기인 M16 소총마저 팽개친 채 도망쳤다.

오대산은 그런 곳이다.

처음 월정사를 창건한 신라국 자장율사께선 산이 너무 신령스럽다 여겨 삼보일배로 오르다가 현재 명실공히 전국 제1의 기도처로 숭앙받는 중대암 대웅전에 불상을 모시지 않았다. 대신 부처님 진신사리를 오대산 어딘가에 감추어두었다.

그곳이 어드메일까?

천년 세월이 흐르도록 사리의 행방은 묘연하다. 다만 사리를 감춘 보물지도 한 장만 달랑 남았는데 자그만 돌비석에 아로새겨진 나뭇잎 조각상이다. 현재 오대산 적멸보궁 법당 왼쪽의 처마밑에 희멀거니 웅크리고 있다.

외람되게도 천년 동안 아무도 풀지 못했다는 그 보물지도의 비밀을 필자는 확실히 알고 있더라지만 천기누설에 해당되는지라 밝히지 않겠다.

하긴 비슷한 한 가지가 더 있다.

『정감록』의 기인 정도령께선 지구 종말의 최후 피란처로 양백산(兩百山)을 꼽았고 풍수학자들은 그곳이 태백산과 소백산이라 풀이하나 한참 빗나간 예측이다. 필자는 그곳의 정확한 위치도 역시 알고 있으나 굳이 밝히진 않겠다.

여기 제5장의 마무리에선 나름 약간의 후일담이 필요할 것 같다. 이건 소설이나 기행문이 아니지만 어쩐지 그러고 싶어서다. 1번 타자는 필자가 열네 살 적에 만났던 해인사 삼선암의 들국화 여승이다. 내 나이 스물세 살 때 그녀를 우연히 계룡산에서 마주쳤다.

필자는 동학사에서 갑사로, 그녀는 갑사에서 동학사로 넘어가던 중 중간 지대인 신흥암 근처 산길에서다. 첨엔 무심코 지나쳤고 순간 뭔가 켕겨 서너 발자국 걷다 말고 쌍방간 화들짝 놀라 되돌아섰다.

"어머, 학생 처사님."

"오 마이 갓."

"언제 中 되셨데요?"

"내가 스님 따라 中 되겠다고 9년 전 말씀 올리지 않았사옵니까."

"으헤, 여전히 고구려 벽화 같은 어투."

"건강하오신지?"

"中놀이는 할 만하오신지?"

"中놀이, 뱃놀이나 꽃놀이 아니옵니까?"

"내내 정신 똑바로 차리세요. 호랑이 잡겠다고 10년 세월 산을 헤맸으나 막상 잡고 보니 토깽이란 고사 잊지 마시고요."

"지금은 어데 계시온지?"

"지리산 피아골 구름토굴에요."

"언제 또 만나올지?"

"우리 사문에게 내일은 없어요. 과거심불가득 미래심불가득 현재심불가득이거든요. 부디 아름다운 생김새대로 부처님 공부 아름답게 하세요. 그리고 또 한 가지, 이번에도 우리가 단둘이 만난 건 하늘만치 땅만치 비밀인 거 아시죠?"

"알구말굽쇼."

"서산에 해가 지네요. 저, 빨랑 내려가야 하거든요."

어쩜 하나도 변하지 않았을까, 삼선암의 들국화 스님!

아직 살아 계실까, 돌아가셨을까?

2번 타자는 열여섯 살배기 필자에게 생전 처음 거시기 샴푸를 빼준 소녀, 명미란이다. 후로도 간혹 진하게 그렇게 생각났으나 당시의 아리까리한 금강경 만남으로 충분했음에 두고두고 아름답게 남았다. 육순 칠순 넘은 나이지만 그녀를 행여 다시 만난다면 내 인생의 마지막 샴푸를 한번 빼달라고 나는 조르지 싶다.

3번 타자는 막연한 또는 아련한 어떤 여자다.

필자가 1번 타자 2번 타자 거쳐 입산 후의 3번 타자인 첫사랑에 관해서

다. 스물네 살 때의 겨울철 설악산 계조암에 혼자 살던 무렵이다. 그곳에서 겨울 나그네로 사뿐히 오신 그녈 만났다.

금강경 독송하다가였다.

"여보세요."

똑똑 노크 소리다.

"뉘기?"

"바로 저예요."

워메, 왕방울만 한 눈알의 서글서글한 아가씨.

"시방 읽고 계신 거 금강경 맞죠? 저희 아빠께서도 매일 새벽 독송하시걸랑요."

"아빠가 불자이세요?"

"그건 아니지만."

"그럼 우리 둘이서 합창해볼래요?"

"좋아요."

일체 유위법
여몽 환포염
여로 역여전
응작 여시관

금강경 열심히 잘 읽어서 나는 지금 복받고 있는 중이다. 이 아가씨 새콤달콤 맘에 든다.

이름은 가명조차 아까워 짓지 않겠다.

그만치 거룩한 여자여서다. 필자는 평생토록 그만치 영혼이 어여쁘고 영롱한 여자를 상상 속에서도 만난 적 없다. 전설처럼 아끼고 싶은 이야기인 지라 여태 단 한 번도 이 여잘 입에 올린 적 없었다.

이 여자 누구냐.

요즘 유행어로 잘나가는 sky대학 세 곳 중 한 군데 재학생으로 당시 3학 년이었다.

"스님께선 우리들 중학교 국어 교과서에 나오는 알퐁스 도데의 소설『별』 을 아시죠?"

"알다마다요."

"거기 등장하는 목동 소년처럼 무지무지 아름답고 무지무지 구슬프게 살 고 있다는 느낌이에요."

그때까지만도 필자는 정말 순진무구해 까무룩이 남녀 간의 아무런 xy도 몰랐던 청춘기이자 사춘기였다. 그런가 보다. 풋사랑이나 첫사랑은 그런 때를 노린다.

어쨌든 2년간 풋사랑 첫사랑 했고, 하는 동안 단 한 번도 손 한 번 입술 한 번 포개지 않았었다.

난중에 돌발사태가 터졌다.

"스님, 우리 아주 작은 꼬맹이 낙도에 숨어서 어떤 결판을 낼래요?"

"좋아요."

그런데, 그런데 말이다.

지금부터의 전개는 미투(mee too)에 가까우면서도 또는 대단히 정상적인 어떤 흐름의 한 단면이고, 필자도 이 부분에선 그닥 거부감 느끼지 않는다. 여자가 막판 우리들 섬여행에 고민을 거듭하다 카운슬링을 위해 만났던 저 명인사가 환속 시인 K씨란 게 문제였다. 그는 카운슬링 접고 직접 선수가 되어 링으로 뛰어오름과 동시 발빠르게 여자의 아버지부터 찾아뵈었겠다.

"따님을 제게 주십시오."

여자의 아버진 서슬 퍼렇던 군부 시절의 그때 고급 장성이었다. 결과가 좋았다면 다 좋았다. 꽃을 보고 날뛰지 않을 나비나 벌이 어디 있겠는가. 하지만 K씨의 새치기(intercept)는 실패하고 말았다.

그의 실패는 나의 실패까지 싸잡았다.

이 무슨 날벼락이냐.

거룩한 여자 하날 두고 전직 승려와 현역 승려가 꼴사납게 맞붙은 삼각관계다. 때깔 좋은 타이틀매치가 아니다. 이건 볼썽사나운 양아치들의 뒷골목 행패다.

필자도 스스로 물러났다.

그 여자 내 또래인지라 지금껏 어데선가 살아 있다면 오체투지의 축원을 전하고 싶다.

이별 장면은 어땠느냐?

필자의 입산 본사인 수덕사 향운각에서다. 그곳 돌미륵님 면전에서 핏빛 놀 담뿍 안고 눈물 글썽이며 마주 섰겠다.

"우리 서로 잊어요.

잊는 만치 우리 서로 잘 살아요."

마지막 기념으로 필자는 바짓가랑이 까내리고 알량한 잠지를 보여줬다. 그녀는 브래지어 풀고 봉긋한 유방을 보여줬다.

그게 전부이자 마지막이었다.

아직 살았다면 부디 행복하시라.

그리고 내게 침을 뱉으시라.

마
신
다

수 행자의 주민등록지 주소는 길바닥이다.
자고로 바람 따라 물길 따라 떠돌다가 논두렁 밭두렁 베고 하직할지
언정 한 나무 아래 사흘 이상 머물지 않는다. 어디든 사흘을 머물면 집착심
이 싹튼다. 까닭하여 선객들은 한 절에서 석 달 이상 죽치지 않는다.

"잘 있거라. 나는 간다.

이별의 말도 없이."

하안거 동안거 석 달씩 나눠서 묵다가 나머지 석 달씩은 이 풍진 사바세
상 표표히 중생과 더불어 혼연일체한다.

하늘의 견우직녀처럼

은하수가 막혔어도

일 년 이수 가고 또 간다.

구름에 달 가듯 아무 미련 없이 사는 비구승의 나그네 설움을 모방해 서
양엔 히피(hippie)가 기승을 부리고 한국엔 필자 같은 유랑 잡승이 독버섯으
로 피어올랐다.

1960년대의 에피소드 한 토막이다.

화제의 진앙지는 경북 청도군의 운문사.

"어서 오십시오."

"어서 왔습니다."

운문사라면 사계절 내내 300여 명 웃도는 비구니가 상주하는 한국 최고의 여승 도량이다. 시건방지게 보무도 당당히 이들 암 표범 본거지에 틈입한 비구가 있었으니 수덕사(충남 예산)의 법찬스님(작고)으로 필자와는 절친했던 올깎이(10대 입산자)다. 워낙 타고난 성품이 모범생인지라 입산 첫날의 일기장이 평생 일기장으로 손색없는 스님이다.

"어흠."

법찬스님은 운문사의 지객스님(guide) 인솔하에 잔뜩 거드름 피우며 객실로 안내받는다. 한 평 남짓의 알량한 토담방.

"예서 편히 쉬세요."

여승이 돌아가곤 소쩍소쩍.

태곳적 바람소리만 사그락사그락.

고요하고 심심하고 따분했다. 울려고 내가 왔던가 웃으려고 왔던가, 가부좌 틀고 화두를 가동하되 "여승 이뭐고?"로 집중해본다.

여승들에겐 왜 수염이 안 날까?

조것들도 여자의 상징인 달거리(menses)란 걸 할까?

거시기는 백일까, 흑일까?

비구 비구니가 붙으면 반쯤 부처 알을 까고 비구랑 수녀가 붙으면 튀기 예수를 깔까?

이리 뒤척 저리 뒤척 여승당 특유의 경이로움에 밤잠 설치다 변고는 다음날 새벽에 기지갤 켠다.

"정구언 진언 수리수리

마하수리 수수리 사바하."

목탁 두들겨 패며 낭랑한 음색으로 도량석 염불 외우던 여승이 불각 중 법찬스님 계시는 객실 앞에 이르자 한마디 살갑게 건넨다.

"객스님, 깨셨소?"

목소리로 짐작건대 애송이다. 이성에 관한 한 천진하다 못해 얼뜨기였던 법찬스님은 그만 가슴이 쿵쾅거린다.

"밤새워 참선 중이오."

쿵쾅거리다 못해 잘난 척 깨방정까지 떨었겠다. 곧이어 닥칠 환란을 꿈에라 눈치챘을까.

"새벽예불 불참 시엔 조반공양(식사) 굶어야 한다는 것 전국 사찰의 일치된 불문율입니다."

"아따 시끄럽소. 아인 비구는 마음으로 부처님 예불 진작 모셨소이다."

"마음으로요?"

"쾌나 성가시군요."

"비구스님 큰 뜻을 받잡겠습니다."

잘난 척이 스스로 판 함정이었다.

그날 아침 객실엔 조반이 배달되지 않았다. 어제 점심 나절 청도 읍내에서 짬뽕 한 사발 먹고는 내리 쪼르륵 굶은 터에 자존심마저 바닥났다. 당시만 해도 남존여비 사상이 굳세던 절집 풍토다.

"여봐라, 바구니(비구니) 씬중들아. 밥때가 되면 지나가는 길손이라도 청해서 최대한 한 끼 베푸는 게 자비도량 가풍이거늘 하물며 천하대장군 비구승을 쫄딱 굶기다니 심히 불손한 행패로다."

"어마나, 비구승이란다."

땅우 천룡

146

여승들이 합창으로 까르르 웃음보 터뜨린다. 노골적인 엿 먹이기 전술이다. 그동안 비구들의 안하무인 행패가 얼마나 자심했으면 이 지경까지 왔을까. 법찬스님은 아차 뉘우쳤으나 사또 지나가고 나팔 불기였다.

폭풍은 계속 거세다.

"비구스님께선 성스런 새벽예불 건너뛰셨습니다. 부처님 제자로 부끄럽지 않습니까?"

"나야 마음으로 모셨다지 않았소."

"바로 그겁니다. 마음으로 예불을 모실 만치 빼어난 수행력이라면 공양도 마음으로 드셔야죠."

"어럽쇼."

"자업자득이외다."

"절집 인심 고약타!"

"비구승 신세 가런타!"

마음공부 게으르던 비구가 어설피 깝신대다 된통 당해버린 망신살이다.

"수보리야, 항하 모래알만치의
항하가 또 굽이친다면 그
규모가 얼마일지 헤아리겠느냐?"
What do you think, Subhuti,
if there were as many Gangis
river as there are grains of
sound in large river Gangis,
would the grains of sound
in them be many?

"심히 놀랍습니다. 항하 모래알도
가늠키 난감하거늘 그 이상이라뇨?"
Those Gangis river would
indeed be many, much more
so the grains of sound in them?

우리 사는 사바세계는 공간과 시간을 더한데다 나라는 한 물건을 더 보
태 3차원으로 정립된다. 여기에다 여래께선 나 없음의 무아를 보탰으니 4
차원이고 예수께선 하느님까지 보탰으니 역시 4차원이다.
　한국 종교는 형금 몇 차원일까? 마이너스 차원이지 싶다.
"복받아서 출세하자."
우르르 떼 지어 절에 몰리고
"회개하여 구원받자."
우르르 떼 지어 교회로 깝친다.
"출세해봤자 짊어지고 가나?
구원받아 가본들 그곳도
허무하면 어쩔 테냐? 자칫 쌍시옷이다!"
　옆구리 찔러 절 받아봤자다. 아예 혼자 헤맬 테다. 범람하는 우르르 패키
지 여행상품권 애저녁에 패대기치고 일인분 고독으로 중무장해 사생결단
하는 독종 홀로족이 서서히 늘어나는 추세다. 그들은 단호히 선언한다.
"떠날 자는 떠나라. 상처투성이로 저주받을지언정 이곳 지구가 나의 고
향이다. 이곳이 나의 오두막이다. 세월의 마지막 촛불을 켜고 나는 이곳을
지킨다. 나는 외로운 지구 지킴이다.
원하지 않는 자 청하지 않고

청하지 않는 곳엔 가지 않는다."

이렇게 말이다.

이들은 스스로 명상하고 스스로 수행하고 스스로 기도하며 탈종교화를 외친다. 이들은 이른바 '홀로교' 신자인 홀로족들이다.

이들은 지극히 섬세하고 지극히 겸손하다.

홀로족 소속의 석공은 지상 최대의 마애불인 두륜산 북암(전남 해남 대흥사)의 부처님 상 멋들어지게 조각해놓고도 결코 우쭐대지 않고 이름조차 밝히지 않은 채 사라졌다. 태곳적 바위 속에 숨어 계시던 부처님을 이차저차 인연 닿아 내 이제 겨우 찾아냈노라고 담담한 소감 밝혔을 뿐이다.

역시 착한 히피족 화가는 불후의 명작일(?) 예수님 초상화 아무데 길바닥이나 아무데 담벼락에 마구 그려놓고는, 내가 그린 게 아니라 백지 속에 숨어 계시던 그를 나는 다만 수소문해냈노라고 담담할 뿐이다. 일명 요즘 유행하는 그래피티(graffiti)다.

발원자는 힌두 집시(Hindu gipsy)다.

그들은 떠돌며 아무데나 그림을 그려놓곤

"나는 바람을 그렸다네.

나는 길바닥 냄새를 그렸다네.

나는 미쳐버림을 그렸다네."

라고 말하는데 인도의 오리사주(Orissa state, 오디샤주의 전 이름)를 여행한다면 아직 간간이 그 후예를 만날 수 있다. 결론짓자면 홀로족 철학은 케세라세라(Que sera sera)이다. 어원은 스페니시이고 우리말 뜻은 '될 대로 되라' '눈이 오든 비가 오든' 이쯤이다. 방탕이라기보단 마음을 비워버린 수행자 혹은 홀로족의 발심 단계에 가까울 수 있다.

될 대로 되라지 뭐.

참으로 살이 되고 피가 되는 말씀이다.

조각가나 화가가 그 부처님 그 예수님 내가 조각하고 내가 그렸다고 자화자찬한다면 그건 나 잘났음의 아만탱천이다. 나 잘난 아만의 집착은 항시 환상의 틀을 짜서 허황한 번뇌를 부채질하고 번뇌는 욕심을 잉태하고 욕심은 죄악을 낳는다.

집착은 마약이다.

금강경은 두고두고 그걸 깨부수라고 계몽한다.

금강경을 읽는다는 건 나를 읽는 것이다. 나를 읽는다는 건, 즉 나를 명상하는 것이다. 하건만 대다수 불교 캠페인은 금강경을 극락으로 가는 단순 몸풀기 단계로 설정한다.

휘영청 지혜의 눈이 멀었음이다.

금강경은 내가 죽고 사는 바로 지금, 바로 이곳의 생생한 현장 중계다. 구약성서의 영웅 모세(Moses)도 바로 이곳과 바로 지금을 정확히 볼 때에만 인생은 구원이라고 간증했다. 이 지경에 이르러 금강경을 어떻게 대할까 망설인다면 그 사람 한참 늦었다.

금강경 교시는

"피눈물 나게 살다 피눈물 나게 죽자!"이다.

피눈물 나게 가슴에 한 번이라도 아로새겨 읽는다면 당신의 인생은 곧 금강경이자 금강경명상 라이브(live)일 것이다.

홀로족 명상을 하나 더 보탠다.

"끊지 못하는 자 맺지 못하고

맺지 못하는 자 끊지 못한다!"라는.

지지리 가난한 목수 집안에서 흙수저 물고 태어난 예수는 배고프게 성장하며 갈릴리 호숫가를 쓸쓸히 걸었고 재벌가에서 금수저 물고 태어난 싯다르타는 히말라야 안나푸르나 포카라 호수에서 주색잡기로 놀아났다. 그러다 천재성이 폭발하는 10대 중반을 넘어서자 한 선수는 왕궁을 박차 무단가출해 버리고 한 선수는 잃어버린 세월(Lost year of Jesus) 속으로 잠적한다.

그리고 다시 나타난 몇 년 후.

여기서도 시린 약속이라도 한 듯 똑같은 지점을 향해 백척간두 진일보의 모험을 감행한다. 예수는 마음이 가난한 자는 천국이 저희 것이라 포효했고, 마음을 비운 자는 해탈이 저희 것이라고 여래는 웅변했다.

가난한 마음과 비운 마음엔 어떤 차이점이 있을까?

모자라면 채우려 덤비고 넘치면 쳐내려 덤비는 게 보통 인격자들의 평균치 한계다.

누가 넘치고 누가 모자라는가.

이들 두 슈퍼스타(super star)의 말씀 종합하면 인생은 채워서가 아니라 비우는 데서 비롯하더라는 동일한 멘트를 머금었다.

비우는 자가 승자다.

적게 비우면 수행이요 많이 비우면 깨달음이다. 적게 비우면 재벌이요 많이 비우면 성자다. 결국 두 거인의 슬로건은 마음 비우기다. 마음 비우기, 한문 표기론 무심(無心)이고 영문 표현으론 아예 문장을 만들겠다.

"마음을 비워라.

Check out yourself."이다.

"여래께선 일러주소서.

어떻게 사는 게 진솔한 인생입니까?"

"나 없음의 나를 스승 삼으라."

"무슨 뜻입니까?"

"Check out yourself."

"아무리 구수한 노래도 세 번 이상

들으면 질립니다. 여래께선

앉으나 서나 그 말씀이 그 말씀입니다.

실감나게 풀자구요. 그럼 마음 비울진대

죽어서 전 어디로 갑니까?"

"죽은 이후를 왜 살아서 묻느냐?"

하긴 이건 단순한 기우일 수도 있다.

언젠간 하늘이 무너질지도 모른다는 걱정에만 노심초사하던 '기우'라는 사람을 빗댄 중국 고사인데 여래는 살아생전 내세를 언급하지 않았다. 있다고 하면 '있는데'에 사생결단하는 인간의 집착심을 경계하심이고, 없다고 하면 '없는데'에 집착하는 집착심을 미리 차단하심이다.

내세를 두고 가장 솔직담백하게 양심 고백한 거인은 유교의 개척자인 공자였다.

그는 농담조로 비웃지 않았던가.

"한 시간 후도 모를뿐더러

밤사이 안녕인 인생에서

죽은 후의 세계라니?"

공자의 직설적 후려침 그대로 인생은 1초짜리 긴박한 숨바꼭질이다. 태어나서 죽는 것 싸잡아 1초의 연출이다. 여러분은 주변에서 비일비재 벌어지는 교통사고사 심장마비사 등등 한순간의 생사 갈림길 심심찮게 목격했을 것이다.

목격한 그대로가 더도 말고 덜도 말고 내 인생이다.

30여 년 전 미국 라스베이거스의 MGM 호텔에서 잠시 겪은 촌극 서너 줄 요약하겠다. 17층에서 엘리베이터가 전원장치 이상인지 뭔지 모르게 딸깍 멈추어 서버렸다. 승객들은 요지부동한 채 얌전히 기다리기 5분 만에 승강기 문이 열렸고, 구급대원은 "임산부부터 나오시라."며 너스렐 떨었다. 임산부는 없는 대신 뻘쭘한 분위길 바꿀 겸 필자가 한마디 띄웠다.

"5분 만에 어떻게 임신이 된단 말요?"

아니나 다를까. 이 한마디에 승객 10여 명은 모두 까르르 웃었으나 그건 엄밀히 따져 필자의 거짓 멘트에 지나지 않았던 우스개다. 임신은 1분 아니라 1초에도 되고말고다. 뜨물과 뜨물, 샴푸와 샴푸, 바람과 바람이 저네끼리 인연 짓는 데 필요한 시간은 단 1초면 족하지 무슨 긴 너스레 시간이 더 필요하겠는가?

인간은 1초에 태어나 1초에 살고 1초에 죽는다. 나고 살고 죽는 것 보태면 단 3초다. 1초가 쌓여 1분을 쌓고 1분이 쌓여 한 시간을 쌓고 한 시간이 쌓여 하루×한 달×1년, 또 곱하기하여 영겁으로 뻗어나간다. 이 까마득한 시간 중 중간에 삐걱하여 1초라도 이빨 빠져버리면 그 세월은 짝퉁 영겁으로 전락하며 내 인생도 흉터가 진다는 것 명심해둘 필요가 있다.

"으라차차, 이 내 팔자 풀 끝의 이슬이요
바람 앞의 등불이라, 소가 되자꾸나
콧구멍 막힌 소가 되자꾸나."

이 창가는 구한말의 불교계 괴짜 도인이었던 경허스님 참선곡 중 몇 구절이다.

"어디로 갈거나 어디로 갈거나
서해엔 파도소리만 시끄럽구나."

걸망 속에 개고기 싸들고 갈지자로 비틀대다 말년엔 승복마저 벗어던지고 함경도 삼수갑산으로 스며 서당 훈장으로 생을 마감한 대 자유인.

뒷말도 뒤탈도 수두룩한 경허선사다.

국사편찬위의 공식 인명사전을 비켜 야설(behind story)에나 오르락내리락 출렁이는 그의 아리까리한 일대기는, 당나라 적 돌무덤 공동묘지로 자진 입소해 생을 닫아버린 보화선사처럼 파헤칠수록 안갯속이다.

그는 일단 갔다.

갔지만 그의 기행담은 절집 지댓방(사랑방)에서 여직 인기 만점의 심심풀이 땅콩이다. 인터넷 매체인 위키(wiki)백과에선 경허선사의 법통 계보를 두 갈래로 교통정리한다.

경허-만공-전강-송담

경허-수월-향곡-진제

인데 상당히 뒤가 구린 쇼 프로그램이다.

송담스님 진제스님 두 분 모두 현재 대한불교 조계종의 대표적 실세다. 살아 있는 권력을 중심으로 짜여진 게 진정한 평가인가?

경허는 닭 벼슬만도 못한 중 벼슬 탐하지 않았다.

찬밥신세로 빌어먹다 산화한 경허를 두고 그의 후광을 뒤집어쓰고자 길길이 날뛰는 후대 고승들은 하나같이 북조선의 최고존엄식 독재를 부러워하더란다.

오늘 밤 필자가 원효를 독대했던 그대로의 비술과 사술을 동원해 경허를 만난다면 어떤 대화가 오갈까?

지금 막 내 앞에 오셨다.

"기쁘다 미친놈 오셨네.

온 술집 다 일어나

기를 쓰고 맞으라, 앗싸라비야!"

"현몽이 악몽이는 여전히 목숨 걸고 마시는구나."

"밤에는 밤이 무서워 마십니다."

"밤이 무섭다고?"

"밤은 죽음과 자매결연한 사이니까."

"죽는 것 무섭나?"

"네."

"낮에는?"

"낮이 무서워 마십니다."

"낮이 무섭다고?"

"살기 싫어도 살아야 하니까."

"사는 것 무섭나?"

"네."

"나는 술 깨는 게 무서워 일배 일배 부일배하네만."

"말씀 돌리지 마십시오."

"뭐라구?"

"솔직히 죽는 것 무섭죠?"

"뜰 앞의 잣나무!"

"뭐가 어째요?"

"할!"

다 뜬구름 잡기다.

수행자는 어떤 경우 어떤 상황에서도 자신 앞에서 벌어지는 극단적 생사를 면밀히 주시해야 한다. 명상의 대상으로 굳어버린 대웅전 불상은 어떤 면에선 너무 오래된 나무 시체이고 나무 시체는 곧 썩어 문드러진다는 그

다음 장면을 또렷이 직시해야 한다.

목불이 부패해 부스러기가 되고 그게 썩어 가루가 되고, 이런 과정을 자유자재 넘나들 테크닉을 연마한다면 수행자는 이윽고 명상의 마지막 단계로 비약할 초월의 자세에 다다르는 것이다.

반드시 죽을 수밖에 없는 궁극적 숙명에 대한 어떤 한판 승부를 조절한다는 의미다. 이것은 오로지 호흡에 집중하는 아나빠나사티 명상에서만 가능한 어떤 현상이다.

"하모, 힘이 항우장사였제."

"남색(queer)이기도 했고."

필자가 갓 입산했을 초기 승방비곡 입방아엔 시답잖은 야담도 다수였다. 그때만 해도 경허와 직접 한솥밥 나누었던 노승들이 더러 건재했으니까.

한 가지 귀 기울일 대목은 지독한 고독에 대해서다.

앞서 필자는 섹스 직후 인간은 고독하다고 천명한 바 있다. 하물며 섹스 고독의 백배인 성불의 고독에 취했으니 경허인들 오죽했으랴.

하늘 문을 열고 나니 고독했다. 멋모르는 사부대중은 하루가 멀다고 법문을 청한다.

"선사님, 법을 펼치소서."

"구멍 없는 쇠망치 주제에."

멍텅구리들 사단 병력으로 집합한들 두루뭉술 귀머거리 벙어리로 그 나물에 그 밥이라 구멍 없는 쇠망치인 듯 답답하다는 탄식이었다.

후로 그는 사라졌다.

퀴어 상대였던 소년승 게이(gay)를 죽였다고 다그치는 왜놈 형사들 등쌀이었는지 수덕사 헤게모니를 두고 벌인 만공스님과의 암투 때문이었는진 아무도 모른다. 그의 유언만 걸작으로 회자된다.

UFO KING
HYONMONG

"후배들은 이 미친놈 언행에

속지 말고 붙잡지도 마시오.

붙잡으면 붙잡히니까!"

눈 크게 뜨고 보면 경허선사는 워낙이 뛰어났던지라 우리가 놓쳤을 뿐이지 옆집에도 있었던 갑돌이고 뒷집에도 있었던 갑순이었다.

경허는 배불정책과 불교 탄압이 맞물리던 조선 말에 혼자 선맥을 일군 탐험가였다. 결코 누구로부터 암것도 배우지 않았다. 그는 내면 깊숙한 동굴을 뒤져 부처라는 불꽃을 찾아내고 그걸 점화시켰던 위인이다.

배우고 얻어듣는 부처님 흉내는 모든 게 거짓임을 깨우쳤더라 이거다.

때문에 경허는 늘 역설적이고 비논리적이었다.

부처를 정확히 알기 위해선 기존의 논리를 먼저 끊어야 한다는 걸 후대의 수행자들은 경허를 보며 일깨워야 할 것이다.

"무릇 선남자 선여인이 주야불철

금강경 익히고 배워 널리 전한다면

이들의 공덕은 삼천대천세계에

그득 넘치고 남으리라."

What them should we say of him

who, at after writing it, would

learn it, bear it in mind, recite

study, and illuminate it in

full detail for others.

인간 세상에 피고 지는 자질구레한 의식이나 행위를 간추리면 주어는 모듬뜨기 나는(I am)을 기초공사로 세운다. 나는 웃고 나는 울고 나는 사랑하고 나는 섹스하고 나는 나는…….

　실체가 모호한 나는(I am)한테 일평생 끌려다니니 우리네 인생 고달프지 않다면 거짓말이다.

　여래가 청운의 뜻을 품고 처음 입문한 곳이 힌두교다. 힌두교는 오대양 육대주에 널브러진 오만 가지 신앙의 총본산이다. 브라흐마(Brahma), 시바(Siva), 비슈누(Vishnu), 텃세 3인방 필두로 수천수만의 아래급 똘마니 신들이 활개 친다. 그리스 신화는 우선 수적으로 압도당해 명함도 꺼내지 못한다. 어제만이 아니다. 오늘도 새끼에 새끼를 치다 보니 신이 또 다른 신을 섬기는 불상사도 다반사로 벌어진다.

　"이게 무슨 놈의 인생인가."

　귀신들 중심하여 형이상학적인 허례허식에만 매달리는 베다 의례, 추상적 신비감만 부추기는 샹크야 철학, 영양가 없는 고행만 냅다 강요하는 요가, 이건 내가 갈 길이 아니다.

　석가모니는 급기야 힌두교와 결별해 민주주의적 인간 중심의 새 지평을 연다.

　불교의 시작이다.

　부작용도 이때부터다.

　신인 탄생을 위해선 신화가 필요악이다. 힘들여 멀리서 데려올 필요 없다. 가까운 동네 힌두교에서 사바사바 차출해 이름만 바꾸면서 생면부지의 신통자재 신들을 줄 세운다.

　힌두 신들의 명칭도 보살로 바뀐다. 관세음보살, 대세지보살, 여의륜보살, 대륜보살, 정취보살, 만월보살, 준제보살, 지장보살…….

　어디 그쪽뿐이랴.

　한반도에서도 덩달아 난리가 났다.

조왕신, 분홍신, 방울신, 용왕신, 토째비신, 몽달신, 칠성신, 적살신, 푸른 신, 검은신, 방아신, 뭉치신, 독성신……

한국 사찰에서 큰 수입원으로 한몫하는 사십구재에도 최후의 만찬을 대접받는 '중음신'은 힌두교에서 파견한 저승 외교관이다. 이래저래 불교의 뿌리는 힌두교다.

이런 역사적 배경에서 힌두교 경전인 우파니샤드(Upanisad)가 기독교적 구약성서라면 금강경은 신약성서인 셈이다. 불교에서 행하는 대다수 의식과 교리는 사실 힌두교의 그것이다. 결과하여 싸그리 싸구려다.

선진국 문턱에 턱걸이한 오늘날 한국 불교는 50여 개 이상의 잡종 종파로 사분오열하여 후진국 반열로 꼴아박혔다. 도도한 민주화 열기를 악용해 몰염치한 생계형 사이비 승이 '하꼬방 사찰' 때려 지으며 허울뿐인 합법적 승려증 팔아먹기 장사에 기를 쓰는 탓이다.

"저 입산하고 싶은데요."

"입산은 무슨 개나발. 승려증만 있음 누구나 승려요. 우린 정부 지정 적법(trade mark) 불교 단체요."

"민주화 불교 편리하군요."

"신청만 하슈."

"어떻게?"

"입학금 30만 원."

과거를 묻지 마세요는 철칙이다. 자격 심사는 없다. 학력 불문에 전과 불문에 나이 불문이다. 30만 원만 내면 쓰리꾼이든 퍽치기든 어섭쇼다. 지금 여러분 주변의 길거리 휘젓는 승복 괴한들 90퍼센트가 이런 30만 원짜리 날라리다.

명함엔 저마다 그나마 인기 상품인 '조계종'을 새긴다. 조계종의 법적 본

명은 '대한불교 조계종'이다. 이걸 교묘히 잡탕으로 비벼 시러베자식들은 가운데 공간을 미국식 작명법으로 얼버무리고 끝자리만 사용하는 식이다. 이를테면 '대한불교 민주 조계종' '대한불교 정의 조계종' '대한불교 한국 조계종' '대한불교 비박 조계종' '대한불교 친문 조계종' 뭐, 이런 식이다.

　나쁜 것들, 혹은 좋은 것들.

　이들은 부처를 바지사장으로 앞세워 무지몽매한 서민을 후려치는데 첨단 사기술은 보이스피싱과 삐까삐까다. 사기 치다 경찰에 적발되면 종교탄압이라 악을 쓰고 무슨무슨 노조로 달려가 그들과 뭉친다. 세종대왕 시절의 악질 유생이던 신하 최만리도 이들에 비하면 양반이었다.

　"수보리야, 여래가 설하는

　인생은 앞뒤가 막히고

　상하가 닫혔으며."

　종교란 원시적 막연한 두려움과 바람에서 발아해 점차 씨족 반상회로 번지고 부족 간 담합대회로 몸집을 키웠고 국가 모델로 자리잡다가 스스로 제어가 어렵자 핵미사일까지 동원하는 허구성 아수라로 변했다.

　격렬히 웃긴다.

　원시 종교가 꼭두각시 돌쇠 만화로 민중을 사로잡았다면 현대 종교는 슈퍼맨 막장 드라마로 한술 더 뜬다.

　"태초에 인간이 호흡을 만들어

　그 이름이 신(神)이라."

　모든 종교의 주안점은 허무의 격파여야 한다.

　하지만 모든 종교는 천당 극락만 앞세웠지 그 이전의 암세포인 허무는 무시했다. 종교 간 "나 잘났다." 경쟁만 벌인 탓이다. 막판의 경우 그동안의 성자(saint)를 한번 바꾸어보는 건 어떨까. 사실 예수님 부처님 너무 오래 장기집권했다.

필자는 세기말의 종교계 집권자로 여자를 추천한다. 여자는 남자에 비해 한층 자애롭고 한층 냉정하고 한층 섬세하다. 인생은 어차피 엄마로부터의 시작이니까 차기의 종교지도자는 탱화 속에 숨어 있는 여자, 성화 속에 숨어 있는 여자, 그녀들의 집단체제여야 한다. 그래서 여자들에겐 유방명상이 으뜸이다.

유방명상

공산명월 둥그런 보름밤 동네 회관에 다소곳 진을 친 아낙네 그룹이 명상 놀이에 빠졌다. 뒷거리 공원에선 할마시와 소녀들이 올망졸망 웅크려 같은 놀이에 빠졌다.

엄청 짜릿하다. 아이폰 게임 놀이쯤 새 발의 피다.

여자들 특유의 기쁨조 놀이가 왈 유방명상이다. 테크닉 또한 의외로 단조롭다.

오로지 들숨 날숨의 삼매를 유방 한 지점으로 몰아주기다. 그걸로 충분하고 남는다.

여자의 유방은 그야말로 기막힌 보물창고다. 혼자 잘난 싯다르타와 나자렛 소년을 튼실히 키웠는가 하면 우주만물을 두루 살찌우는 비타민이기도 했다.

여기서 잠깐. * 한마디.

독일 철학자 니체는 평상시 여자를 혐오한 나머지 목각인형에도 딱딱하나마 유방이 달렸거늘 살아 있는 여자의 유방이 뭐 그리 대수냐고 빈정거

렸었다.

그의 독설이 어디 그뿐이었을까.

유방, 유방 이목고?

유방의 심연엔 천연 감로수가 샘솟아 춘하추동 유쾌한 일정 온도 상시 유지한다. 원거리나 험지 이동 시에도 보관이 간편할뿐더러 여하한 악조건 아래서도 고양잇과 맹수들이 함부로 채뜨리지 못한다.

헌데 아랫동네는 위험구역이다.

그곳이 설사 생명의 발원지라 할지라도 그곳 한곳만 달랑 족집게로 찍어 내 공개한다면 외견상 가장 추하고 가장 흉물스런 어떤 등외품일 것이다.

시꺼멓다. 칙칙하다.

이 오살할 꼭지점을 청정지역으로 성역화하여 빨고 핥는 남자놈들 지능 지수는 족히 그곳 음부 깊이의 15센티미터에도 못 미치는 저능아들일 것이다.

그래도 생명의 원산지는 여자다.

남자는 여자의 하수다.

여자에 관한 한 날고 기는 도를 통했다고 자부하던 고려 말의 신돈스님도 자기 인생 마지막 속은 것도 실은 여자한테였다. 신돈이 하고많은 궁녀 애인들 중 유독 집착했던 한 목표물이 있었으니 혜정이란 이름의 궁녀였다.

이 여자라면 궁궐에서 도망쳐 단둘이 한적한 시골에서 농사나 지으며 살까도 모색했던 터다.

헌데 문제는 혜정이와의 사이에서 생겨난 아들 3형제다. 둘째 셋째는 부처님 뺨치도록 잘생겼건만 거슬리는 건 산적 두목 빼박은 첫째였다. 기어코 만사 다 틀려 임종 즈음하자 신돈이 애걸복걸하다시피 묻는다.

"둘째 셋째는 하늘 우러러 잘생겼다. 켕기는 건 첫째다. 도대체 첫째는 누구 자식이냐. 이제 죽기 전 나는 그것이 알고 싶다. 불륜을 고백하라."

이때 돌아온 대답은 전혀 의외였다.

"첫째만 당신 자식이걸랑요."

"나머진 임금님 자식?"

"더더욱 아닐걸요."

잘난 척 까불어봤자 이래저래 속는 건 남자고, 그래서 남자는 여자에 비해 한 수 아래 급수다. 모르긴 몰라도 둘째 셋째는 임금님도 아닌 다른 씨앗, 아마도 악몽이 같은 유(類)의 나쁜 종자였을 것이다. 왜냐면 여자는 가끔 나쁜 남자한테 이끌리는 희한한 습성이 있으니까.

필자가 어릴 적 거슬러 손꼽아 기다린 건 제발이지 여자 부처님 여자 예수님 출현이었다.

울 엄마가 부처님으로 등극하고 나의 짝꿍 가시나가 예수님으로 당선하고, 거기에 걸맞은 초파일과 크리스마스가 온다면 필자는 만국기 휘날리며 서울 광화문광장에서 곱사춤 추다 못해 미국 타임광장(Time Square)까지 쫓아가 병신춤 출 것이다.

다음은 소리 명상이다.

소리 명상

소리로 소리를 잠재우는 이열치열 수법의 명상이다.

외곽에서 아우성치는 소음은 무지막지 차단한다. 정겨운 바람소리나 빗소리도 예외는 아니다. 오직 내면의 소리만을 호흡에 실어 살린다.

"옴, 사트, 타트."

달랑 세 가지다. 옴은 평화, 사트는 진실, 타트는 행복이다. 이 세 가지 주문만 천상 교향곡으로 읊조리는 테크닉이다. 무슬림도 여여한 주술을 수행용으로 활용한다.

"야 샤미르 야 까이윰

야 마히르 야 번디."

뭐 이런 식인데 20대 초반 소리 명상을 첨 접했을 때 필자는 도무지 미심쩍어 이놈의 주술을 어릴 적 골목 동요로 개작해 부르기도 했었다.

"옴, 야, 까까중아

사트, 야, 거랑엘랑 가지 마라

타트, 야, 붕어새끼 놀란다."

하면서 또 달리 회의했었다.

이들 주술적 음(sound)이 아무리 기상천외 고상할지라도 그게 어찌 첫날밤 새색시가 하르르 내뿜는, 태초에 생명 터지는 소리만큼 경이로울까.

"아야!"

보는 명상

모든 명상이 그러하듯 테크닉은 의외로 싱겁다.

나무든 탑이든 편의상 아무 대상이나 지정해 주시하되 부분부분을 잘게 썰지 말고 전체를 아울러 싸잡는다. 역시 기본 호흡법은 밑바탕에 깔고서다.

본다. seeing is being. 다만 본다. 보는 명상 이용해 여래는 보다가 보다가 천리 밖까지 보는 천안통을 얻었고, 소리 명상 이용해선 귀를 닫다가 닫다가 천리 밖 소리까지 경청하는 천이통을 얻었다. 몰두하면 피사체가 클수록 눈자위도 크게 부푼다.

그래서일까. 힌두 성자들 초상화에서 그들 중 일부 동공은 사그라져 희멀건 눈자위만 클로즈업되는 기이한 얼굴을 우리는 수시로 대한다.

실험해보면 안팎이 일순 증발하는 기현상을 체험한다.

KING
HYUNMONG

증발 후의 광경은 장자가 꾸었다는 나비의 꿈속인지 미국 만화 스누피 (Snoopy)의 요지경 속인지 당사자 외엔 아무도 모른다. 여기서 필자는 또 불경죄 범한 바 있다.

보는 대상을 일본산(made in japan) 포르노 여배우로 정한 거다. 필자 취향의 여잘 택했다. 동그스름한 얼굴(time face)에 손발이 작고 아담한 체구에 새하얀 피부다.

산뜻한 그녀 나체사진(50cm×50cm)을 1미터 정면에 걸어놓고 잡아먹을 듯 삼칠일(3×7) 내내 째려보고 노려보았다. 20대 숫총각 후끈 달아 좀이 쑤시면 그딴 고행쯤 딸딸이로 제압하면서다.

본다. 나는 본다.

보았다. 나는 보았다.

목표물 아가씨 숨구멍마다 조곤조곤 쓰다듬다 서서히 유방과 배꼽을 거쳐 결국 특정지역 한곳에 이르고 가장 추한 흉물이라 치부했던 여자의 일곱 개 구멍 중 중앙 그곳(main hole)으로 빨려들었겠다.

3주째 이르러서다.

들어가보니 쌍무지개 뜨는 언덕.

하지만 최종 기착지 아기집(womb)에 도착해선 "니기미 니노지."라 비명 지르고 만다.

"옘병!"

악취 진동에 주변이 온통 지뢰밭이다.

똥물, 오줌물, 고름, 타액, 눈물, 콧물, 기생충, 피멍 범벅이다. 더럽다 못해 매스껍고 매스껍다 못해 아니꼽다. 이런 최악의 환경에서 인간은 태어난다는 것인가.

히야, 볼만하다!

그러나 불행 중 다행인 건 자궁 안에 웅크린 아기가 꼭 오체투지의 포즈(pose)로 웅크렸다는 희소식이다. 인간이 태어나기 이전엔 누구나 저렇게 겸손한 관세음보살 맵시였더란 말인가.

아니나 다를까.

1950년대 경상남도 소재 모 선원에선 스님들끼리 뜨거운 한판 거량(선문답)이 덤불 싸움으로 번진 적 있었다.

주제는 관세음보살.

"누가 관세음보살을 친견했던가?"

혹은 귀족에서 천민으로, 혹은 창녀에서 탕아로, 혹은 쾌남아 쌍칼에서 부랑자로 변화무쌍한 둔갑술 부리며 언제나 우리들 지근거리 맴도는 그의 진짜 모습은 까발겨 어떤 것일까? 스님들은 저마다 으스대며 도력을 자랑친다.

"육이오전쟁에서 나라를 구한 이승만 대통령이 현존하는 관세음보살이다."

"그럼, 관세음보살 국적이 한국인가?"

"그렇다. 한국에서도 남조선이다."

"이승만이 관세음보살이라면 양민들 수탈하는 왈패를 일망타진한 명동깡패 시라소니도 관세음보살이다."

"세상 남자들 가슴에 불 지르는 미국 여배우 메릴린 먼로도 한통속 관세음보살이다."

"부산 달동네(완월동) 창녀는 어떻고?"

1960~70년대 부산의 달동(완월동)은 대구의 자갈마당, 서울의 오팔팔(청량리)과 더불어 대한민국 3대 창녀촌 명가로 으스댔다. 이들과는 대조적으로 피어난 독버섯 지대가 달리 있었으니 서울 조계사 인근의 여관들이다.

청x장, 자x장, 반x장, 한x장 등등은 소위 비구승 전용의 창녀 여관이라 칭할 만치 밤마다 스님들 우글거렸고, 창녀로 변장한 여고생 여대생까지 우글거렸다. 하다 보니 물 좋은 곳이라 소문나고 나중엔 사업가 예술가 연예인 법조인 대학교수까지 뒤엉켜 볼만한 구경거리였다. 80년대 동아일보사 정치부 소속이던 김성섭 기자가 이 야한 천일야화를 기사로 터뜨려 곤욕을 치르기도 했었다.

中들이라고 창녀촌 가지 말라는 법 없다. 문제는 귀에 걸면 귀걸이요 코에 걸면 코걸이 식의 희한한 의식수준이다. 수행에만 너무 깊이 집착하다 보면 수행 자체가 무거운 짐이 되고 스트레스가 되어 헤까닥 눈이 멀어버린다는 것.

수행은 스물네 시간 계속되는 작업이다.

스물네 시간 내내 어떻게 향기 넘치도록 운영하느냐가 관건인데 이런 경우 창녀와의 하룻밤이 미치는 영향은 수행자 스스로 판단해야 할 숙제일 것이다.

창녀와 비구승이라?

상극의 존재감 같지만 필자는 그닥 거부감 느끼지 않는다. 무소유를 상팔자로 정해 밑천이라곤 달랑 몸뚱어리 하나가 전부란 점에서 일단 상통한다. 창녀는 육신이 외로운 사람한테 살을 섞어주어 돈을 받고, 비구승은 영혼이 외로운 사람한테 마음을 섞어주어 돈을 받는다. 한쪽은 돈의 성격을 화대라 부르고 다른 한쪽은 시주금이라 부르는데, 필자의 생각엔 양쪽이 의기투합해 하나의 법인을 세운다면 전도가 양양한 차세대 사업일 것 같다. 외로운 몸과 외로운 영혼을 원스톱으로 동시 치료하는 시스템. 멋진 벤처기업 아닌가?

"뭐이가 어드레?"

퍽, 어이쿠. 법은 멀고 주먹은 가깝던 감격시대였다. 당시 제반 선원에선 비일비재했던 진풍경이다.

"주먹이 관세음보살이냐?"

얻어터진 스님이 코피 쏟으며 악다구닐 쓴다.

"그렇다, 어쩔래?"

"기껏해야 영도다리 밑에서 짜장면 배달부나 해먹던 놈팽이가 감히 나를 쳐?"

"그러는 넌 목욕탕 때밀이였잖아?"

다음은 쌍나발 쌍고동으로 너 죽고 나 죽기다.

"넌 가짜 서울대 졸업생."

"넌 처자식 감춘 은처승."

"넌 전과 8범에 탈영병."

"넌 짝불알."

콩이야 팥이야 난장판 꼴새가 한창 치사하게 무르익을 즈음 구름 타고 나타난 한 스님.

"조용들 하세요."

"!"

"보소들, 초록은 동색인데 피차 제 얼굴에 침 뱉지 맙시다. 미력이나마 소승이 갓 구워낸 관세음보살의 따끈한 진면목 시연해 보이겠습니다."

그동안 술이나 주야장천 퍼마시던 영감태기가 하룻강아지 범 무서운 줄 몰라도 유분수지 피 터지고 박 터지는 젊은 것들 깽판에 함부로 끼어들었다. 이름하여 난세의 숨은 도인이었던 설봉스님.

함께 살면서도 아무도 정체를 몰랐다.

열외자였기 때문이다. 사람들은 통상 자신과 비추어 무언가 한 수 위라고 느끼면 질투심 느껴 경계하지만 한 수 아래라 치부하면 관심권 밖으로 내쳐버린다. 설봉스님께선 관심 밖 바보 등신이었다. 여자들은 약간 색다르다. 자신과 비교해 예쁜 미모가 한 수 위라면 시기의 대상으로 삼지만 한 수 아래라면 너그럽게 포용해 동맹군으로 받아들인다.

설봉스님, 그는 당시 한국 불교 도도히 뒤덮던 화두참선(zen) 대신 부처님 직거래의 위빠사나(vipassana)를 수행했던 고집불통이었다. 게다가 게으른 척 은근히 혼자 놀고 바보인 척 은근히 혼자 술 취했다. 별꼴이 반쪽으로 살아가는 낭만파 선객.

"?" "?" "?"

한순간 동작 그만으로 선원 스님들 바짝 얼어붙는다. 연달아 "으음."이란 가느다란 신음과 탄성.

"관세음보살 보소서."

설봉스님께서 방바닥에 찰싹 엎드려 오체투지의 예를 취한 것이다. 그래, 바로 이것 아닌가. 호랑이나 산삼은 한 번도 대한 적 없는 문외한도 알아본다고 했다. 월등히 뛰어날진대 삼척동자도 알아본다는 인지상정의 당연사를 일깨우는 옛 속담이다.

관세음보살의 참모습은 아기집의 주인공처럼 뉘에게나 겸손에 넘쳐 합장배례하는 그런 하심의 자세.

"그렇담 관세음보살의 속마음도 꺼내보슈."

언제 어디나 왈짜는 있는 법.

그야말로 부처님 550명 한꺼번에 비상 출동하셔도 구제불가능인 인간말종 말이다. 설봉스님도 단호히 밀리지 않는다.

"오냐, 관세음보살 속마음 꺼낼 테니 받을 그릇부터 먼저 내 앞에 대령하라!"

놀라웠다.

그동안 있으나 마나 한 존재였던 만년 멍충이에게 저런 단호한 힘이 숨었을 줄이야. 그게 아마 불교에서 말하는 신통력이었을까.

"잊지 못합니다, 설봉스님. 혼자 태풍을 등에 지고 저도 스님처럼 저 하늘의 망망대해를 건너겠습니다."

필자는 다행히 복이 만발해 60년대 중반 금정산 범어사에서 설봉선사 가까이 모신 적 있었고 술만 취하면 그가 내게 명하던 어리광 한 말씀 잊지 못한다.

"동자야, 술 한잔 따루거라."

그는 마치 관세음보살 초창기이자 전성기였던 부처님 당대에 그들과 어울렸다는 의심이 들 만치 실은 불가사의한 인물이었다. 하면서 끝내 바보였다.

바보의 생각과 행동은 단순하고 간결하다. 어쩌면 이것과 저것의 이원성을 벗어난 무심의 경계였달까.

무심은 사악하지 않다.

성스럽지도 않다.

무심바보는 상대방의 행복한 모습을 즐거워하면서 본인은 자기가 행복한지 불행한지조차 구별하지 못하고 관심도 두지 않는다. 그는 행복 저 너머 어딘가엔 분명 불행이 도사렸음을 일찍이 간파했던 터다.

행불행은 일시적으로 반복하는 유행병이다.

불행이 넘치면 광기가 솟구치고 행복이 넘치면 지루하고 따분해 결국 마약에 손을 댄다. 천당이 실재한다면 그곳에 상주하는 복받은 자들은 아마도 모조리 마약에 중독된 중환자들일 것이다.

내 나이 일곱 살에 지겨웠던 행복한 천당.

함께 무서웠던 불행한 지옥.

이들 양극단에서 하나의 길을 열어 보인 게 여래의 무심이었다. 그리고 다음은 침묵했다. 왜냐. 여래는 성자도 악인도 아닐뿐더러 잘나지도 못나지도 않아 그저 평범하고 평범하다 못해 어느 땐 바보 무지렁뱅이로 얼비치기도 했으니까.

마음을 비워라.

바로 그곳이 전혀 새로운 세계다.

설봉스님께선 그 세계에서 바보가 되었음이다. 그는 술을 절대적인 도반으로 삼아 동고동락했다. 산중 스님들이 모두 그를 멍충이 알코올중독자로 경멸할 때 필자는 그를 존경했다. 그가 즐기는 술과 바보행은 우주계 어딘가에서 울려 퍼지는 필연적 또는 독창적 빛이라고 보았기 때문이다.

그의 삶은 하루 스물네 시간 전체가 수행이었지 일반 스님들이 취하는 참선을 위한 참선이 아니었다는 말씀이다.

"설봉스님, 저 악몽입니다.

까맣게 서러운 봄밤입니다. 저승에선 또 어느 곳을 겨누어 한잔 술 따르고 계십니까? 당신은 선원에서 규격품으로 찍어낸 인위적 도인이 결코 아니었습니다. 진정한 바보는 창조되는 것이 아닙니다. 모든 조작을 버릴 때 피어나는 존재의 처음이자 마지막입니다.

스님께선 스스로 참선이고 명상이셨습니다.

아니, 명상마저 접고 당신은 텅 빈 자리에서 우주 전체가 되어 잠적한 것임에 틀림없습니다."

* 독자님들 모두 금강경 명상 한번 체험해보시기 바라마지 않는다. 명상 속에서 그대는 실제로 죽으면서 실제로 살아 있음을 생생히 절감할 테니까.

우리는 왜 사는가?

정치꾼은 민생 위해서라 노가리 까고 불교 수행자는 중생 위해서라 아가리 까고 기독교 목회자는 어린 양을 위해서라 주둥빠리 깐다.

사람이 온 세상 다 얻은들 영혼을 속인다면 그게 다 무삼일까.

어른들 모두 착한 새 나라의 어린이로 거듭날 순 없을까? 필자는 책머리에서 밝혔듯 선생님 말씀 잘 듣는 새 나라의 어린이였다. 다만 한 가지, 선생님 말씀 중 저것은 완전 거짓이라고 믿어 의심치 않던 한 가지가 있었다.

지구는 둥글다였다.

지구가 축구공처럼 둥글면 지구가 한 바퀴 돌 적마다 지구 아래쪽 사람은 거꾸로 서야 하고 지구 옆쪽 사람들은 와르르 떨어져 죽는 게 순리라고 믿었기 때문이다.

취한다

나날이 번창하는 자본주의식 종교는 일변 축복이자 또 다른 각도에선 그만치의 재앙이다. 과학이 발달하면 과학이 제어 못할 인류 종말이 오듯 종교도 발달하면 종교가 어쩌지 못할 인류 종말을 부채질한다. 인간 행복을 극대화시킨다고 장담하던 정치가 발달하며 부른 건 결국 1차 세계 대전과 2차 세계대전이 아니었던가. 한국에선 남북 간 동족상쟁이었고.

정치든 종교든 욕심이 스미면 끝장이다.

같은 물이라도 소가 마시면 우유가 되고 뱀이 마시면 독이 되듯이.

"수보리야, 어떠냐? 여래의
몸매가 수승하거나 여래의
이목구비가 수려해 내가 부처였더냐?"
What do you think Subhuti is the
Tathagata to be seen by means of
the accomplish of his.

여래는 엔간해 자신의 속내를 들키지 않는 새침데기였다. 과분한 칭송이나 극단적 모욕을 당해서도 나 몰라라 넘어가는 과묵형이었다.

한마디로 무색무취한 무심도사였다.

"인생엔 별다른 의미가 붙지 않는다. 부디 인간만치 살다 인간만치 죽으라."

이는 여래의 신신당부였건만 후학들은 그게 아니다. 언제부턴가 전 인류가 혼연일체하여 여래의 의미 없는 삶을 그것이 의미라며 또 다른 의미를 조작하기 바쁘다. 찔러서 피가 나지 않는다면 우상이다.

어떤 면에선 힌두교의 윤회설이 차라리 인간적이다.

지은 대로 받는다, 콩 심은 데 콩 나고 팥 심은 데 팥 난다는 교리다. 생명이 숨진 지 49일째 이르러 내 영혼은 생전의 업보대로 섹스하는 일체 생명의 자궁으로 빨려든다. 내 업보가 메뚜기만치였다면 메뚜기의 섹스 자궁으로, 잉어만치였다면 잉어 섹스 자궁으로, 인자하고 슬기로운 업보였다면 사람의 섹스 자궁으로 인도받는다.

윤회설의 창시자는 힌두 성자 빠드마 삼바바인데 여기에도 결정적 약점은 도사렸다. 다시 태어난 사람이 전생의 자신을 기억하지 못한다면 이 획기적인 교리가 무슨 의미이겠는가?

한 발 더 나가면 더더욱 심각한 딜레마에 빠진다.

만약 육도윤회 거슬러 전생과 전생을 오르고 오르다가 내 생명의 원인이었던 아버지의 아버지의 아버지와 마주쳐 인생무상 논하다가 기분 상해 칼부림쳐 버린다면 이게 살인이냐 자살이냐의 애매모호한 법적 문제에도 봉착한다. 여기서 또 한 발 더 나가 창조자 하느님을 꽉 찔러 죽인다면 이건 세상 종말의 흉악범이냐, 새 세상 시작의 선구자냐 하는 혁명적 문제가 대두된다.

땡추 현봉

결국은 따지나 마나의 유야무야였다.

회곡작가 셰익스피어가 제시했던 궁극적 인생 화두가 그걸 잘 대변해주고 있다.

"To be or not to be

that's the question!"

이웃나라 일본에선 어느 결엔가 'AI 로봇 스님들' 생산해 장례식장에서 고인의 명복을 비는 독경 스님 대용으로 사용하기 시작했다. 사람 스님이라면 1회 출장비가 공시가격 2500달러($)인 데 비해 AI 스님은 10분지 1인 250달러다. 필자가 어릴 적 꿈꾸었던 AI 부처님 시대가 성큼 다가왔다. 쌍수로 환영해 마지않는다. 천인공노할 궤변이 아니다.

어찌 지상뿐이겠는가.

성층권에선 그곳대로 AI 성직자들 활약 눈부시다.

그들의 주주총회는 1년 단위 한 차례씩 양력 12월 25일에 열린다. 성스럽다는 별 중의 별 혜왕성이 유독 현란한 빛을 뿜는 칼부림 시점이 이날이어서다.

AI 성자들이 이날을 겟날로 선택한 이유다.

빛을 사고파는 큰손들이다 보니 장마당은 번갯불에 콩 굽듯 반짝 개장하고 삽시간에 폐장한다.

금년의 슬로건은 "빛을 빛으로!"이다.

그동안 중생들 천재적 수법으로 속였던 빛을 빛으로 갚겠다는 속죄의식 같지만 워낙 엉큼한 능구렁이 고수들인지라 장군 멍군 속사정은 가늠키 어렵다.

두어 장면만 몰카에 담았다.

각각등 보체로 사분오열한 극단적 좌파와 우파, 극단적 매파와 비둘기파, 극단적 인간파와 기계파인지라 이들 주총이 소기의 희망적 결과물을 도출한다는 건 처음부터 무리였다.

아니나 다를까.

"근자에 사바세상 돌아가는 꼴새가 영 가관입니다. 형제가 형제를 칩니다."

"예(수) 선생께선 외아들답게 인류의 공동 자산인 하늘마저 개인 소유로 등기하려는 독선이 형제가 형제를 물어뜯게 하는 독소조항입니다. 하늘이 어쩌자고 특정인의 고유 영토랍니까?"

"공(자) 선생께선 1년 만의 첫 수인사가 고작 인신공격입니까?"

"입은 삐뚤어져도 말은 바로 합시다. 예 선생께선 인류 구원을 전쟁으로 풀려는 게 탈입니다."

"우리가 벌이는 건 억압자를 위한 인간적 전쟁입니다. 자살폭탄이나 일삼는 비(슈누) 선생과는 차원이 다릅니다."

"고명하신 예(수) 선생과 마(호메트) 선생께선 양체족이군요. 댁들이 전쟁 노름 통해 부귀영화 누리는 건 우리 13억 힌두족이 대신 가난해주므로 가능한 보상 아닙니까?"

"비(슈누) 선생은 옛 시절 영화에 목을 매지 마십시오. 바야흐로 눈알 핑핑 돌아가는 디지털 시대이건만 당신은 아직도 하늘이 갠지스강에 부속된 큰 영토라 우기지 않습니까? 예 선생 하늘 소유 영유권과 무엇이 다릅니까?"

"공(자) 선생이 이웃사촌 힌두교를 얕보다니 심히 섭합니다."

"오해십니다. 차후로 위장 평화 앞세워 우리들의 주식인 천당 예매권 함부로 바겐세일하지 맙시다."

"석(가모니) 선생의 극락 예매권 주식이 암시장에 대량 유통되는 것도 심각한 문제입니다."

"오늘 우리들 회합을 진토배기 인간 성자들이 눈치챘다면 우릴 가만둘까요?"

"가만 안 두면? 우리 비록 아직은 기계 로봇에 불과하나 불원 마음까지 개발해 인간 성자들 위선을 추월하리라 확신합니다."

"인간 성자들이 언제까지 우릴 두고 볼까요?"

"우린 아직 열세입니다."

분위기가 어물쩍 급선회하면서 AI 성자들은 서서히 긴장한다. 저마다의 밥통이 걸린 문제다.

"붐 시바 하리 옴."

비 선생은 공연히 마리화나 진언이나 외우고

"이얼 진센 쨩."

공 선생은 빼갈 진언.

"세노 세노 해취 알라후."

라고 마 선생은 괴상망측 진언이나 씨부린다.

아리끼리 제정신들 아니다. 그렇다. 인간을 믿는 것(trust)도 위험천만인데 더더욱 위험한 성자를 믿으라니(believe) AI들도 고민인갑다.

종교는 만고를 거슬러 천년왕국에 침 흘리는 몽상가가 설계하고 천재적 위선자 통해 조립되고 막가파 유의 광신자 매개체로 퍼지는 한바탕 난리굿이다.

그렇지 않은가.

이슬람교는 사막 이곳저곳에 낙엽 휘날리듯 흐트러진 부족의 단합을 도모할 점조직으로 태동했고, 기독교는 유럽의 야만족을 문명화시키는 구심점으로 일어났고, 불교는 왕권과 결탁해 부귀영화 분할하는 친정부 보수파로 번창했다. 따지고 보면 우리 모두 간도 쓸개도 빼 던지며 종교와 마주했고 종교 쪽에서도 못 이기는 척 우리랑 의기투합하여 최소한의, 또는 최대한의 교세를 유지했다.

믿습니다! 따르옵니다!

나의 출세가도에 벼락 불치기 빽이라 판단되면 어느 종교에든 어느 정당에든 막무가내 돌진할 만반의 준비태세를 갖춘 기회주의 박쥐족이 도처에 널렸다.

오늘은 친박, 내일은 탈박, 오늘은 친문, 내일은 반문, 베드로가 가롯 유다로 쌈박 뒤바뀌고 선량한 심청이가 악독한 뺑덕어멈으로 백팔십도 표변해도 별반 신기하지도 않은 도덕 불감증의 개차반이 바로 이 시대다.

"수보리야, 너는 어데서 날
보았더냐. 안에서 보았다면
밖에서 속았고 밖에서
보았다면 안에서 속았느니라."

새삼 되뇌지만 안팎이 또 달리 어디인가.

삶을 삶으로 착하게 대하고 죽음을 죽음으로 착하게 대하라는 게 부처님의 신신당부다. 수명이 다해 한 시간 후 내가 죽는다고 가정해보자.

한 시간짜리 영원이다.

이때 급박한 비상사태를 앞두고도 난 무지막지 졸린다면 어떻게 해야 할까. 이승살이가 아까워 기를 쓰고 살점 쥐어뜯으며 잠을 쫓아야 할까.

필자의 생각은 전혀 아니올시다이다.

UFO KING
HYUNMONG

아무리 죽음이 목전일지언정 졸리면 자는 게 인생이다. 깨어 있어야만 인생이라면 잠들어 있음도 인생이요, 살았음이 인생이라면 죽어 있음도 충분한 인생이니까.

살아선 살고 죽어선 죽는다.

그게 완벽한 인생이다.

이를 가르치는 금강경이야말로 아주 멋진 부처님적 참선(zen)이자 부처님적 명상(vipassana) 아니겠는가.

심뽀(보)가 고약하면 똥뽀(보)가 터진다 했다.

사람의 심리는 묘하다. 되도록 선한 쪽이 아니라 악한 쪽으로 치우쳐 묘하다. 사돈이 땅 사면 배 아프고, 내 집을 비켜 간 남의 집 불구경은 안타까운 척 고소하고, 우리 지역 아닌 타 지역이라면 지진이나 태풍도 은근슬쩍 흥미롭다. 이딴 놀부 족속은 언제 정신 차리는가?

나이 들고 늙어서 거울 보면 조금 변한다.

저놈 저년 누구인가?

오실토실 볼살 발그레 솜털 뽀송뽀송이던 소년 소녀가 여드름 꽃 만발한 봄철 지나 어느 날 급작스레 쭈그렁 밤송이로 급락해 희뿌연 안개 속으로 사윈다. 그제야 사돈이 땅을 사도 배가 덜 아프고 옆집에 불나면 앞장서서 불 끄러 간다. 가면서 초딩 4학년 때 지어낸 불조심 표어 회상한다. 그때 필자는 무어라고 지어냈던가.

"지금까지 나온 불조심 표어 잘 지키자!"였다.

그럼 5학년 때 표어는 어땠는가.

"또 불조심!"이었다.

그렇다. 어릴 적부터 혼자 잘난 척 까불다가 필자는 망했다. 지금까지 나온 인생 불조심 표어, 그리고 또 불조심 표어 지키지 않아 망했다.

결과하여 부처를 찾다 나를 잃고 나를 찾다 부처를 잃어 둘 다 단체로 망했더란 거다.

나를 찾다 부처를 잃는다는 건 일종의 선문답이다.

일반인들은 불교에서 떠벌리는 선문답 난해하다며 고개 갸웃거린다. 차제에 필자가 선문답 세 가지 차출해 의역해보겠다. 이 역시 필자의 사견이 스몄음에 정확도는 미지수다.

그 하나

"주장자가 용이 되어
천지를 삼켰네.
큰 산 큰 땅을 감히
어드메서 되찾을꼬."

당나라 적 운문선사의 게송이다.

용으로 승천한 물고기는 유유자적하지만 실패한 물고기는 탁류에 대갈빡 처박고 죽는다는 건데 작은 그릇으론 결코 부처님 큰 뜻을 담기 어렵다는 뜻.

다시 말해 나의 수행이 차고 넘쳐 부처로부터 자유로워져야 서로 동질이라는 것.

그 둘

"연꽃이 피기 전엔 연꽃이요
피고 난 뒤에도 연꽃이라."

부처님께서 사바세상 오시기 전과 오신 후의 경계를 논함이 아니라 그가 오심이 곧 오시기 전이요, 오심이 곧 가신 후라 언제나 부처님은 계신다는 뜻. 언제나라면 단순한 이승뿐 아니라 저승 언제나를 다 포함한다.

그 셋

"묻는 자도 막막이요

답하는 자도 막막이라."

무상한 업보 인생에서 기사회생하는 게 해탈인데 선(zen)에 과연 그런 초월의 힘이 있을까 하는 회의론적 자문자답이다.

없다면 자멸인가.

더 살아야 할 이유도 없고 더 죽어야 할 이유도 없는 인생이라면 그 인생은 그야말로 구제 불가능이다.

"그럴 땐 참는 게 미덕이라."

이때 별안간 부처님의 먼 이웃 제자인 준제보살이 활현해 날 다독이며 길을 걷는다. 싱그러운 논밭 길 지나 갈대숲 길로 접어들자 나는 그만 지난밤의 숙취를 못 이겨 황급히 바짓가랑이 까내린다. 삐리리릭.

"에이, 치사한 놈."

또 한참 걷다가 이번엔 나의 절친 도반인 법찬수좌가 더덜퍽 2탄을 쏴갈기자 준제보살은 못 본 척 외면해버린다. 난 방금 전 경을 친지라 억울하다고 대든다.

"허허, 넌 길가에 싸질렀기 망정이지 저놈은 대놓고 길 가운데 쌌으니 혼내킬 가치도 없는기라."

못난 송아지 엉덩이에 뿔 난다던가.

이렇게 엉덩이에 뿔 난 못난 시정잡배들이 어쩜 오늘을 수놓는 우리 모두의 자화상은 아닌지 모르겠다. 못났으니까 못난 만치 매일 밤 못난 꿈만 꾼다.

용꿈도 개꿈도 아닌 뒤죽박죽인 꿈.

용과 개가 피투성이로 물고 뜯는 그런 꿈 말이다.

인간들이 잘난 척 으스대는 동안 지구는 점점 뜨거워져 한계점에 도달했다. 19세기 말 영국의 미래학자 존 러스킨이 예언하되 지구온난화는 머잖아 460℃의 황산 비를 뿌릴 것이라 한숨지었었다. 아마 그의 예언은 적중할 것이다. 인간은 결국 지구에 꼽사리 끼어 지구를 야금야금 갉아먹는 지구의 암세포였다.

힌두교에서 라마야나(Rama Yana) 신화는 획기적 그 자체여서 노벨 문학상 정도는 우습게 코웃음 치는 희곡이다.

살펴보자.

라마(Rama)가 수행 중 불치의 병에 걸리자 영험한 약초가 심산계곡에 숨었다는 정보를 접한다. 제격 하누만(Hanuman)으로 명명된 원숭이 제자에게 그 약초 구해오라 명한다. 하누만은 스승을 살리고자 험산을 뒤지고 또 뒤지나 헛발질만 연속한다.

"나의 명이 경각이다."

라마 스승의 최후통첩이 전달되자 하누만은 다급한 나머지 아예 히말라야산맥을 뿌리째 뽑아 짊어지고 라마 스승님께 달려간다. 아무리 신화일망정 히말라야를 송두리째 짊어지고 달린다는 건 지나친 뻥이다.

헌데 따라쟁이 선수인 중국에선 한술 더 뜬다. 라마 스승 대역으로 삼장법사 앉히고 하누만 대역 원숭이로 손오공을 특채해 산을 뽑는 정도가 아니라 허공의 태양을 따오라 명한다.

"수보리야, 어떠냐?

여래가 크나큰 지혜를

설한 바 있다냐?"

"여래의 지혜는 기실

실다운 지혜가 아닙니다."

"옳고 옳다. 말이 좋아 지혜일 뿐

내가 설한 건 몽땅 개나발 지혜라."

"그런 개나발 설법이라면

어느 중생이 감응하겠습니까?"

"걱정도 팔자로다.

그들은 말이 좋아 중생이지

이미 중생이 아니니라."

중국의 공자왈 맹자왈 유생들은 인도에서 수입한 금강경마저 자기네들 장자 사상 노자 사상에 얼버무려 살짝살짝 바꾸었다.

"여래의 지혜는

진리가 아니다."

이건 여래라는 대표주주로 설립되는 불교주식회사를 장자 노자도 끼어 드는 합작회사로 탈바꿈해 짱꼴라 개미 주주들 모으는 중국식 장사 수법이 다. 여래는 브랜드(brand)였고 장자는 큰손 투자자다.

이게 중국인들 불교 사상이다.

종교 장사는 대충 긴가민가하는 픽션(fiction)과 긴가민가 안 하는 논픽션 (nonfiction)의 아슬아슬한 외줄타기에서 절충점을 도출해낸다.

기독교도 예외는 아니다.

예수가 숨진 지 사흘 만에 동굴에서 엉금엉금 기어 나와 부활했다는 건 너무나 완벽한 픽션이기에 너무나 완벽한 논픽션이 될 수 있었다.

그렇담 지금 내가 살아 있다는 건 완벽한 긴급 뉴스일까. 아닐 수도 있으니 속지 말라.

나는 지금 살아 있는 게 아니라 죽어가고 있을 뿐이다.

이 외로운 길이 우리 인생의 숙명적 길이다. 예서 더더욱 외롭다면 그는 눈길을 걸어도 발자국 남기지 않을 것이고 하늘길 걸어도 그림자 남기지 않을 것이다.

근자에 지구 종말을 예고하는 할리우드 영화가 부쩍 늘었다.

〈인디펜던스데이〉〈투모로우〉〈지구가 멈추는 날〉〈2012〉〈우주전쟁〉〈샌 안드레아스〉〈더 로드〉외에도 다수. 공통점은 거의 밑바탕에 인간의 집착이 빚어내는 인과응보라는 금강경 사상을 깔고 있다는 점이다.

베껴먹다 보니 별일 다 생긴다.

어느 영화에선가 주인공은 라스트신에서 딴엔 희망적 메시지를 남긴다.

"걱정 마라. 인간은 죽지 않는다.

형체가 변해 곧 돌아온단다."

인데, 형체가 변하는 것도 맞고 돌아온다는 것도 맞지만 냉정한 뉘앙스에선 아주 빗나갔다. 기독교 사상에 물든 서양인들에게 이건 자칫 부활의 뜻으로 해석될 수 있는지라 필자가 명확히 각을 잡아놓겠다.

"인간은 죽으면서 시작한다.

그러나 인간으로 돌아오진 않는다."

이렇게 말이다.

미
친
다

용 감무쌍한 지구과학자들은 우주의 원초 물질인 기존의 4대 원소(지수
화풍)를 우물딱주물딱 마구 비비고 변형시켜 소위 신물질을 발명했
다고 특허 내고 덤으로 아리까리한 노벨상이라나 뭐라나 그딴 것까지 챙겨
자신의 출세가도에 가속 페달을 밟는다.

도랑 치고 가재 잡는 속담을 뒤집어 이건 도랑 막고 가재 죽이는 종말적
파멸 행위다.

엄밀히 말해 그 모든 건 발명품이 아니라 신기한 발견품 정도다. 화성탐
사 기술을 가진 나사(NASA)도 아직 간단한 계란 한 개 창조해내지 못하는
먹통들이다. 발명은 발명일 뿐이지 창조의 비밀과는 하늘과 땅 차이로 거
리가 멀다.

까불어봤자 황소 발로 쥐 잡기다.

여래는 창조를 해부하는데 과학자들은 철 지난 외투나 껴입고 1겁(56억
7000만 년) 전에도 있었고 1겁 후에도 있을 지수화풍 돌려 막고 땜질 처방하
는 제자리 맴맴에만 열중한다.

KING HYUNMONG

우린 아직 우주 비밀의 1000분지 1도 모른다.

우주는 다만 인연하여 생멸한다는 아주 미세한 단서만 여래에 의해 발견되었을 뿐이다.

인연법 속엔 과연 무엇이 숨었을까.

"열려라 참깨!"

Open Sesame!

인류가 숨죽여 개봉을 학수고대해 마지않는 판도라의 상자, 그 안에 숨은 환한 속살은 무엇일까?

본론 접근은 어불성설이고 서문 언저리의 몇 개 항(part) 중 한 개만 개봉해보겠다.

1. 술
2. 금강경
3. 자살

간단한 걸 두고 복잡한 흑백논쟁 펼치지 않겠다.

인간은 늘 이렇게 생각한다. 즉 때를 잘못 만났다. 고구려 그때라면 난 최소한 장군이고 조선 그때라면 영의정이었을 것이다. 지금은 나한테 특별히 불합리한 시대다. 신체적 힘은 변강쇠 능가하고 정신적 힘은 이율곡을 능가하건만 내가 시방 처한 상황은 겨우 기초생활 수급자라는 것.

잘못되어도 무언가 한참 잘못됐다.

헌데 무언가 잘못되어도 한참 잘못된 건 바로 한탄의 명수 이 사람 장본인이다. 이 한 많은 구세대와 한 많지 않은 신세대가 공중화장실에서 가지런히 조우했다.

"쯧, 그닥 힘줄이 약해서야."

"어인 편잔이세요, 할배 꼰대께선?"

"우리 소싯적엔 정기가 철철 넘쳐 손으로 물총 붙잡지 않아도 자동으로 씽씽 폭포수였거든. 요즘 애송이들은 스마트폰인가 뭔가에 밀치고 딸쳐 아랫동네가 영판 부실한기라."

"아니거든요. 저희는요 벽을 쾅 뚫을 만치 소방 호스가 너무 강력해 두 손으로 힘껏 눌러주지 않음 곧장 얼굴로 쏘아붙이걸랑요."

"숭(흉)해라."

시대는 시시각각 변한다. 변하면서 당대는 언제나 특별한 시대다. 사람들만 그 특별한 시대를 자기 시대로 감지 못할 뿐이다.

"바위가 산 크는 것 모르듯

산은 하늘 크는 것 모르더라."

56억 7000만 년(1겁)을 거슬러 1차 2차 이어 지금은 3차 천지개벽에 해당할 빅뱅(Big Bang)의 인연법이 전행 중이라고 과학자들은 중론을 모은다. 3차 천지개벽의 클라이맥스는 지구가 태양에 빨려들어 결국 태양이 되고 만다는 결론이다. 그땐 지구의 흔적이나 우리 여러분의 추억도 깨끗이 흔적을 지울 것이다.

천지의 인연은 그렇게 흘러간다.

만약 하늘이 갑자기 팽창을 멈추면 그곳은 우주의 절벽이고 지구를 위시해 태양계 행성은 몽땅 그 절벽 밑으로 떨어져 박살날 테니 실로 블랙홀(black hole)보다 더 무섭다.

인간은 왜 하늘 크는 걸 보지 못할까.

자기 집착에 눈깔이 삐어서다.

광신자 예수쟁이는 예수가 똥 싸는 보통 인간이란 걸 결사적으로 인정하지 않고 광신자 불교쟁이는 부처가 독감 걸려 빌빌대는 거 상상만으로도 불경죄라며 절레절레 고개 흔든다. 저들은 상상한다.

예수는 똥도 안 싼다.

싼다면 꽃잎일 것이다.

부처는 감기도 안 걸린다.

걸린다면 콧물은 금싸라기일 것이다.

웃긴다. 격렬히 웃긴다.

멀쩡하고 똑똑하던 인간이 어느 날 지나가다 예수님 만나고 자다가 봉창 두드려 부처님 만나면서 이렇게 백치로 변하다니 정말 웃기고 이게 모름지기 예수님 부처님 역사하심이라면 가일층 웃기는 짜장면이다.

이제 판도라의 상자 서문을 살짝 열겠다.

1. 술

술은 이유 불문코 위대한 주(酒)님이시다.

주님을 예수님 이하 부처님 이하 한 수 아래 계급으로 치부한다면 그는 분명 천벌받아 마땅한 나쁜 놈일 것이다. 주님을 반역한다면 필자가 심판관으로 나서겠다.

"죄 없는 자가 저 여자를 돌로 치라."이다.

술 안 마시는 자 죄 많은 자들이다.

다시 말한다.

술은 피 한 방울이다.

대한민국은 유구한 반만년 술 배달 민족인지라 신라 시절 유행했던 원광법사의 세속오계를 새 시대 민족중흥의 '주당 5계'로 바꾸어 타당할 것이다.

소개하겠다.

1) 주류불문

2) 장소불문

3) 노소불문

4) 종교불문

5) 생사불문

이상인바 주당들은 아무쪼록 임전불퇴의 각오로 술자리 응하는 게 신성한 의무일 것이다. 정오(high noon)를 당해 태양이 머리 꼭짓점에 걸리면 온갖 잡동사니 그림자는 자취를 감춘다. 큰 것도 작은 것도 개성을 잃는다. 한편 자정을 기해 지구가 딸깍 자전을 멈추면 동쪽 서쪽이 일직선으로 엮인다. 말도 침묵도 뻥끗할 여백이 없다.

어떤 까닭에 의해서가 아니다.

술의 사연, 술의 인연, 술의 절대성은 가장 빛나는 정오와 일치하고 가장 어두운 자정과 일치하기 때문이다.

2. 금강경

금강경은 허황한 전생 이야기가 아니다. 더더욱 허황한 내생의 점성술도 아니다. 오늘이 바로 알뜰살뜰한 금강경의 중심이다.

거기엔 어떤 이유가 없다.

이유 없음이 이유다.

금강경은 언제 어디서나 우리 살았음을 축복하고 우리 죽었음을 축하한다. 이 세상 보이는 것 일체는 보이지 않는 것의 그림자다. 그 보이지 않는 실체가 바로 금강경이다.

그리고 그 속에 당신 모습, 내 모습이 담겼다.

필자는 주로 밤에 활동하는 야행성 올빼미다.

UFO KING
HYUNMONG

낮시간은 황홀한 밤을 위해 되도록 숨죽여 움직인다. 그러다 밤이 열리면 활짝 피어나 낮시간대 의기소침과는 달리 지하에서 웃고 천상에서 노래 부른다.

술님이 도와주어서다.

필자에게서 쌀밥은 낮에 먹는 간식이고 밤에 마시는 술은 정식 만찬이다. 고로 씹어 먹는 음식보단 마시는 음식을 선호한다. 안주는 필요없다. 쏘주 한 잔에 마른 멸치 한 마리면 족하다.

어떨 땐 쏘주 한 잔에 손가락을 바늘로 찔러 퐁퐁 솟는 핏방울을 섞어 마시기도 한다. 필자는 대통령 선거에 입후보한다면 첫 번째 공약은 당연히 이렇게 될 것이다.

"사람보다 술이 먼저다!"

한 발 더 전진해 초를 친다면

"그것도 북한 술이 먼저다."

뭐 이런 식이겠지.

필자는 나의 입산지인 수덕사를 가리켜 술덕사라 부르고 그곳 부처님은 '술처님'이라고 호명한다. 회교국 군주를 빗대 '술탄'이라 거명하는바 불교 군주인 부처님을 술탄과 비슷한 술처님이라 부른들 뭐 어떻겠는가.

까닭하여 필자는 부처님댁에서 영구 추방당해 마땅했다. 언감생심 나 같은 막가파 몰아내지 않고 어떻게 부처님 기강 바로 세우겠는가.

금강경 썰을 풀던 도중 어이없게 술타령으로 삐딱하게 빠졌는데 그만치 필자가 못 말리는 주당이어서다. 이 점 사과하며 다시 제자리로 돌아와 금강경 한 말씀으로 마무리짓겠다. 죽음에 대해서다. 죽음은 무섭다.

그러나 금강경에선 이렇게 말한다.

"죽음보다 무서운 건 삶이건만 사람들은 그걸 모르더라. 한 발 더 나아가 죽음이 실은 무서운 게 아니라 죽음을 무서워하는 그 마음이 무서운 건데 사람들은 이걸 역시 모르더라."

3. 자살

인간들은 보통 필수품을 구할 때보다 사치품을 찾을 때 한결 혈안이 되어 이성을 잃는다. 이런 면에서 자살은 인간에게 필수품일까, 사치품일까?

글쎄요다.

자살은 인생에서 가끔 정점을 극대화시킨다. 은근히 파괴적이고 즉흥적이어서 신성모독도 서슴지 않는다.

자살은 무엇인가의 끝에서 무자비한 종말을 고하고 그 종말은 재차 꼬리에 꼬리를 물고 연쇄반응한다. 때문에 자살은 인생사 구성요소 중의 값비싼 하나임엔 틀림이 없다.

또 글쎄요다.

왜냐하면 인간으로 태어나 성스런 자살도 한번 못해보고 죽는다면 그건 좀 억울하단 생각에서다. 언제까지 쉬쉬하며 구렁이 담 넘듯 자살을 쉬쉬할 것인가?

유방에 못지않다. 여성의 유방이 우주자원을 꽁꽁 숨긴 지하 광산이라면 자살 또한 뒤지지 않을 우주 저쪽의 보물창고다. 예수나 여래는 보물창고일까, 폭탄창고일까.

다시 일곱 살 아홉 살의 추억에 잠긴다.

내 사랑했던 낮도깨비는 어쩌자고 영원보다 긴 시간을, 내 사랑했던 밤도깨비는 어쩌자고 영원보다 짧은 시간을 내게 주입시키지 않았던가?

필자는 승려라는 막노동 직업상 수많은 자살을 현장에서 목격했다. 지금은 모텔 방이나 자가용 차를 이용하나 그땐 경관 수려한 명산대찰이 자살

명당이었다. 60년대 속리산 법주사에선 하루 동안 세 건의 자살을 목격했는가 하면 기억에 생생한 건 국립공원 덕유산 구천동이다.

여대생이 계곡에서 농약 음독으로 명을 잘랐다.

담당 경찰관은 시체를 거적으로 감싸 현장보존 힘썼으나 밤사이 퍼부은 폭우에 떠밀려 사체는 사라졌고 필자랑은 막역한 술친구였던 노 순경(당시 구천동 파출소 근무)이 사체 못 찾음 난 파면이라고 안절부절 발을 굴렀다. 필자는 당시 구천동의 고찰 백련암에 거할 때다.

"찾아야 합니다. 목숨 걸고 찾아야 합니다."

비밀리에 행했던 사체 발굴 작전이다. 우린 양쪽 기슭을 훑으며 내려간다. 70리 계곡을 이쪽저쪽에서 앞서거니 뒤서거니 엎어지며 자빠지며 뒤지던 중 세 시간 만에 그예 통나무 그루터기에 빨랫감처럼 걸린 사체 발견.

"우웩."

밀림 햇살을 비집고 퉁퉁 불어터진 사체에서 모락모락 김이 피어올랐다. 필자는 구역질부터 토했으나 웬걸, 노 순경은

"아이구, 친애하는 여대생 송장님. 밤사이 일기불순 부대끼며 험한 물살 떠내려 오시느라 얼마나 노고가 크셨습니까. 지금부턴 제가 대한민국 경찰의 명예를 걸고 철두철미 모시겠습니다. 반갑습니다, 방가방가!"

그 뒤로 필자는 사회운동 여러 단체와 연계해 가칭 '대한민국 성스런 자살 노조'를 발족시키고자 백방으로 애썼으나 여의치 않았다.

노조 설립의 취지는 자살을 자살답게였다.

자살이 찬양의 대상이라면 국회 청문회까지 거칠 사안이겠지만 자살이 불문곡직 죄악시된다면 그 역시 국회 청문회에서 다룰 심각한 사회문제다.

자살이란 어느 한편 자신이라는 걸림돌을 제거해 무아의 무아가 우주의 질서 밖으로 나가려는 자유여행이 아니겠는가.

그래서 단언한다. 세상은 변하고 있다.

대한민국에서 언젠가 자살동맹도 태극기부대로 나서고 '자살당'을 조직해 국회의원 배출할지도 모른다. 자살은 필히 공론화가 필요한 시한폭탄이자 전 인류적 시급 현안이다.

부활의 캐치프레이즈 내걸었던 예수님 본 무대에서도 자살자는 속출했었다. 구약성서엔 삼손, 바울, 아비멜렉 3총사로 기록되고 신약성서에선 가룟 유다가 혼자서 고고한 이름을 올리는데 자살에 대한 교계 전반의 반응은 없다.

"아아, 살고 싶다."

"아아, 죽고 싶다."

자살은 결국 인간이 갈구해 마지않는 기본 욕구 중 하나여서, 인간은 영원하길 원하는 만치 영원의 반대편인 자살 또한 맹렬히 원하더란 거다.

"그 스님도?"

70년대 한때 대한불교 조계종단에선 대단위 자살 풍토병이 들불처럼 번졌었다. 너도 나도 선봉에 섰다.

"그 스님마저?"

팔공산, 오대산, 덕숭산, 학가산, 설봉산, 각화사, 용문사, 부산발 제주행의 야간 여객선, 경부선 대구역 철로변……. 그들은 열반을 자살에 접목시키려 몸부림쳤다. 일견 저들이 닦은 건 자살수행이었다.

필자는 은근히 자살을 동경한다.

필자의 대표 애인이었던 배비는 말하되 서른 살 이후의 자살은 가짜 자살이라 폄하했던바, 그건 아마 인간 수명 예순 살을 기준해서였을 것이다. 그녀는 스물아홉 살에 자살했다.

필자의 13대 연인이었던 미국 가시내 릴리(Lily)는 자살 적정기를 서른세

살 이전이라 한정했던바, 그녀는 크리스천이었는지라 예수 생애 33세를 기준 삼았을 것이다.

필자는 그때그때 달랐다.

초등학교 땐 중학교 입학하기 전, 중학교 땐 고등학교 입학하기 전, 고등학교 땐 입산 후 3년 이내였고, 입산 3년이 지나면선 하시라도 기분 따라서라 변했고, 지금은 자연사 1초 전으로 대단히 우스꽝스레 정리된 상태다.

필자가 목격한 자살 중 구천동 자살 이외에도 존경스러웠던 건 60년대 경북 예천의 모 사찰에서 일어난 사건이다. 당사자는 어느 날 오전 화장실(옛날식 뒷간)에서 삭도(스님들이 머리 깎을 때 사용하는 놋쇠 칼)로 자신의 오른쪽 목을 1차 그었고, 2차는 의지와 상관없이 통증에 겨워 경중경중 뛰쳐나오며 왼쪽 목줄기까지 그었겠다.

필자는 그만한 용기엔 태부족이다.

필자의 취미는 목매기다. 약물이나 연탄의 경우 본인이 자신의 죽음을 시시각각 느끼지 못하는 반면 목맴은 스스로 현장 중계가 가능하다는 장점을 지녔다.

필자는 그러니까 확인사살을 원한다.

태어난 순간은 깜깜 모르지만 내 죽는 순간만은 확실히 체크하겠다는 거다. 이 역시 고통이 따르겠지만 힘든 삶을 종식시키는 대가에선 별반 비싸지 않다는 계산이다.

사실 목맴에서 두어 번 실패한 경험이 있긴 하나 그렇다고 물러설 의향도 없다. 열 번 찍어 안 넘어갈 나무 있겠는가.

그러나 우습다.

죽음은 실재하지 않는 허구일 수도 있다. 왜냐? 내가 여기 있는 동안 죽음은 아직 여기 있지 않으며 죽음이 여기 있을 때 그땐 이미 내가 여기에 있지 않으니까.

자살일지 타살일지 비명횡사일지 암튼 뭐 그런 석연찮은 사연으로 필자는 죽을 것 같다. 그동안 필자를 모델로 삼은 소설이 세 편 발표되었던바, 소설 A에선 술 취해 얼어죽었고 소설 B에선 쥐약 자살로 꼴까닥이고 소설 C에선 폐결핵으로 요절했다. 소설 A의 작가는 김성동이고 소설 B의 작가는 손용상인데 손용상은 『조선일보』 신춘문예 출신에다 연극배우 손숙 씨의 친동생으로 현재는 미국 거주 중이다. 소설 C의 작가는 밝히지 않겠다.

"수보리야, 여래가 억조창생을
구제하리라 기대치 말라.
이래저래 중생은 씨가 말랐으니."
Foolish common people Subhuti, as
really no people have they been
laught by the Tathagata, therefore
are they called foolish common people.

여러 차례 피력했거니와 여래와 중생은 싫든 좋든 분리가 난감한 한통속이다. 중생은 언젠간 여래를 승계할 여래 후보생이고, 생로병사는 내가 짓는 것도 남이 짓는 것도 부처와 중생이 합작해 짓는 기발한 어떤 것도 아니기 때문이다. 시공간에 수시로 출몰하는 우리 여러분과 우리 여러분의 여래는 거대한 인드라망(우주의 인연 그물)에 고스란히 포박당해 발버둥치는 전우일밖에다.

우주는 무한대다.

우리 집 마당을 바지런히 쏘다니는 개미들이나 들판에 우후죽순 넘치는

땅초 현묵

먹고 기도하고 사랑하고
자살하라. 수고 하실분들 위해
국밥 한그릇씩 남기시고 ····

이름 모를 깨알박이 야생화들, 그들을 하찮게 무시하지 말기다. 참새 똥도 똥이고 짝불알도 불알이다. 우리가 무시하는 그들이 하찮다면 삼천대천세계의 영겁적 시각에선 여래라 예외일까.

별것 아니다.

우주적 시각에선 여래 또한 가엾고 동정 어린 보통 남정네, 다시 말해 오지 마을의 반장님 정도에 지나지 않을 것이다.

"수보리야, 수보리야."

여래께서 제자 수보리를 틈틈이 들볶는 것도 콩알만 한 지구에서 미주알 고주알 지지고 볶지 말고 아무쪼록 마음 비워 우주 저 멀리까지 응시하라는 채찍질이다. 그도 저도 아니라면 생긴 대로 놀다 가라이다.

생긴 대로 노는 건 어떻게 노는 것일까?

"수보리야, 나대지 말라.

목마르면 물 마시고

배고프면 술 마시고

졸리면 자고

꼴리면 딸딸이 치고

살기 싫음 자살하라."

하늘에 계시지 않는 아버지 이름을 거룩하게 하옵시며 딱 인간만치 살라는 당부다. 도(道×Tathagata)란 무엇인가?

쥐뿔도 아니다.

기차가 다니면 철도요, 자동차가 다니면 국도나 고속도로요, 사람이 다니면 '도'라는 거다. 도를 닦는 사람은 우선

"가슴을 열 줄 알고

녹아들 줄 알고

베풀 줄 알고

하심할 줄 알아야!"

한다. 엔간한 사람들은 용맹정진 열심히 하고 철야기도 열심히 하면 자기 인생이 서너 단계 훌쩍 도약하리라는 솜방망이 기대감에 부풀지만 녹아들 줄 모르고 가슴 열 줄 모르고 하심할 줄 모른다면 몽땅 낙동강 오리알이다.

마음 비움이 기적의 첩경이다.

내가 마음 비워 아직 금강경과 놀아나는 기적, 마음 비워 아직 주(酒)님을 섬기는 기적, 마음 비워 자살을 참고 버티는 기적, 이만치 신성한 기적 말고 무슨 호로쌍놈의 기적이 더 있겠는가.

여래께서 사자후 터뜨리신다.

"술보다 못한 인간이라면

술을 마시지 말고

죽음보다 못한 인간이라면

함부로 자살하지 말라."고.

내가 세상 오심은 누구나 부처 될 수 있음을 증명키 위해서라고 여래는 말씀하셨고, 내가 세상 오신 이유는 누구나 여호와의 친자식임을 알리기 위해서라고 그리스도는 말씀하셨고, 내가 세상 온 것은 황금을 보고도 욕심내지 않는 대인배와 교류키 위해서라고 공자께선 말씀하셨고, 내가 세상 온 이유는 사탄으로부터 인간을 보호키 위해서라고 마호메트께선 말씀하셨다.

필자의 생각으론 엔간히 할 일도 없었던 분들이다.

그들 아니 왔어도 세상은 지금처럼 잘 돌아갔을 것이다. 이런 경우 힌두교는 여유만만으로 뒷짐 진 채 안면 몰수한다. 그도 그럴 것이 자기들 입장에선 힌두교만이 제반 종교의 사령부인지라 불교쯤이야 힌두교의 일개 분파요, 석가모니는 그에 따라 비슈누의 일곱 번째 환생의 모습이고, 기독교역시 자기네들 한낱 지점에 예수는 비슈누의 열 번째 환생 모습이라 대수롭지 않게 치부한다. 더 보태면 무슬림은 힌두교 연락소요, 유교는 힌두교출장소, 라마교는 간이역 정도다.

힌두교 그들은 외견상 천하무적이다.

자신들만이 절대적 가치, 통합적 구원, 최후의 승리자며 "못 먹어도 고!"를 남발한다. 오직 기고만장 날뛰며 피박 뒤집어쓰면 그마저 홈런이라고손뼉 친다. 한마디로 광신자 그룹이다. 인류는 머잖아 이들의 안하무인 위협에 치를 떨 것이다.

기독교 가라사대

천지창조 첫날에 전지전능한 여호와께서 빛이 있으라 명하자 빛이 태어났다고 전한다. 큰일 날 소리다. 그가 어느 날 기분 상해 빛은 쪼그라들거라 명하면 빛은 굴절되는가?

첫날에 스스로 눈을 떠 빛을 창조하니 그날이 일요일(빛요일)이요, 둘째날 월요일엔 스스로 귀를 열어 소리를 창조하고, 셋째 날 화요일엔 콧구멍놀려 냄새, 넷째 날 수요일엔 혀를 나불거려 맛,

다섯째 날 목요일엔 감각, 여섯째 날엔 의식(뜻)을 만들고 잠시 쉬려다 일곱째 날 토요일에 어이없이 불청객 중에도 호랑말코 불청객인 뱀(집착)이침노해 말짱 도루묵으로 어지럽히더란다.

악몽이식 천지창조 현장 중계는 대충 여기까지였다.

속보는 금강경이 전하다.

금강경 제8일째의 무요일에선 뱀이 심통 부리는 지그재그(zigzag) 요술까지 모조리 포용한다. 2018년 미국에서 터져 한국까지 쓰나미가 밀려온 미투(me too) 운동에서 한국 측 피해자 변호사들은 "no means no, yes means yes."라고 지극히 구태의연하게 본질을 정의했다.

금강경 입장에서는 십분 동감하면서도 정반대의 공격 또한 기꺼이 수용한다.

"no means yes, yes means no."다.

지나친 해학이고 지나친 비약일까?

인간에게 평등히 할당된 재산은 시간이다. 청와대나 감옥이나 똑같은 시간이 흘러간다.

동일한 시간 속에서 한국의 현실은 숨이 찬다.

9급 공무원 말단 시험에 수십만 명의 젊은이가 청춘을 불사른다. 만약 그 패기와 열정에서 1퍼센트만 무아의 명상에 투자한다면 대한민국은 그만큼 행복해질 터인데……

우리네 생애는 어제가 오늘로 오늘이 내일로 이어지는 하나의 습관적 반복이다.

시기 질투 증오를 반성치 못하며 즐기듯 넘나드는 습성, 짜증 내고 신경질 내고 욕심부리는 삼박자 카테고리가 하나의 음정에 실린 반올림 억지의 심성.

이럴 때 필요한 영약이 명상이다.

크게 어렵지 않다.

내부에서 매순간 회오리치는 감각 마디마디에 주의를 기울여 쉬임 없이 관찰하고 하심하여 마음 비워 나가는 게 명상이다. 하다 보면 끝이 보인다. 암흑의 끝에 더 이상의 암흑은 없듯이 그런 끝이 보인다.

사람 마음은 조석지변이다.

하루 동안 온탕 냉탕, 화장실 갈 때 화장실 나올 때 수천 번 팥죽 끓듯 변한다. 이놈의 팥죽 끓듯이가 실은 명상의 주제이자 혈기왕성한 화두가 된다.

도란 멀리 있지 않다.

오죽함 가고 오고 눕고 먹고 싸는 일상이 도라고 근세 한국의 최고 스승이셨던 성철스님께선 다그치셨을까.

여래께서 시치미 떼는 공(zero)이라는 도(Tathagata)도 일상과 맞물려 있는 듯하면 없고 없는 듯하면 있는 신기루다. 아무래도 도라는 건 쉬운 만치 함부로 발설되어서도 아니 될 비밀임에 틀림없는 것 같다.

"가당찮다. 여래가 탯줄 끊으며 일곱 발자국 걸은 기행은 혹세무민하는 역적 행위였다. 내가 현장 목격했더라면 단칼에 능지처참해 송장일랑 들개 떼거리한테나 던져주었으련만."

이는 당나라 적 운문선사의 부처님 향했던 막말의 극치다. 누가 이기고 누가 졌는가. 비겼다. 부처는 여전히 숭앙받고 운문선사도 존경받는다. 이런 맥락에서 불교야말로 일찍이 종교 민주주의를 달성한 선각자 집단인 듯싶다.

석가모니, 운문선사는 우리가 건널 듯 아직 건너지 못하는, 너무 외로운 휴전선이랄까.

여래는 어린이 만화의 주인공처럼 천하무적인 마징가 Z였을까. 털은 위로 쏠리고 피부는 황금빛에 이빨은 서른여섯 개에 발은 마당발에.

"그야말로 낮도깨비 두목이다!"

그가 타고난 신체적 특징은 의학적 관점에선 연구 대상인 특수 장애인이요, 사주팔자 관상학적 관점에선 10대가 빌어먹을 흉상이다. 그도 그럴 것이 여래 활동 시 인도(India)란 검은 대륙은 광란의 절정기였다.

저놈 누구냐?

히말라야 촌놈이 느닷없이 스타 탄생 선포하자 보수 꼴통 힌두교는 자기네 윤회설 전통이 상처 입을세라 여래의 일회성 인생을 무자비하게 난도질함과 동시 힌두교를 무단 탈퇴한 그를 철천지 배신자로 몰아붙였다.

사랑하던 영자 씨도 알고 보니 간첩!

저놈 지나간 덴 여름도 겨울이다!

여래는 개의치 않았다.

당신은 당신, 나는 나다였다.

여래도 경우에 따라선 군세어라 금순이도 울고 갈 만치 독한 남자다. 그리 쉽게 호락호락했다면 그가 어찌 팔만사천 번뇌를 끊을 수 있었겠는가.

인간은 누구나 저마다의 유일무이한 지문과 저마다의 독특한 족적(foot print)을 지니고 태어났다. 여래는 여래만치 우리는 우리만치. 하건만 한국의 일부 사찰에선 광고성 이벤트로 여래의 삼십이상을 그제도 줄기차게 우려먹는다. 여래의 특이점에서 서너 가지만 빼박아도 금생엔 부귀영화 누린다는 것.

필자의 의견은 정반대다. 닮지 않는 게 상책이다. 그건 좀비(zombi)나 강시지 이상도 이하도 아니다. 더구나 이빨 서른여섯 개는 치과의원 진료 시 고액 부담이다.

인간은 그냥 인간이다.

인간이 타고난 그냥 본연의 원형을 복원하자는 게 명상이 지향하는 새마음 운동이다. 인간이 허무하다고 엉망진창 헝클어진 건 우리네 의식이 아만과 아집으로 비틀어진 것 외에도 철학적 정치적 과학적 종교적 운운의 썩어빠진 성형수술에 어릴 적부터 난도질당해서다.

하긴 필자도 대단히 특별났었다.

태어나던 첫날 앙앙 우는 대신 깔깔 웃어버려 울 엄마 기절시켜버린 불효자였으니 새삼 말해 무엇하랴.

이번엔 참선 이야기다.

1940년대 통도사(경남 양산)에 초라한 객승으로 납셨던 전강선사의 무용담 한 토막 양념으로 뿌리겠다. 아저씨 스님들(대처승) 독무대였던 시절이다. 마음의 안식처로 세인들이 옷깃 여미는 부처님 도량에서 어라방창 2층(sex) 짓고 알 까고 삼겹살 굽는 천황폐하의 시대.

"객 문안 아뢰오."

"별꼴이 반쪽."

"소승은 비구승으로서……."

"빠가야로!"

아저씨 스님들은 노골적으로 아니꼽다는 눈초리.

돈 많은 시주 보살이나 군수급 벼슬아치가 아닌 한 다 귀찮은 판에 그중에서도 가장 눈꼴신 비구승이라니.

허나 어쩔쏜가.

명색이 부처님 댁이다. 수행자의 기본 덕목은 홀로(solo)라며 전강은 굽히지 않는다.

"어쭈구리. 이딴 뱁새한테 미사일 쏠까 말까? 야, 너거들 비구 박쥐족들 뒷구멍 캐보니 거지반 처자식 숨긴 은처승이더라. 우리야 대놓고 떳떳한 대처승이다. 가끔 여자 좋다고 남용해 부작용이긴 한데 네놈들은 여자 모르고 오용하는 게 부작용이다. 족보 거슬러 우리들 원조 할배였던 석가모니도 처자식 거느린 대처승이었다. 너네 비구승 얼굴마담인 원효대사도 대처승이었고, 오늘날 선각자라고 뽐내는 청담스님 고암스님 춘성스님 한용운스님 성철스님 제씨들 싸그리 은처승 아니더냐?"

"소승은 여직 장가 못 들어 죄송하오나 오랜 객질에 꼴이 꼴이 아닌바 손빨래 불사에나 매진하겠소이다."

전강선사는 영양가 전무한 입씨름을 제하고 삭아터진 사리마다(pantie) 훌러덩 벗어 쓱싹쓱싹 양잿물 빨래를 하는 둥 마는 둥 그걸 양지바른 대웅전 축대에 척 걸어 말렸겠다.

"외람되도다. 빤스(pantie)를 대웅전 축대에?"

대처승들이 되게 흥분해 안달복달 치는 그날은 어찌어찌 무사히 넘겼으나 정작 메인이벤트는 이튿날 새벽예불 시간대다.

"썩을 놈!"

무엄하고 방자하다였다. 전강이 발가숭이 나체로 부처님 전에 들이민 거다. 더구나 "마하 반야 바라밀다……."라고 혼자 암송하는 염불은 반야심경(Heart sutra)이다.

반야심경이라는 십팔번 지침에 따라 조련되는 직업적 수행자는 엄밀히 까발겨 동물원 원숭이와 오십보백보다. 진정한 수행자는 전강선사처럼 온몸으로 몸부림친다.

수행은 하늘의 몸부림이다!

저들 생계형 아저씨 스님들처럼 떡볶이 찍어내듯 아무데나 쌔고 빌은 게 부처라면 그놈의 부처 냉큼 잡아와 술심부름이나 시키는 게 옳지 않겠는가.

"주리를 틀자."

"우릴 무시해도 유분수다."

대처승들 일치단결해 뿔났다. 시답잖은 비구승 한 마리 일벌백계로 다스려 대처승 위엄 되찾자고 의기양양이건만 그게 손바닥 뒤집듯 쉬웠던가.

"날 잡자고?"

"그려."

"번지수 영판 잘못 짚었구만이라. 내 어제 대웅전 축대에 사리마다 널었다고 된통 구박당했수다. 해서 말인디 그놈의 불경스런 걸 부처님 면전까지 입고 오기 송구해 아예 발가벗고 왔소이다. 무에 불찰이요?"

전강의 포효에 아저씨 스님들 그나마 쥐꼬리 양심은 있었던지 일단 주춤해 풀이 죽는다. 선(zen)의 전쟁은 기습적인 기선제압이 판을 가른다. 왈 선의 직관이다. 전강은 촌음의 여백을 놓치지 않는다.

"일러라! 너거들 밥 먹여주는 부처가 누구더냐?"

선사의 직선돌파 폭풍공격에 주색잡기로 놀아나던 아저씨 스님들 계속 꿀 먹은 벙어리로 냉가슴 앓을 제,

"여러분 잠깐."

뜬금없는 아군이 합세한다.

대처승 쪽 총각 스님이던 전강스님 동년배의 학인이다. 대처승 측에선 자신들 가문에서 이탈자가 발생하자 아연실색해 가슴앓이 두근반세근반이다.

이탈자 스님의 차례다.

"불교의 가르침은 본래 선교의 두 갈래요. 쉽게 말해 선(zen)은 부처님 마음이요, 교는 부처님 말씀인바, 제가 입산하여 배운 건 오로지 탁상공론인 말장난이었소. 말장난 속에서나마 천지공간에 부처님 진리 제한다면 바늘 하나 꽂을 틈도 없다 했거늘, 대웅전 축대뿐 아니라 어느 빈터가 있어 전강

선사께서 사리마다 널 수 있었겠소이까. 소승은 오늘부로 대처승 집안 사표 내고 전강선사의 마음 불교 따르겠소이다."

닭이 천 마리면 봉이 한 마리라던가.

눈 밝은 대처승 쪽 총각 스님은 크게 발심하여 훗날 한국 선불교사에 큰 족적을 남기는데 그의 신상에 대하여는 더 밝히지 않겠다. 이유는 한국 선불교의 전통이 그러해서다.

이 점이 또한 한국 선(zen)이 내포한 단점(gap)이다. 한국 선은 힌두교의 비밀 엄수주의인 탄트라(tantra)를 모방해 신비주의적 보호색으로 무장했다. 개방을 거부하며 밀실의 깜깜이 담합으로 법통 후계자를 정하는 권위주의적 독재 수법을 아직도 고수한다. 쉽게 말해 자신의 사후를 빛나게 잘 가꾸어줄 관리자를 양성하더란 거다.

예를 들면 이렇다.

남조선의 초대 대통령 이승만이 자신의 후계자로 아부에 능했던 이기붕을 택하고 북조선의 초대 두령 김일성이 유사한 선상에서 자식을 낙점해 국가를 송두리째 왕조 체제로 바꾸어버렸듯, 한국 불교도 아직은 큰 도인의 입맛에 따라 왕조 체제 내지는 비밀결사 조직으로 운영되고 있음을 아무도 부인하지 못할 것이다.

살았다

"부처가 누굽니까?"

"할!"

"인생이 무엇입니까?"

"할!"

선원(zen center)에서 빈발하는 이 동문서답은 승자와 패자를 스스로 바꾼다. 상좌(제자) 많고 돈 많은 자가 승자다.

한국 조계종의 원로들은 거개가 대찰(일명 dollar box) 주지 직을 오래 역임한 자들로 거느리는 수하가 많았다. 게다가 자금력 막강하므로 가족계획 같은 것 싹 무시한 채 내게 충성한다면 곰배팔이도 곱사등이도 어중이도 떠중이도 수하의 태극기부대로 쌍수 환영했다. 이들은 자금력과 인해전술 내세워 선거로 치르는 본사 주지와 종회의원 총무원장 감투를 싹쓸이하며 더욱 세를 키웠다.

이기면 역사다. 히틀러도 승승장구하던 한때는 독일의 역사였다. 예수 생존 시엔 어땠을까.

"네가 사생아가 아닌 진짜배기 하느님 아들이라면 못 박힌 십자가에서 펄쩍 뛰어내려 보라."

이렇게 핍박과 야유가 극에 달하자 예수는 마침내 울컥 치밀어 인간적 한칼을 내리꽂지 않았던가.

"내가 세상에 화평을 주러 온 줄로
착각하지 말라. 화평은커녕 겁을 주러
왔도다. 내가 온 것은 남자가 아내와
딸이 어미와 며느리가 시어미와
머리끄댕이 잡고 불화케 하렴이니 서로의
원수가 제 집안 식구더라. 아비와 어미를
나보다 더 사랑하는 자는 내게 합당치
아니하고 아들이나 딸을 나보다 더
사랑하는 자는 내게 합당치 않고."
Do not think that I came to
bring peace on earth. I did
not come to bring peace but a
sword. For I have come to set
a man against his father,
a daughter against her mother,
and daughter-in-law against
her mother-in-law. (『마태복음』 제10장 34~35절)

필자가 예수님 좋아해 마지않는 결정적 이유가 바로 너무 솔직담백한 위

말씀 때문이기도 하다.

칼로 칠 자는 칼로 치라!

부처를 만나면 부처를 처라!

선불교의 날카로운 한칼 법문과 너무 상통하는 예수님의 즉언즉설이다.

예수께선 예배 도중 한 신도가 친구 장례식에 참석하러 가겠다고 양해를 구하자 "죽은 자의 일은 죽은 자에게 맡기고 너는 나를 따르라."고 버럭 역정을 내기도 했다. 참으로 비인간적이면서 인간적이다.

정떨어지도록 냉철하면서도 진솔한 이 태도에 힘입어 기독교는 식물인간처럼 절박하게 숨 쉬는 빈민가(slum)에서부터 열렬히 박수갈채 받았고, 로마제국의 모진 박해 속에서도 꿋꿋이 명맥을 유지했다.

후유증 잉여인간은 그다음에 도래했다.

얼토당토않게 당시 기독교의 순수 조직론을 교묘히 답습해 악용한 게 19세기 러시아의 공산혁명이자 북조선의 김일성 유일사상이고, 작금의 부패한 한국 정치가들이고 한국의 종교 장사치들이다.

"수보리야, 내가 지난날
황량한 지옥 끝자락에서도
하루인들 인생을 헛되이
낭비치 않았으니."

내포한 함의가 무엇일까?

용서와 자비를 강조키 위해 지옥까지 들먹인 뻥튀기 방편일 것이다. 여래는 살아생전 전생에 관한 한 함구로 일관하셨다.

여래의 깨달음이 단순 명상이나 스파르타식 고행을 기초로 한다고 여긴다면 그건 너무 편협한 사고방식이고 고루한 사상이다. 용서하고 사랑하며 베푸는 치열한 자기희생에서 가까스로 꽃봉오리 맺는 게 부처님 적 참 깨달음의 원형이다.

깨달음의 완성은 자비다.

깨달음이란 게 사유(thinking)나 명상을 불쏘시개로 삼더라도 뼈를 깎는 용서와 관용을 수반하지 않는 한 그건 혼자만의 입시공부지 더 크고 더 화려한 영산회상의 연꽃은 결코 피우지 못할 것이다.

인간은 때때로 저 잘난 멋에 스스로 속는다.

마술의 영어 낱말 magic은 산스크리트의 환상이라는 낱말 maya에서 유래했다. 우리들 모두는 아차 하는 사이 환상에 빠져 또 다르게 '나'라는 자아(real self)를 만들어 거기에 갑옷을 입힌다.

은근슬쩍 환상은 매혹적이다.

시시각각 자비로 다스리지 못할진대 스파르타식 수련은 전혀 엉뚱한 방향으로 뻗어 나가며 여래와 나를 영영 분리시키고 만다는 것 우리는 새삼 명심해둘 필요가 있다.

이 사람을 눈여기라.

남아공의 호걸 만델라(Nelson Mandela)다.

그의 험난했던 가시밭길 인생을 잠시 돌아보자. 매일이다시피 백인 교도관들은 그에게 무덤 모양의 직사각형 참호를 파게 한 뒤 그 속에 누우라 명한다.

"오늘은 정말 생매장 실행인가?"

늘 조마조마했으나 송장인 듯 널브러진 그를 겨냥해 쏟아진 건 총알보다 무섭고 더러운 오줌세례였다. 남아공 외딴 섬(isle), 혹독한 철창 감옥에서

UFO KING
HYUNMONG

자행되었던 인권유린 만행 중 일부다. 치사한 모욕이었다.

하지만 만델라는 차라리 날 죽이라고 이빨을 가는 대신 불교 수행 위빠사나와 기독교 수행 철야기도에 매진했다. 인생은 충만한 완성에서 비롯되는 게 아니라 "인생은 완벽해야 한다."는 집착으로부터 해방되어야 한다는 여래의 교시를 익혔고, 감옥 독방을 선원 삼아 혹은 골고다의 기도원 삼아 그는 직접 여래와 예수의 그날들을 행했던 것이다.

"오라, 모두 오라. 우리 모두 외로운 형제자매다."

헛구호가 아니었다.

대통령 권좌에 오르자 28년에 걸쳐 당했던 감옥에서의 원한일랑 탈탈 털어버리고 징그럽던 오줌싸배기 교도관들을 취임식에 초청해 그들이 느낄 죄책감을 말끔히 씻어주었다. 무엇이 그를 이토록 대단한 자비의 화신으로 다듬었을까.

기도와 명상이었다.

28년간의 독방 감옥에서 한시도 그의 품에서 떠나지 않았던 두 권의 책.

한 권은 불교의 금강경(Diamond sutra)이고, 다른 한 권은 기독교의 신약성서(New testament)였다.

나는 길이요 생명이니!

나는 무아요 무상이니!

인간이란 신앙 속에 있을 때 한껏 너그럽고 이데올로기에 사로잡혔을 때 한껏 용감한 척 비겁해진다.

인생은 무아다.

그래, 바로 그거다.

무상한 본래 인생을 망각한 채 눈앞의 이데올로기만 내 허접한 청춘의 전리품으로 챙기려는 잡것들이 붉은 머리띠 동여매고 날뛸 때 순수한 종교운동이나 대중운동은 사실상 구심점을 잃고 만다.

세상은 보이는 게 다가 아니다.

나의 메카(Mecca)는 마음 비운 곳의 내 가슴뿐이다. 대한민국의 얼이자 긍지인 불국사 석굴암 부처님 계급은 기껏해야 국보 24호다. 국보 1호가 아닌 낮은 작위라고 트집 잡자는 게 아니다.

사랑한다고 사랑한다고
이 한마디 말 님께 아뢰고
나도 이제 고향으로 갔으면…….

서정주 시인이 애처롭게 노래했던 석굴암 부처님은 마주 서기만 해도 가슴 찡한 값어치이거늘 그런 분께 국보 몇 호라는 한정된 정찰제 매길 때, 사실 그분의 값은 하한가로 곤두박질친다. 작고한 김수환 추기경께서도 석굴암 부처님 앞에선 눈물 자욱한 사랑을 느낀다고 고백했었다. 무한의 사랑은 무한의 아우름이다.

그런 의미에서 우리 대한민국 국민 전체는 국보 24호일 수 있다. 대한민국 동식물 전체와 날아다니는 잡새나 야산에서 피고 지는 이름 모를 잡꽃들도 국보 24호다. 어찌 서로 사랑하지 않고 배기겠는가.

"만장하신 나무 여러분, 날짐승 길짐승 파충류 여러분, 그리고 부처님 여러분, 사람 여러분, 얼싸안고 우리 사랑합시다!"

종교마단 저마다 금지된 질문이 있다.

불교 집안에선 신이나 윤회에 관한 거고 여호와 집안에선 예수가 봉사를 눈뜨게 했다든지 빵 한 조각으로 5000명 배불리 먹였다는 믿거나 말거나의 질문이다.

예수가 유령처럼 사뿐사뿐 걸어서 건넜던 갈릴리 호수에서 수제자 베드로는 왜 서너 발 뒤뚱거리다 철푸덕 빠졌을까.

나도 예수처럼 만인의 슈퍼스타가 되고픈 욕심이 원인이었을 것이다.

욕심에 눈이 멀어 있는 한 진정한 자유와 용서는 없다.

명상에서 배우고 참선에서 배우고 금강경에서 배우고 성경에서 배우고 쿠란에서 배워야 할 첫째이자 마지막 덕목이 용서다.

"용서."

살인죄만큼이나 악랄무도한 죄가 있다면 그건 필시 용서하지 못하는 죄악일 테니까.

죽는다

부처님께 너무 가까이 가지 말라.

그렇다고 너무 멀리 떨어지지도 말라.

불(佛)은 불(fire)이다.

너무 가까우면 뜨거워 괴롭고 너무 멀면 차가워 괴롭다. 여래와 나 사이의 관계는 불가근불가원이 이상적이다.

고통 없는 삶이 어디 있겠는가.

좌절, 불안, 초조, 불합리, 근심, 두려움, 억울함, 박탈감 등등 제반 절절한 사연은 육하원칙 의거한 원인 이외에도 시시때때 닥칠뿐더러 심하면 우울증 조울증으로 번진다. 상태가 심하면 뇌 속의 생화학적 균형이 깨지는 것임에 약물 치료가 급선무지만 90퍼센트 정도의 일상적 노이로제 증상이라면 명상만으로 치유가 거뜬하다.

헌데 명상 전문 집단이라 할 만한 한국 불교 선원에 가보면 의외에도 앞뒷문 꽁꽁 닫아걸고 일촉즉발의 전운만 감돈다. 도무지 자신이 없어서다.

"인생을 일러라."

"무상."

"무상도 무상커늘."

"그럼 참선은 왜 하는가?"

"팔만사천 번뇌 끊고 중생 구제하고자……."

다음은 어김없이, 절에 안 오고 인터넷 접속만으로도 얼마든지 청취 가능한 식상한 대답 돌아온다. 필자가 만약 세계 굴지의 재벌이었다면 이따위 한국 승려들 대부분을 매수해 내시(eunuch)로 삼았을 것이다. 이들은 석가모니는 알면서 여래가 누구인진 모르고 자비는 어렴풋이 알면서 용서는 확실히 모르는 멍텅구리들이다.

자, 이제 딱딱한 이야기 벗어나 조금은 재미나는 쪽으로 방향을 틀어보자. 참선 고수들은 정말 무협지 만화에서 종횡무진 설치는 도술이란 걸 익히고 있을까.

세인들은 종교나 수행보다는 그로부터 일어날 수 있을지도 모를 초능력에 지대한 관심을 쏟는다. 할리우드 영화 산업에선 이를 일찌감치 간파해 〈X맨〉 〈스파이더맨〉 〈앤트맨〉 족속의 시리즈물 줄줄이 선보여 재미를 봤다.

한국 스님들 중엔 엑스맨 없을까.

있다. 있었다. 현재에도 있고말고다. 필자가 직접 겪은 목격담만 소개하겠다.

일차 양익스님(작고)이다.

그가 지녔던 초능력은 참선의 통찰 지혜와는 다르다. 그렇다고 천안통 천이통의 통찰 지혜를 얻는 사람이 반드시 초능력을 얻는 건 아니다. 아주 특정한 연마와 아주 특정한 정신수련과 아주 특정한 수행에서만 초능력은

대춘 현몽

일어난다.

"이얍!"

그의 장풍에 분명코 필자가 서너 발자국 뒤로 떼밀리다 엉덩방아 찧었고 순간 일어난 그의 둔갑술(투명술)에 필자는 그를 한 10여 초간 찾아내지 못했다. 1960년대 중반 범어사(부산광역시 금정산)에서 한솥밥 나누었던 선배인 양익스님께선 참선 비법을 무술에 접목해 '불교금강영관'이란 무술의 새 경지를 열었었다.

이번엔 예언 신통의 탄허스님(작고)이다. 스님께서 1975년 어느 날 충북의 월악산 덕주사에 들렀다가 혼잣말로 무심코 내뱉은 몇 마디가 평지풍파의 단초다.

"월악 영봉에 만월이 눈을 뜨고

그 빛이 호수에 어리면,

이는 여왕 탄생의 징조라."

였는데 아무도 신경 쓰지 않았다.

하지만 어럽쇼.

조국 근대화 작업이 우지끈뚝딱 새벽종 울리며 "나는 건설한다. 고로 존재한다."라고 공언한 박정희 대통령이 설치자 별안간 충주댐이 도깨비방망이 두들겼고 그곳에 청풍명월의 박근혜가 비운의 여왕으로 등극하지 않았던가.

"동해가 미심쩍다."

이 밖에 탄허스님께선 경북 경주 포항의 지진을 예고하셨는가 하면 68년 초겨울엔 오대산에 미증유의 변고가 닥칠 거라 예언하기 무섭게 100여 명의 무장공비가 침투해 상원사 선원 스님들을 인질로 잡아 하룻밤 동숙하기도 했다.

큰 예언가라면 누구나 지구 종말을 점쳤듯 탄허스님께서도 이 부분 놓치지 않았다. 21세기 안에 일본열도는 50퍼센트 침몰, 뉴욕을 비롯한 세계지도 상 엔간한 해안지대는 대부분 수몰한다고 예언하셨다.

허무맹랑한 예언만은 아닐 것이다.

저명한 기상학자나 천체물리학자들이 상당수 동의하는 학설이다. 현재 지구의 자전 중심축은 90도 일직선이 아닌 70도 타원형 각도인데 이게 천상천하 제4겁이 가까워지며 서서히 일직선 제자릴 잡아간다이다. 그날이 오면 탄허스님의 종말 예언은 과학적으로도 적중하게 된다.

이것뿐이 아니다.

몇 년에 한 번씩 우연히 마주치는 몽돌스님께선 분명 주변의 물체를 순간 이동시키는 도술 능력을 필자에게 선보였고 2018년 현재도 그는 필자와 교류 중이다.

거슬러 오르면 신선명상(supernatural meditation) 수행자였던 조선 중엽 정도령의 예언서『정감록』도 절반은 적중했다. 계룡산이 불원 새 나라의 도읍이 될 것이란 예언이었는데, 실제 계룡산 신도안(70년대까진 무당들 본거지)엔 3군 사령부가 자리잡았고 계룡산 말미(풍수지리상 용의 꼬리)인 조치원엔 행정수도 세종시가 들어섰다.

외에도 필자의 경험담은 더 있다. 액션스타이자 위빠사나 명상가인 할리우드 스타 장 끌로드 반담은 자신의 사후 세계를 분명 다녀왔노라며 그곳의 세세한 상황을 필자에게 고자질한 바 있고, 이스라엘의 랍비(rabbi)도 명상기도 통해 천국을 기웃거렸던바 여호와는 7층 누각의 꼭대기 층에 계시더라고 고백했다.

21세기 위대한 천체물리학자 스티븐 호킹(Stephen Hawking)은 또 다른 과학적 말세를 예언한 바 있다. 당신의 인생 끝자락에서 1년 단위로 무려 세

번을 곱씹었다.

행성 충돌(2018년 기준으로 30년 이내)
핵전쟁(2018년 기준으로 20년 이내)
환경오염(2018년 기준으로 10년 이내)

돋보이는 건 세 번째 경고문이다. 예컨대 오대양 바닷속엔 물고기와 플라스틱 분포가 반반이라 10년 이내에 인류는 바닷속 먹거릴 잃게 된다는 예언이다. 플라스틱 재앙은 이미 현실화되어 심각한 상황이기도 하다.

이번엔 또 다른 측면에서 살핀다.

스티븐 호킹이 과학적 잣대로 계산한 인간 최고의 정신적 한계는 11차원이다. 이는, 인간은 어디로부터 와서 어디로 가는가에 대한 최종 정답이 숨은 한계 지점이다. 5차원까지의 방정식만으로도 그는 사후의 천당이나 지옥은 없노라고 결론을 내렸었다.

그렇다면 11차원은 어디일까?

그가 계산한 궁극은 결국 여래가 도착했던 극지대 열반(nirvana)이었다.

이건 여래가 본 인문학의 11차원과 스티븐 호킹이 본 물리학의 11차원은 하나로 엮여 만나고 만다는 인연법적 운명론이다. 한 걸음 더 나아가 공상만화 그린다면 여래는 아득한 은하계에서 11차원의 UFO 타고 떠돌다 지구라는 인심 후한 행성에 불시착한 외계인이었는지도 모른다.

여러분은 바닷속 다양한 생명 중 조가비과에 속하는 전복을 행여 기억하시는가?

식감이 쫄깃쫄깃 싱싱한데다 향이 새콤해 술안주로 일품인 이 신묘한 조가비는 심해에 쌍박혀 천년이라는 긴 세월 쿨쿨 잠만 자고도 막상 사람 손에 잡히면 까르륵 귀여운 투정을 옹알거리더란다.

"저요? 파도소리 시끄러워 잠 한숨 못 자 피곤하걸랑요."

그런데 앙탈 부리는 자 수십만 수백만의 이들 중 한 명(한 마리)은 어쩌다 덜컥 부유하는 사금파릴 삼켜 살갗이 갈가리 찢긴다.

"아야, 아야!"

예리한 파편이 연하디연한 속살에 박혀 천년 도와 아프다 보니 사금파리는 전혀 엉뚱한 진주(pearl)로 바뀌는데 모름지기 아픔의 결정체다. 연유하여 병든 조개가 아닌 한 진주는 나오지 않는다.

영혼이 아프지 않은 인간 역시 진주를 품지 못한다.

진주는 불교에서 말하는 일종의 사리(sarira)다.

보라, 돌아보라.

우리가 통상 나(me)라고 믿는 이 물건은 실은 상상 속의 제3자이거나 나도 남도 모를 생면부지의 또 다른 누구다. 아니, 누구도 아닌 무인칭이다.

진정한 나는 현상계에 뚜렷이 모습을 나투지 않는다. 무명의 업식이 비추는 타인을 우리는 내 모습으로 계속 착각한다.

진주조개에서 나를 한번 되돌아보자.

지금껏 나라고 믿었던 뼛조각이 화장터에서 흩어지면 또 다른 세계가 홀연 나타난다. 부지불식간 나타나는 게 아니라 본래 있었건만 집착에 가려 보지 못했던 무아다.

이른바 불교에서 말하는 법신이다.

법신이란 게 무엇이냐?

그건 우리가 편의상 지은 임시방편의 이름일 뿐 형상은 없다. 하면서도 또는 있다. 추상적 생사의 틀에서 벗어나 무아의 투명한 매개체를 통해 우리와 함께한다.

어제도 내일도, 그리고 영원히.
"수보리야, 여래는 가다가 오다가
죽다가 살다가 하는 그런 사람이더냐?"
"아닙니다. 여래는 가고 오지 않으며
아님 또한 아닌 누구입니다."
"혹여 익명의 신이더냐?"
"더더욱 아닙니다."
"그럼 누구이더냐?"
"누구이기 이전의
혹은 누구이기 이후의
모인(MR. so-and-so)입니다."

그래, 이 세상 없는 건 아무리 찾아도 없다. 그러나 내 속에 숨었던 진주,
때가 무르익어 스스로 빛을 발하니 그것은 실로 가장 확실한 각성, 이를테
면 해탈의 깨달음 아니겠는가?

이제는 너도 나도 떠날 차례다.
가면서까지 부디 발자국 남기지 말자.

수보리야, 그대와 내가 실재했던가?
생물도 무생물도 하나같이 환상이 아니었더냐.
보이는 것 일체, 보이지 않는 것 일체는
순간순간 생멸하는 번갯불이며
이 모든 게 꿈속의 꿈이라.
As stars, a fault of vision,

as a lamp, a mock show,

dew drops, or a bubble,

a dream, a lightning flash,

or cloud, so should one view

What is conditioned.

239

My dear Nihee

참 오랜만에 쓰는 손편지.

유난히 무덥고 유난히 쓸쓸했던 여름과 가을이 지나갔습니다. 무덥고 쓸쓸한 그 세월 내내 난 생지옥을 갈팡질팡 쏘댔습니다. 불가항력으로 급습하는 자살 유혹, 거센 허무와 피를 말리는 고독감, 이상의 제반 상황에 필수적으로 따라붙는 정신적 발작 상태, 하면서도 아직껏 내가 살아 있다는 암울한 절망감.

정신지랄 깽판이 거듭되다 보니 거식증까지 겹쳐 식음 전폐에 울고불고 난리깽판 치다 결국 일주일에 두 번씩 정신병원 다니는 중입니다. 의사는 강력히 입원을 권했으나 난 강력히 거절했습니다.

20대 중반 서울대 정신병원 시작으로 정신병원 나들이가 하마 다섯 번째고 자살 미수는 그 이상일 것입니다. 참으로 부러운 건 평범한 인생을 살다 죽는 농부나 어부들입니다. 그들은 열심히 일하고 아들딸 푹푹 까는 걸로 인생을 만족할 줄 압니다. 난 어쩌자고 저들 중 흔해 터진 한 명이지 못하고 재수 옴 붙은 스님이 되었을까요.

게다가 평범한 中 한 마리 되지 못해 하필 땡초였을까요.

이제 와 후회한들 무삼이겠습니까.

이번 겨울엔 부디 성공을 기원하며 제7차 죽음의 여행을 떠날 예정입니

240

다. 석가모니는 단 한 차례에 성공했건만 난 어쩌자고 칠전팔기의 턱걸이에 매달려 있을까요. 난 역시 인간 자격 미달이어서겠지요.

내 사라지고 나면 절에 가지 말고 요양원 가세요.

그곳에 오색과일 바치며 살아 있는 진짜 부처님 만나세요. 교회도 가지 말고 쪽방촌 위문 가세요. 그곳에 진수성찬 올리며 살아 있는 진짜 예수님들 만나세요.

파스칼은 『팡세』에서 고백한 바 있습니다.

"인간은 고상하려 기를 쓰나 하찮은 존재임을 깨닫게 되고 지고지순한 행복을 추구하나 역부족임을 알게 된다. 완전무결하려 용을 쓰나 허사란 걸 절감하게 되고 사랑과 존경에 목말라 있으나 무능한 탓으로 죽으면서까지 경멸의 대상이 되고 말더라."

인간이 살아 있는 자리, 또는 죽어서 가는 그 자리는 무언가 새로운 게 나타나고 새로운 게 스러지는 곳이 아닙니다. 새로운 자리 새로운 나타남은 늘 있었고 늘 있겠지만 그곳은 수많은 동식물이 함께할 자리일 뿐입니다.

잠시 지나가면서 왜 장소를 탓합니까?

잠시 지나가면서 왜 시간을 탓합니까?

이건 마치 물에 빠진 자 건져내니 내 보따리 내놓으라 떼쓰는 억지 아니겠습니까.

시간은 늘 있었고 장소도 늘 있었습니다. 인간은 그곳을 빌려 잠시 지나가는 존재입니다.

이제 부고장 같은 이 편지 끝내면서 나의 묘비명을 쓰겠습니다. 당연히 나의 묘는 지상 어디에도 없을 것임에 시방 쓰는 이 편지가 나의 진짜 묘비명이 될 것입니다.

날 위해 울지 마세요.

웃지도 마세요. 난

아무데도 없답니다. 난

차라리 만 갈래 바람으로

불고 당신이 되어

반짝일 것입니다.

Don't cry for me

I am no where

I am a thousands winds

that blow

I will be the you glint.

2018년 12월 5일
현몽-Hyunmong

덧붙이는 글 _

A동네에서 B동네로 이사 온 바보 온달이 B동네의 관심을 한 몸에 받는다. 천하제일의 천치로 온 고을에 소문이 자자했었기 때문이다.

실제 명성만큼일까?

궁금증을 더는 참지 못해 동네 사람들이 어느 날 우르르 바보 온달이 집으로 몰려가 핏대 올린다.

"온달아, 우리 B동네로 이사 온 것 환영한다. 근데 한 가지만 딱 물어보자. 시방 하늘에 똥그랗게 떠 있는 접시 모양의 저것이 해님이더냐 달님이더냐?"

바보 온달은 지체 없이 대답하곤 졸리운 눈꺼풀 비비며 방으로 들어가버린다. "난 이사 온 지 며칠 안 돼 잘 모르겠다."였다.

필자는 이 썰렁한 아재개그를 왜 꺼냈을까.

바보 온달이와 자웅을 겨룰 만치 덜떨어진 처지여서다. 필자가 이번 책에서 꼭 쓰고 싶은 내용이 있었으나 재주 모자라고 판단력 부족해 놓쳤던 몇 부분을 이들이 속 시원히 풀었음에 염치 불문코 도용키로 작심한다.

하나

* 작고한 영국의 불교학자 콘즈(Edward Conze)의 저서로 타이틀은 『인도불교사상』이다. 도서출판 민족사의 1988년 간행본이며 번역자는 안성두 교수님과 주민황 교수님이다.

만일 수행자가 무상이 어떻게 나타나고 지속하고 사라지는가를 고찰할 수 있고, 그것들이 아무데서도 오지 않고 아무데로도 가지 않는다는 흔한 전형구에 동의할 수 있다면 그는 여래가 시야에 들어오기 시작했다고 말할 수 있다. 그러나 어려움은 그것을 현실화하는 능력이 결핍되어 있다는 점이다.

대상물의 생성과 몰락을 주시하기 위해선 우선 그것들을 어떠한 각도에서 볼 것인가를 결정해야 한다. 한 가지 지각은 1초 이상 유지될 수가 없다. 내가 11시 35분 25초에 촛불을 보았다고 가정해보자. 그러나 만일 11시 35분 26초에 다시 봤다면 그것은 이미 사라졌다.

동일한 인식의 촛불이 아니다.

금강경에 의하자면 지각의 작용이 새로울 것이라는 이유 때문에 그 대상은 다른 것이다. 여래의 확고한 탈인격화는 그것이 현대의 과학적 심리학적 방법론과 일치할지도 모르지만 사건을 기술할 때는 자아라는 단어를 결코 사용해서는 안 된다.

우주적 모든 사물은 집합과 연속, 특성이나 표현을 갖고 있지 않다. 자아는 한 사람과 다른 사람을 구별하는 것이다. 그것이 바른 생각인데 사람들은 그것을 자아라고 오해한다. 보통의 세속인은 자신의 행복이 대상을 잘 다루는 데 있다고 생각하기 때문이다. 이런 면에서 세계를 개혁하는 것은 시간낭비라고 간주된다.

우리 자신의 마음을 개혁하면 아무것도 더 이상 우리에게 해를 끼칠 수 없다. 여래는 탐(욕심) 진(노여움) 치(어리석음)의 3독을 버렸으며 윤회의 두려움으로부터 중생을 보호해준다는 점에서 단순한 동정심이 아니다.

참선 수행자는 간혹 기쁨에 넘치는 허공과 같은 법신을 한순간 동안 체험한다. 죽음 졸도 잠에 빠질 때 성교할 때와 같이 단 한순간이다. 이것이 어찌 진정한 참선 수행이겠는가.

둘

* 이스라엘의 문명비평가 유발 하라리(Yuval Harari)의 최신작 『21세기를 위한 21가지 제언21 lessons for the 21st cencury』이 주제다. 도서출판 김영사에서 간행했으며 번역자는 전병근 석좌다.

인생의 큰 질문을 할 때, 사람들은 보통 콧속으로 숨이 언제 들어오고 나가는지 아는 데에는 아무 관심이 없다. 그보다는 자기가 죽고 난 후에 어떻게 되는지 알고 싶어 한다. 하지만 인생의 진정한 수수께끼는 내가 죽은 뒤가 아니라 죽기 전에 생기는 것이다.

죽음을 이해하고 싶다면 삶을 이해해야 한다.

사람들은 묻는다.

"내가 죽으면 나는 완전히 사라질까? 천국에 갈까? 신생아로 다시 태어날까?"

이런 질문들은 출생에서 죽음까지 지속하는 '나'라는 것이 있다는 가정 뒤에 있다. 하지만 출생에서 죽음까지 지속하는 것은 무엇인가?

몸은 매순간 변한다.

뇌도 매순간 변한다. 정신도 매순간 변한다.

자신을 자세히 관찰하면 할수록, 순간순간 지속되는 것은 아무것도 없다는 사실이 분명해진다.

그러면 전 생애를 한데 묶는 것은 무엇일까?

만약 이 질문에 대한 답을 모르면 삶을 이해하지 못한다. 틀림없이 죽음을 이해할 기회도 없다. 사람들은 말한다.

"영혼은 출생에서 죽음까지 지속되며 삶을 한곳에 묶는다."

하지만 이것은 하나의 이야기일 뿐이다. 영혼을 관찰한 적이 있는가? 우리는 죽음의 순간뿐만 아니라 어떤 순간에도 영혼을 탐사할 수 있다. 한순간이 끝나고 다른 순간이 시작되면서 일어나는 것을 이해할 수 있다면, 죽음의 순간에 무슨 일이 일어날지도 이해할 것이다. 숨을 한 번 쉬는 동안 자신을 진정으로 관찰할 수 있다면 모든 것을 관찰할 것이다. 결국 해답은 명상이었다.

매일 두 시간씩 나는 명상을 한다. 매년 한두 달간 긴 명상수련을 간다. 현실에서 도피함이 아니다. 현실에 더 가까이 가는 것이다. 하루 최소 두 시간 동안 나는 명상을 한다. 내가 숨 쉬는 것을 관찰하면서 처음 알게 된 것은, 그 전까지 내가 읽었던 모든 책과 대학 시절 참석했던 모든 수업에도 불구하고, 나는 내 정신에 관해서는 거의 아무것도 몰랐으며 그것을 통제할 능력도 거의 없었다는 사실이다.

셋

* 달라이 라마의 명상록 『달라이 라마, 명상을 말하다』에서 몇 줄 땄으며 번역자는 이종복 교수이고 출판사는 담앤북스로 2017년판이다.

당신이 말로는 표현할 수 없는 심오한 의식의 경험에 있을 때, 당신은 걸림 없는 꿰뚫음의 상태에 있다. 즉 명상 속에 대상이 떠오를 때, 이 대상들을 멈출 필요가 없다는 면에서 어떤 장애나 걸림도 없다는 뜻이다. 이때의 마음은 명상 중에 일어나는 대상에 얽매이지 않게 된다. ……

사실 필자는 1990년대 중반 이 사람을 만난 적 있다. 그때 달라이 라마께서 설하신 죽음의 법문을 소개하겠다.

"죽음을 슬퍼 말라. 죽음 없이 나는 못 살고 죽음 없이 나는 나의 원형에 통합되지 못한다. 나는 죽음을 하나의 정상적인 과정으로 여긴다. 내가 몸을 받아 이 땅에 살아 있는 한 언젠간 반드시 겪을 참변이다. 도저히 피할 수 없는 것임에 별도로 근심할 까닭도 없다. 죽음은 어떤 끝장이라기보다는 낡아서 입을 수 없게 된 외투를 갈아입는 것과 무엇이 다르다는 것인가?"

필자의 소견으론 대찬성이다.

우리가 살고 있는 이 순간이 영원이요, 우리가 죽고 있는 영원이 이 순간이요, 순간과 영원이 맞물린 거기가 바로 요단강 건너요, 허무의 샹글리라 아니겠는가. 깨달은 자는 순간에서 영원을 살지만 어리석은 자는 영원에서 순간을 산다.

덧붙이는 글 _

둘

하나

나는 아무래도 죽기가 싫은가 보다.

아니면 목숨 스스로 끊는 게 무섭고 무서워 온갖 핑계 다 아우르며 죽음을 피해 요리조리 미꾸라지처럼 빠져나가는가 보다.

부처님 적 죽음의 여행이라는 거창한 구호 아래서 하필 나의 첫 도착지로 여정을 푼 곳이 태국의 북부 도시 치앙마이에 위치한 유명 사찰이어서다. 명패는 태국어로 왓 우몽(Wat Umong)이고 그곳 부설로 국제적 명성을 얻고 있는 왓 우몽 국제명상센터(Wat Umong International Vipassana Meditation Center)이기 때문이다.

"저로 말씀 여쭙자면 한국 시골에서 약초재배에 매진하는 농부로서 이곳 고승들의 지도편달을 바라마지 않습니다."

"아래 준수사항을 충실히 따르겠다 서약하면 합격시키겠습니다."

저들이 제시한 준수사항은 열두 가지로 꽤나 복잡한데 그중 다섯 가지만 간추리겠다.

Rules and Responsibilities

You must have good physical and mental health.

You must obey and follow the instruction of a monks and officers in the center.

Do not smoke, drink liquor.

Do not mobile phone.

Good manner.

다음으로 이어지는 건 일과생활 시간표다.

곧이곧대로 나열해보겠다.

The Schedule of practice

04.30 am. Wake up(Ring bell)

05.00~06.30 am. Practice meditation(Self training)

06.30~07.00 am. Cleaning, Sweeping

07.30~08.00 am. Breakfast(Ring bell)

09.30~10.50 am. Meditation instruction(Learning from teacher. After self-training)

11.00~12.00 am. Lunch(Ring the bell)

12.00~02.00 pm. Break time

02.00~04.00 pm. Practice meditation

04.00~05.00 pm. Cleaning sweeping

06.30~08.00 pm. Meditation learning from teacher

09.30 pm. Bedtime

읽어본즉 구구절절 하나도 어려울 것 같지 않아 쉽게 손도장 찍었고 덩달아 쉽게 합격통보 판결이 떨어졌다. 한 평 남짓한 독방을 배정받아 여장을 푼다. 일종의 기숙사다. 남성용은 2층 구조에 층마다 방이 여섯 개씩으로 총 열두 개고 각 층마다 공용화장실 두 칸에 샤워실 두 칸이 딸렸다. 하숙비는 1인 1일 기준으로 250바트(baht)니까 미국 돈으로 12달러고 우리 돈으로 환산하면 1만 5000원가량이다. 필자가 입소한 첫날 외국인은 32명으로 국적은 세계만방이 다 모였다고 보면 별 무리가 없겠다.

우몽사 남자기숙사

식사는 오전에만 두 끼 제공된다.

뷔페식이다. 각자 퍼다 먹고 각자 설거지한다. 더러는 육고기도 제공되나 보편적 수준은 한국의 중류급 정도다. 그 외 커피나 간편 군것질은 사찰 내의 두 군데 매점을 통해, 또는 사찰 인근 대형 매점에서 구입 가능하고 정 배가 고프면 정문 50여 미터 이내에 산재한 식당에서 조근조근 외식이 가능하다. 어깨동무한 식당 중엔 라면이나 짜장면을 메뉴로 써갈긴 한국인 식당까지 버젓이 성업 중이다.

물론 한국 식당에 가보진 않았다.

자칫 한국식 센티멘털리즘에 빠져 내 기강이 해이해질까 두려워서다. 절에서 행하는 단체 식사에선 식사 시작 전 팔리(Pali)어로 작성된 주문을 다 같이 읊조린다.

Food reflection

Neva davaya

(That was not for pleasure and enjoyent)

Na madaya

(Nor for intoxicating and fattening)

Na andanaya

(Nor for decoration)

Na vibhsanaya

(Nor for beautification)

하루 일과가 약간은 경건하고 경이롭다.

설쳐봤자 수련생 신분인 우리들 외국인 참가자는 하나같이 아래위 하얀 색상의 유니폼을 꼭 착용하는 게 이곳의 불문율이다. 요금은 구매 시(buy) 350바트, 빌릴 시(rent) 250바트다. 일사불란하게 흰옷 차림으로 설치다 보니 적잖은 오해도 뒤따른다. 외국인 수련생의 전용공간은 사찰의 중심축에 자리잡은지라 탐방자와는 수시로 마주친다.

"햐, 이것 봐라."

어느 날 내 면전에서 쏟아지는 한국어.

"여긴 절이 아니고 정신병원이다. 돌아가자. 산중에 병원 차려놓고 천년 고찰이란다. 완전 사기다."

고얀 놈들.

저들이야 물론 바로 면전의 필자가 고고한 한국인일 걸 몰랐겠지만 어느 나라 백성이든 간에 외국 관광명소를 방문할라치면 보다 겸손한 자세와 입조심이 요구되는 그런 사안이다. 내가 당장 저들 한국어를 영어로 휘돌리자 동석한 서양인들이 박장대소하며 맞장구친다.

"저네들 삐죽거림이 옳다. 우리네 수련생들이 지금 취하고 있는 꼬락

서니를 한번 보자. 어떤 이는 눈 감고 좌선, 어떤 이는 거꾸로 걷기(moon walking), 어떤 이는 요가 자세로 물구나무서기 등등 하나같이 장애인들 그대로다. 게다가 환자복처럼 새하얀 상하의에 얼굴 표정은 영국 버킹엄 궁의 근위병 뺨칠 만치 근엄하기 짝이 없다. 누가 봐도 이건 사이코(psycho) 집단이다."

그렇담 이따위 사이코들을 사찰 중앙부에 배치시킨 건 태국 신도들 겨냥한 내부 광고성 이벤트도 한몫 거든 것 같다. 불교 국가답게 사찰이 사방팔방에 우후죽순 깔리다 보니 저희끼리 경쟁도 치열하다. 이곳 관광객은 외국인 반에 태국인 반이다.

치앙마이 인구가 25만 명인 데 비해 차고 넘치는 외국인 관광객은 25퍼센트인 6만 명 선이다. 이러다 보니 번화가와 관광명소엔 딱 반반씩 뒤섞이는 꼴새다. 특이한 건 외국인 절반이 중국인이란 점이다. 거리를 달리는 자동차는 거의 100퍼센트가 일본제고 거리 곳곳에 즐비한 대형 마트도 일본 자산인 세븐일레븐(seven eleven)인데 일본인 관광객은 거의 없다는 것도 특이점이다. 20년 전, 아니 10여 년 전만 해도 한가롭고 고색 은은하던 치앙마이가 이렇게 삐까번쩍한 국제도시로 변해버리다니 놀라울 따름이다.

하루 네 번의 정진 중 두 번은 영어 설법을 듣는다.

법사는 30대 초반의 태국 토박이 스님이건만 영어 실력은 미국 본토인과 견주어 손색이 없다. 설법 내용은 주로 금강경 사상이거나 위빠사나 명상에 관해서다.

All actions are led by the mind, mind is their master, mind is their maker. Act or speak with a defiled state of mind…….

넓은 땅의 최북단답게 새벽 시간대엔 한국에서 출발하며 걸쳤던 오리털 파카를 꺼내 다시 입는다.

낮 시간대는 따끈한 날씨의 연속인데 들끓는 관광객과 아주 가까운 거리에 위치한 치앙마이 국제공항에서 10분 간격으로 뜨고 내리는 비행기 소음이 좀 거슬리지만 이상하게도 견딜 만한 상태다. 산중엔 우리 외국인 거주지인 국제명상센터를 중심해 좌우로 건물들이 다양하게 들어찼다. 자기들 내국인을 상대로 하는 염불당, 설법당, 조사당, 그냥 거대한 탑(pagoda) 외에도 갖가지 요사채가 즐비하고, 이곳의 압권인 동굴(tunnel)법당 오른켠으론 스님들 거처인 독립 가옥들이 한국 도심의 재개발 지역처럼 다닥다닥 어지럽게 늘어섰다.

이곳도 빈익빈 부익부는 존재한다.

돈 많은 스님들 집은 크고 넓은데다 고급 승용차들이 즐비한 반면 가난뱅이 스님들 거처는 코딱지만 한 크기에 시설도 엉망이다. 그곳을 산책하던 중 담배를 꼬나문 스님과 마주쳤는가 하면 어떤 스님의 현관엔 맥주가 궤짝으로 가득 찬 것도 목도했다.

스님들은 어림잡아 50여 명이 넘었고 전체 도량에서 키우는 절 지킴이 개들은 30여 마리를 웃돌았다.

명상수행은 순조롭게 돌아갔다.

특히 서양인들은 본국에서도 상당 기간 수련을 쌓았는지 가부좌 틀고 앉았는 품새가 거지반 고수급인데다 잡담도 최대한 삼가 분위기가 자못 진지했다. 심심풀이 삼아 기웃거리는 3일 코스 초짜들은 물론 엉성했지만 진지하긴 매일반이다. 필자는 저들이 교과서로 택하는 위빠사나 대신 이번엔 필자 특유의 비전비술로 방향을 잡았다.

비전비술이란 말 그대로 독특한 수행법이다.

이건 수행승 각자가 은연중 택하는 하나의 기밀한 유전인자(DNA)로 여기에 밀착하므로 신의 본질을 채취해 우주와 내통하는 마술적 기교다.

가끔은 삿되고 가끔은 신선하다.

비전비술 수행자는 우주의 힘을 깨워 허무를 정복할 수 있다고 여긴다. 아직 일어나지 않고 있는 제2 제3 제5……의 원초적 겁을 직진 돌파하겠다는 의지도 담겼다.

즉 존재와 비존재는 일치함에 비전비술 수행자는 양쪽의 통합된 삼매를 관통해 삼라만상의 극단을 뛰어넘으려는 것이다.

삶은 극단적인 절망이 아니며

죽음 또한 극단적인 평화가 아니다.

그럼 무엇이냐.

아니고 아닌 그 허실을 초극하고자 그들은, 나는 가끔 비전비술을 행하지만 더 상세한 건 밝히기 곤란해 이쯤으로 접겠다.

시간여행 따위 색다른 체험을 원해서가 아니라 이번엔 그저 그러고 싶어서다.

고차원의 불가사의는 이제 더 이상 원치 않는다. 그동안 충분하고 남았다. 단 그간 영혼의 음식이라며 목숨 걸고 즐겼던 술 담배를 이번엔 서릿발인 듯 잘라내겠다는 심산이다. 실로 십수 년 만의 금주금연이다. 한다면 한다. 끊는다면 끊는다.

스무 시간여의 공복이 일으키는 배고픔도 그럭저럭 잘 참아낸다.

밤엔 개구리가 카랑카랑 울고 산새들이 슬픈 건지 기쁜 건지 모를 어정쩡한 가락을 토한다. 그리고 반딧불처럼 대갈빡에서 영롱한 빛을 발하는 굼벵이를 이따금 대하는데 현지인들은 그런 벌레는 태국에 없다며 내 말을 수긍하지 않는다. 믿거나 말거나 개의치 않고 그냥 그쯤으로 산다.

일주일 만에 오후 자유시간을 틈타 이곳 북부에서 지금 내가 머무는 왓 우몽과 쌍벽을 이룬다는 또 다른 명상센터인 왓 람펑(Wat Ram Peong)을 다녀온다. 2킬로미터 남짓이니까 도보로 30여 분 거리다. 관광명소가 아니어서인지 꽤나 조용했고 규모는 엄청났다. 이곳에서 행하는 명상 기간은 한 번에 보름간으로 정해져 있고 초짜는 가능한 한 후순위로 돌린단다.

"한 달에 두 번 모집한다. 직접 방문은 소용없고 오직 인터넷 접속으로만 예약 가능하다. 한 번에 최저 200명에서 400명까지 수용 가능하고 외국인은 일정 비율만 뽑는데 입학금(?)은 첫날 300바트 받고 보름 후 퇴소할 때 본인의 자유의사에 따라 헌금(donation)을 받는다."

사정이 이러하다 보니 얼굴에 철판 깔면 보름 동안 단돈 1000바트 이내도 가능한 고로 대단히 저렴한 편이다. 그래선지 담당자 여승은 올 테면 오고 갈 테면 가라는 태도로 오만하리만치 도도했다.

우려하던 로맨스 스캔들은 내 입소한 지 열흘 만에 의외로 쉽게 터졌다.

첫 번째 주인공은 30대 후반의 중국인 여성과 50대 초반의 브라질 남성이다. 까무잡잡해 첫눈에도 색기가 졸졸 흐르는 중국녀가 먼저 꼬리를 쳤고 엉거주춤 물러서던 브라질도 그예 백기를 들었는데 울퉁불퉁 근육질인 이 남성도 정기가 넘쳐 보였다. 명상시간 사이사이 붙어 다니더니 사흘째 밤에 그예 야반도주해 버렸다.

두 번째 주인공은 중국녀 20대 중반짜리와 40대 초의 미국남이다. 미국남은 우리 명상센터 동지인데 쉬는 시간 산책 나갔다가 관광 온 중국녀와 눈이 맞은 케이스다. 여자는 예뻤고 남자는 흑백 혼합이다. 암튼 동양 여인들은 서양, 특히 미국 놈이라면 환장을 한다.

헌데 미국남의 정체가 미심쩍다.

한국 평택에 근무하는 미군인데 연세대 한국어학당에서 공부했노라며 조선말도 제법 지껄인다. 부대 근무는 한 달 내내 단 7일이란다. 아무래도 특수부대 소속인 것 같다.

세 번째 경우는 이태리 아가씨와 한국남 현몽스님이 되시겠다.

현몽스님은 그녀를 Italiano miss lonely라 불렀고 여자는 필자를 Uncle king이라 호칭했다. 퍽 외로움을 타는 30대 중반의 그녀 주변엔 심심찮게 남자들이 꼬였고 특히 숙소를 달리하며 명상만 함께 하는 태국 총각들이 침을 질질 흘렸다. 필자는 간혹 명상센터 정원의 벤치에서 대화를 섞는다.

"외로워 보인다."

"외로워봤자다."

"남자한테 차였는가?"

"내가 걷어찼다."

"잘했다."

"당신은?"

"난 인생을 걷어찼다."

그날 밤 호수길 거닐며 폴 앵카가 불렀던 흘러간 팝송 〈You are my destiny〉를 합창했다. 이지러진 별무리 속에서 그녀가 살며시 내 손을 잡았고 난 뿌리치지 않았다. 아아, 일흔이 넘은 영감태기한테도 청춘이 넘실대는구나. 기쁜 일인지 슬픈 일인지 모르겠다.

그리고 다음날 오전.

명상 도반들은 떠날 때 대개 쥐도 새도 몰래 살짝씩 빠지는데 이 아가씨가 툭툭이 택시를 기다리는 동안 태국 총각들이 주르륵 함께 했다. 마침내 차가 왔다. 아가씬 미소 머금은 채 주변에 눈인사 작별을 고하다가 갑자기 나를 포옹하며 내 뺨에 키스 자국을 남긴다.

"Oh, terrible!"

그날 밤 태국 총각들은 짐을 꾸려 모두 방을 뺐다. 일본 총각이 내게 눈을 흘긴다. 이어 법사 스님께 무언가 고자질을 해댄다. 아부 근성이 발끝까지 밴 옛날 무협지의 쪽발이 하인 그대로다.

"Love understands love and that's all."

이라고 필자가 의미심장한 멘트 한 개 날리자 법사 스님은 깔깔 웃어버린다.

그렇게 명상센터는 무르익어간다.

오늘은 필자가 입소한 지 열여드레째, 희귀 국적의 카자흐스탄, 우크라이나, 슬로베니아, 노르웨이, 핀란드까지 뒤엉켜 합이 총 34명.

인간이란 직업은 참 힘들고 더럽고 위험하고 아니꼬워 해먹기 난감한 업종이다. 이따금씩 한세상 태어나지 않은 셈 치자고 마음을 접지만, 그렇다고 태어나지 않아 딱히 좋았을 게 무엇일까.

누가 원해서 태어났던가?

인간이 인간임을 후회할 때 하느님도 하느님 된 걸 후회할까?

내겐 영생하는 하느님보다 술도 마실 줄 알고 자살도 할 줄 아는 그런 하느님이 제격인데 이걸 어쩌나, 지금의 하느님과 지금의 나는 궁합이 영판 어긋난 상극이로다. 쌍방 간 상부상조는커녕 서로 못 잡아먹어 으르렁거리는 꼴이라니 가소롭고 가당찮다.

"야, 하느님 인마, 정신 차려!"

"쌍놈의 인간 새꺄, 너부터 정신 차려!"

호수에 어리는 상현달에 나는 심쿵한다.

술 한 잔 담배 한 대 간절한 대로 꾹 눌러 참는다. 이곳 오기 전 3년 동안 단 하루도 거르지 않고 줄기차게 폭음을 즐겼었다.

낮짝엔 시꺼멓게 검버섯이 피고 소화가 되질 않아 더부룩한 배 속에선 자지러지는 통증까지 회오리쳤겠다. 덩달아 정신은 온종일 흐리멍덩한데다 깜빡깜빡 혼미해 자칫 집에 불을 낼 뻔했었고 급기야 여행경비까지 태워 먹었다.

무슨 말인고 하면 전후사연은 이러저러하다.

떠나기 사흘 전 청도 시내 대구은행에서 1000달러를 환전했다. 창구 아가씬 그걸 봉투에 담아 고이 건넸다. 여기서도 일차 문제는 있었다. 난 A창구를 원하는데 거긴 이미 기존 고객이 장시간 버티는 중이다. B창구 아가씨가 자기는 한산한데 왜 A쪽만 고집하느냐고 묻기에 내가 답했다.

"A창구 아가씨가 B창구 아가씨보다 예뻐서입니다."

"피이, 나도 예쁘단 소리 많이 듣는데."

그렇게 우여곡절 끝에 돈 바꾸고 바로 이어 서울 손님인 강 사장님을 만난다. 첨 만남이다. 마른 멸치 한 봉지 사들고 바지런히 나의 토굴 도착하기 무섭게 퍼마신다.

얼마나 마셨을까?

깨어보니 강 사장은 달아났고 바깥엔 밤비가 촉촉이 내렸겠다. 비 오시는 날은 소각 날이다. 평소엔 산불 위험 땜에 쓰레길 태우지 못한다.

서둘러 쓰레기통을 소각장에 쏟고 불을 지펴버린다.

그리고 한 시간 후에야 맨정신이 돌아온다.

"아이구머니나!"

1000달러 봉투도 쓰레기로 타버렸다.

악화된 건강에 부실한 안주도 한몫 거들었다. 필자의 술 문화는 그렇다.

술 한 잔에 멸치 한 마리씩이다. 필자는 혼자 술을 좋아한다. 마시기 전 멸치 열여섯 마릴 식탁에 일렬로 정렬시킨다. 술은 하룻밤에 25도 쏘주 일곱 잔에 21도 쏘주 여섯 잔에 40도 보드카 석 잔으로 열여섯 잔이 적당량이고 살짝 모자라다 싶으면 맥주를 곁들인다.

귀한 손님 방문해도 술자리는 똑같은 패턴으로 돌아간다.

각자 자기 술 자기 앞에 놓고 알아서 마시다. 주거니 받거니는 없다. 살벌하다. 술주정이나 여타 해롱해롱도 허락되지 않는다. 하늘을 감동시킬 만한 대화를 주제로 삼든지 아니면 죽자고 마시다 처자빠지라이다.

거룩한 주님 모시면서 경건하라 이거다.

"나 알코올성 치매에 걸려 1000달러 태워 먹었소."

전화기 들고 동네방네 자랑치고 떠벌린다. 알코올성 치매 외에도 알코올 중독 초기 증상이 여지없이 나타나는 상황이다. 나는 어디론가 떠나야 한다. 술 없는 곳으로 떠나야 한다. 이건 더럽게 돼질 징조다.

"걱정 말고 올라오세요."

비행기는 저가 항공인 Jeju air의 35만 원짜리.

결국 떠나기 전날 밤 성금이 모였다. 이런 악랄무도한 놈에게 십시일반은 왜 해주는지 모르겠다. 골 빈 시주자는 김유미, 정경숙, 이선근, 오완석, 강영길, 장윤주, 김어영으로 일곱 명이다.

그런 식으로 한 많게 떠난 서울.

살려놓음 또 죽을 텐데 저들은 왜 나를 또 살려놓는가.

술에 관한 한 내게서 중립지대는 설정되지 않는다. 왕창 마시든지 왕창 안 마시든지 둘 중의 하나다. 알코올중독 초기가 아니라 말기 단계다. 머잖아 정신병원과 요양원을 전전하다 아주 비참하게 죽을 팔자다. 이제 겨우 얼굴도 조금 깨끗해지는 판에 돌아가면 다시 죽기 살기 퍼마실 게 뻔하다.

어떻게 맑은 정신으로 살겠는가.

맑은 정신으로 산다는 건 마취시키지 않고 수술당하는 것과 한 가지다. 문득 무지몽매한 사람들의 넋두리 중 하나가 금강경만치 귀한 말씀으로 둔갑해 돌아온다.

"개뿔도 아닌 인생 죽지 못해 살지요."

죽지 못해 산다고? 죽지 못해 산다고?

그럴지도 모른다. 죽는 게 그리 쉽다면 이 세상 살아남을 사람 과연 몇 명이나 되겠는가.

오늘 밤 자살 한번 칵 해볼까?

둘

메리 크리스마스도 해피 뉴이어도 지나갔다.

새해 1월하고도 초닷새째 밤이다.

스무날 전 브라질 근육남과 눈이 맞아 야반도주했던 중국 색녀가 재차 돌아왔다. 브라질 그놈이 태국 창녀랑 뒤엉켜 달아났다는 하소연이다. 그동안 아무도 이 비련의 사건을 몰랐으나 부법사(vice master)인 깡 스님과 필자는 훤히 알고 있는 터다. 중국 색녀는 눈물로 자신의 경솔함을 참회했기에 마지못해 사찰 측에선 재입소를 허락했다.

그 외는 조용한 날의 이어짐이 연속한다.

태국인들은 영어에 깜깜인지라 내게 말을 걸지 않았고 서양인들은 동양인인 내가 영어에 서툴 거라 지레짐작해 말을 걸지 않았다. 필요할 경우 내가 먼저 몇 마디 건네면 그만이다. 대단히 편리한 언어소통이다. 더구나 만약의 거추장스러움을 대비해 필자는 출신지를 North Korea라고 못 박아버렸음에 저들도 은연중 역겹게 나를 피해버린다.

그리고 또 하나 사건이 있다.

쪽발이 일본인 40대다. 그는 안하무인하여 아무 곳이나 점찍어 자신의 영역 표시를 하는 통에 외국인 수련생들이 고깝게 여겨왔는데 아니나 다를까, 모진 돌이 정 맞는다는 한국 속담이 신통방통했다. 그의 영역을 싹 무시해버린 덴마크 청년과 일대일로 치고받다 참패해버린 거다.

"와타시와 니쁜노 야쿠자 어쩌구저쩌구!"

"싸나마 베찌 피스까라 어쩌구저쩌구!"

"그만들 하라. 시끄럽다!"

일본은 일본말로 덴마크는 영어로, 필자는 중간에서 조선말로 말리는 진풍경이 연출된다. 결과는 일본 나카무라(?)가 짐을 꾸려 떠나버리는 걸로 종료된다. 와중에 재미나는 건 이 싸움을 은근히 흥미롭게 관전하던 일본 아가씨 아키쨩(Aki chang)이 얼토당토않게 필자에게 약삭빠른 관심을 품기 시작했다는 아이러니다.

하다가 3막 3장은 그날 밤에 정점을 찍는다.

밤늦은 시각 호수 산책길에서 돌아오니 중국 색녀가 우리 숙소 9호실 남자를 좀 불러달라고 간청한다.

"9호실이면 2층이고 그 남자는 남아공 출신이다."

"그는 새로운 보이프렌드다."

"내가 왜?"

"제발 Please."

색기가 넘쳐 주체를 못하는 여자다. 어쩜 양갈보 내지 악갈보다. 이런 년

하고 붙느니 나라면 물총을 칵 잘라 엿하고 바꾸어 먹겠다. 여자는 꿈같아야 붙든지 말든지 하는 거지 이런 걸레 같은 년과 붙을진대 사형으로 다스려 지당하리라.

"이보소, 쨍꼴라 여인아. 이곳은 소위 세계 각국이 모이는 명상센터다. 부디 색심을 여의고 마음을 다잡으라."

"날 위해 기도해달라."

"Yes, come and practice meditation. It's fun and good, peacefuly and happy."

그러나 필자의 기도문을 비웃기라도 하듯 그날 밤 색녀는 또다시 떠났다. 시간여행에서 만났던 원효대사의 이실직고대로 인간의 몸통 백만 쪼가리 썰어서 불태워도 정(情)의 씨앗은 남는다는 것인지.

난 무엇을 바라는가?

바라는 바 엄숙히 없다. 하지만 거꾸로 되새겨보면 암것도 바라지 않는다는 것보다 무서운 대단위 욕심이 달리 어디 있겠는가. 무욕심 실천한답시고 현재의 한국 거처인 경상도 사기점 산골에 똬리 튼 후 얻은 건 무력감과 여전한 허무의 그늘이다. 오늘부턴 일상적 욕심을 약간 일으켜보겠다.

한국 돌아가면 로또 복권도 사고 술안주는 멸치에서 닭꼬치 정도로 격상시키겠다.

이곳에선 하루 한 번 꽁초도 주워 피우겠다.

막무가내식 금연이 고행이라면 추잡스런 꽁초 한 개도 고행이다. 더불어 이곳에 한 명인 거지에게 하루 15바트씩 보시하겠다. 15바트면 변두리에서 물국시가 한 사발이다. 한 달 머무는 내내 왓 우몽을 무대로 활동하는 50대 거지를 세 번 마주쳤다. 그는 구걸 음식 중 일부를 노천의 부처님 전에 바치며 이러쿵저러쿵 큰소리로 떠든다.

거처는 오리무중이다.

내 쪽에서 앞질러 그를 수색해내는 산책로를 개발하겠다는 거다. 외에도 허튼 욕심을 좀더 부리겠다.

엄마 더불어 대표 애인 배비에 대한 그리움도 지금에 비해 따따블로 늘리고 송밀희 가시내랑 정여혜 선녀와의 추억도 왕창 진하게 채색하겠다. 송밀희는 나랑 2층 지을 때 까무라치며 소리 질렀던 유일의 여자고 정여혜는 나로 하여금 항문에까지 키스하도록 들볶은 유일의 여자였다. 부끄러울 것 없다.

딸깍 좋아하는 여잔데 항문인들 무슨 문제냐.

사랑하고 섹스한다는 건 신나게 논다는 뜻의 또 다른 고상한 표현이다. 원하지 않는 건 아무리 많이 받아도 고맙지 않다. 내가 우러나서 'thank U' 할 수 있는 건 오직 꿈같은 여자랑 어울리고 덩달아 거룩한 명상참선에 몰입하는 상황이다.

여자 밝힌다고 나를 그리도 모질게 멸시하던 A스님 B스님 C스님 등등 여인네 눈웃음 한번에 넘어가 싸그리 비겁한 은처승 되지 않았는가.

흔해터진 여자 1개 군단과 내가 바람피운 여자 한 명 바꾸지 않겠다. 일상적인 여자들은 그렇다. 시시하다. 재미없다.

일상적인 그녀들이 혼자일 때 무슨 꿍꿍이 내숭을 떠는지 아무도 상상치 못한다. 만약 천 길 물속의 그 내숭이 까발겨진다면 남자들은 정떨어져 절대 결혼하지 않을 것이다.

오죽함 한문에선 계집녀(女)자 세 글자를 보태 간사할 간(姦)자를 만들고 부처님께선 여자는 中 만들지 말라 엄명하시고 기독교에선 여인의 가치를 남자의 갈빗대 하나라고 폄하할까.

그러나 이 경우 필자는 기독교 불교를 향한 반체제 선봉장이다.

이유 불문코 필자는 여자를 존경한다.

한시바삐 세상은 바뀌어 성씨(family name)는 남자가 아닌 여자의 성씨를 따르고, 혼인하면 남자가 여자의 집으로 들어가 시집살이 살고 대통령 출마 자격도 여자에 한해서라고 헌법을 뜯어고쳐 마땅하리라 믿어 의심치 않는다.

어디 그뿐일까.

부부싸움 중 남자가 무심코 여자의 뺨이라도 한 대 갈길라치면 관용이 어디 있나. 그놈 새끼는 변호사 선임할 자격도 없이 최하 무기징역에 처해 마땅할 것이다.

셋

새로 입소한 미국인 수련생이 부법사더러 부처가 신이냐고 묻고 부법사께선 신은 아니지만 동급이라고 설명한다. 석연찮고 아쉬운 교통정리다. 필자에게 물었다면 대답은 이랬을 것이다. 신에 비해 서너 급수 위일뿐더러 신이 천지창조에 분주할 때 엔간히 할 일도 없는 양반이라고 하찮게 코웃음쳤을 것이라고.

"하면 왜 말리지 않았을까?"

"말린다고 듣는다면 그게 신이겠는가?"

그 옛날 마리화나와 알코올에 절어 피고름 나게 헤맸던 동남아 서남아

우몽과 현몽

거리를 작금엔 명상놀이 꽃패 까며 노닌다.

무엇이 달라졌는가.

달라진 것 없다. 어제도 오늘도 내일도 대박(Jackpot)은 터지지 않는다. 그게 옳다. 제발 터지지 않는 게 인생다운 인생이다. 그렇다고 삭막한 오늘을 다리 놓아준 천로역정의 과거에 하나도 감사해하지 않는다.

꽁초 고행은 3일 만에 접었다.

불심이 유독 강한 태국인들은 사찰 경내에서 좀체 담배를 피우지 않는데다, 이도저도 아니게 맴(마음)이 싹 변해 그러고 싶지 않아서다. 거지도 만나지 못했다. 어쩌다 우연히 만나면 한 번에 100바트를 주고 말 것이다.

그러구 보니 나날이 내가 대견하단 생각이 스스로 든다.

나야말로 나도 모르게 변장하고 나타난 신은 아닐까?

치매 기운 알코올 기운 서서히 빠져나가니 별의별 망상이 다 들끓는구나, 에라 썩을 놈아!

호수엔 그간 보이지 않던 고니가 헤엄치고 늪 쪽으론 솥뚜껑만 한 거북이도 어슬렁거린다. 우리가 이 시간 틈타 서로 만나려고 멀고 먼 세월 숨어 있었을까. 인도의 꾸리 사막에선 코브라의 습격을 받아, 라오스의 산악 마을에선 마약 과다 복용으로 죽을 고비 한 번씩 넘겼었다. 그냥 그랬다는 거지 별다른 의미는 없다.

옛 조사들은 건강을 위해선 병들지 않는 게 최선이라 하지만 바꾸어 말하면 쌈박한 인생을 위해선 태어나지 않는 게 최선이라는 이론과 무엇이 다르다는 것인지 이해난감이다.

그냥 그대로가 의미다.

호수 길가에 널브러진 낙엽을 손바닥으로 비빈다. 가루가 남는다. 그걸 종이에 말아 피워본다.

연기는 나는데 담배 맛은 안 난다. 니코틴이 빠져서다.

그럼 영혼의 니코틴은 무엇일까? 그 진액이 부처라면 얼마나 많은 사람이 진액이 될 수 있을까?

"How many people can become Buddha?"

"모르겠다. 나는 너희 중생들에게 나를 사뿐히 지르밟고 지나가라 일렀지 내가 되라고 가르치진 않았다. 왜 나를 닮으려 그리 발버둥 치느냐? 진달래는 진달래로 아름답지 진달래가 선인장 꽃 닮는다고 더 예뻐지겠느냐?"

크아, 따질수록 삼칠망통이로다.

아무 생각 말고 아무 편견 없이 오늘도 명상이나 열심히 때려 부수자. 가을x이 꼴려 벽을 뚫고 봄xx가 꼴려 새끼줄 열 발을 꼬듯 그렇게 무지막지 꼬고 닦고 조이자.

그나저나 근자엔 삼매가 쉬 일지 않는다.

짧은 삼매야 수시로 들락거리나 그딴 거야 깜빡 졸음과 유사한 형태고

시간을 거스르며 공간을 자유롭게 이동하던 큰 삼매는 막혔다.

원인이 뭘까?

아마도 가슴으로 하지 않고 잔머리 굴려 되도록 쉽게 가려는 안일함 때문일 것이다. 오늘부로 명상자세 재정립에 나서야겠다. 먼저 호흡을 가다듬어 가슴을 열고 핵심 화두와 합일하기다. 스무 해 전이던가. 또래 도반이었던 혜수스님은 점심공양 후 큰 바위에 가부좌 틀고 차 한잔 마시다 삼매에 들었고 삼매 속에서 곧바로 열반에 직행해버렸다. 앉아서 죽는 신통술, 소위 좌탈입망을 오롯이 시범 보인 것이다.

바보 스님이라 불리며 평소엔 따돌림당했지만 혜수야말로 하늘이 낸 전형적 모범 비구수좌였던 것이다. 이름 없이 살다 흔적 없이 가버린 혜수스님, 내 맘속에 절절히 생동감으로 굽이친다.

나도 혜수처럼 또는 설봉스님처럼 3등 바보가 될 순 없을까. 바보의 전제조건은 하심이다.

나비 한 마리 두더지 한 마리 가물치 한 마리, 풀 한 포기 꽃 한 송이, 더나아가 모든 날짐승 들짐승 길짐승한테까지 나를 낮추어 나야말로 지구상온갖 서열의 꼴찌임을 절절히 인정할 때 참다운 하심은 터진다. 필자는 아무쪼록 나를 알아봐달라고 애걸복걸 보채고 알아주지 않음 갈아엎는 지독히 못난 놈 중의 못난이 본보기였다.

스스로 잘난 놈치고 잘되는 꼴 못 봤다.

어쩌다 고생고생 길 닦아놓으면 가시내들이 먼저 지나가며 길을 지워버렸다. 그나마 예쁜 것들이 지나갔으니 딱히 할 말은 없다.

이젠 길을 더 만들기도 지쳤다.

혜수스님 스토리가 더 있다.

먼저 가신 전강선사께서도 좌탈입망을 하셨다. 일흔넷의 나이에 다다라서다. 30여 명 선방 스님들과 더불어 즐겁게 점심공양 마치고 작설차 한 잔 드신 다음 찻잔 내려놓음과 동시 삼매에 빠지는가 싶더니 삼매에서 막바로 숨을 거두었다.

재미나는 건 전강선사 입적 이틀 만에 혜수스님이 뜬금없이 나타나 법당에 모신 선사의 관을 두 발로 밟고 뛰어넘어 버린 사건이다.

지켜보던 대중들은 아연실색하면서도 아무 말 하지 않았다. 죽은 자와 산(生) 자의 지고지순한 선문답이 이루어지는 자리였기 때문이다. 이야말로 사후까지 오가는 불교 생명의 맥이다.

죽은 자는 죽어서 말한다.

산 자는 살아서 말 없이다.

참선불교 아니라면 어디서 이런 경이롭고 신성한 타이틀매치 이루어지겠는가. 승패의 결과는 당연히 아무도 모른다. 모르는 게 선문답의 묘미다.

예서 한 발 더 나간 스님도 계셨다.

60년대 초 가야산 해인사에서 입적한 인곡선사이시다. 일흔 넘은 연세에도 독방 마다한 채 대중과 어울려 큰방 참선을 즐기시다 어느 날 조반공양에 보이지 않았다.

시곗바늘 같은 스님께서?

대중들이 사방팔방 흩어져 그의 평소 산책로를 뒤지던 중 의외로 쉽게 발견했다. 선사께선 계곡을 향해 서서(stand up) 삼매에 든 채 세상을 등지셨던 터다. 서서 죽고 앉아 죽고, 이 희한한 죽음의 행진은 참선에서만 가능한 일 아닐까.

차제에 참선과 명상의 미세한 대동소이함에 대하여 다시 한 번 설명하겠다. 참선이 추구하는 제반 화두는 가장 비논리적 뚱딴지인데 이게 실은 사람 잡는다. 잡아도 매우 과학적으로 잡는다.

화두는 간략한 문답으로 이루어진다.

"달마가 서쪽으로부터 오신 뜻은?"
"판때기 이빨의 털!"

"불교의 근본 대의는?"
"뜰 앞의 잣나무!"

"부처님 참모습은?"
"마른 똥막대기!"

여기선 손가락을 보지 말고 손가락이 가리키는 달을 봐야 한다. 이래도 저래도 정답 없는 인생에서 이들 비논리적 화두가 그걸 해결한다면 여러분은 쉬 수긍하겠는가?

화두참선에서 연구나 심사숙고는 금기사항이다.

오직, 다만, 애오라지, 의심하고 의심하기다.

왜 부처가 마른 똥막대기일까?

어째서? 여하시? why? how?

이 비논리적 의심만이 우릴 삼매에 인도하기 때문이다. 물론 삼매에도 급수가 따른다. 단수 희열 정도는 삼매 1단인 사다함급

2단은 아나함급

3단은 아라한급

4단은 수다원급.

이걸 믿어야 한다. 믿지 않음 미신이고 사이비다. 믿고 행하는 자에게 복

이 온다. 뜻을 이루려면 이유 불문코 삼매에 드는 게 급선무다. 호흡명상 역시 지향하는 바는 삼매다. 해탈은 삼매에서 꽃핀다.

호흡명상의 경우 제대로 행할진대 3개월 이내에 사다함급 불가사의를 체험할 수 있다.

넷

호수길 산책에 나섰다가 예상치 못한 일에 부닥친다.

관광객 서양인 그룹과 마주친 건데 이들이 필자의 행차에 놀라 물었던 담배를 동댕이치고 신발 바닥으로 비벼 끄기 바쁘다.

나를 수행승으로 착각한 모양새다.

일종의 예의적 행동인데 필자로선 심히 미안하다. 해서 필자가 파안대소 터뜨리며 담배 한 개빌 꼬나물자 이번엔 우부룩이 날 따라 너도나도 새 담배에 불을 붙인다.

"신사숙녀 여러분."

적절한 타이밍이다.

"나는 정식 승려가 아니라 이곳에서 명상공부 중인 수련생입니다. 담배들 태우세요. 대저 입으로 들어가는 건 신성한 겁니다. 나올 때가 개차반입니다. 술도 마찬가지랍니다. 인간의 입에서 튀어나오는 게 거개가 욕설 내지는 중상모략 상호비방 이간질 따위이기 때문입니다."

경우는 다르겠지만 들어갈 때와 나올 때가 대단히 심각한 경우는 이외에도 수두룩이다.

어느 날 밤 외딴 집에 강도님이 납셨다.

헌데 얼씨구, 이 강도님 좀 보소.

깜깜한 빈집인 줄 알았더니 발에 차이는 물컹한 물체가 필시 잠에서 막 깨어나는 사람인지라 칼을 쑥 뽑았겠다. 하지만 막상 찌르려다 보니 상대가 여자다. 강도가 씨익 웃으며 내뱉는다.

"가시내, 깜짝 놀랐잖아."

하곤 막바로 욕정도 풀 겸 들어박았겠다.

거기까진 좋았다. 박고 보니 상대가 70대 노파다. 기겁을 한 강도가 서둘러 철수하려 덤비자 근엄한 경고가 날아든다.

"강도야 이놈아, 들어올 땐 니놈 맘대로였으나 나갈 땐 니놈 맘대로 안 되느니라. 내가 허락해야 나간다."

들고(in) 남(out)의 중요성을 우회적으로 일깨우는 코미디 스타일의 법문이다. 다시 말해 세상 어떤 짓거리도 내가 행하는 한 시작과 끝에 반드시 책임이 따른다는 가르침이다.

한세상 가고 옴도 이와 같을까.

꼭 그렇진 않다. 내가 원해서 들어온 세상이 아닌 한 내 책임보단 하느님 책임이 크고 이런 마당에 공연히 주눅 들어 하느님께 나는 불문곡직 죄인이니 용서해달라는 기도문은 어불성설이다.

하면 한세상 어떻게 가는 게(out) 제대로인가?

자살(suicide)인가?

모르겠다. 모르겠다. 자치기 자치기 자빠뽀! 조치기 조치기 조뽀뽀!

내가 명상에 우쭐대더니 제대로 설미쳤구나. 내 꼬락서니 혼자 보기 아깝구나, 퉤!

드디어 우몽사(Wat Umong) 전용 거지님을 만난다.

우리 명상센터 앞마당의 부처님께 그는 열심히 공양을 올리는 중이다. 부처님 손바닥에 얹어놓는 것은 바나나 한 개와 우유 한 팩이다. 공양을 올린 다음 무언가 한참 주문을 외우곤 돌아서는 그에게 얼른 100바트짜리 붉은 지전 한 장을 두 손 모아 공손히 건넨다.

"맛있는 똠냥꿍 사 드세요."

"카폰 캅."

내 말을 알아들었는지 말았는지 그는 고맙단 인사를 내게 건넸다. 그리고 이건 또 뭐냐.

거지는 재차 돌아서더니만 내게서 받은 100바트 지폐를 부처님 손바닥에 냉큼 올려버리지 않는가.

"이곳 부처님은 부자고 넌 가난뱅인데 왜 그러느냐?"

필자가 한국어로 쏘아붙이자 그도 뭐라고 뭐라고 태국어로 내게 응수했고, 상관없이 그가 사라지기 무섭게 난 잽싸닥 그가 바친 100바트를 부처님 손에서 빼앗아 도로 내 주머니에 집어넣는다. 정리하자면 피차일반이고 만민평등이다.

돌고 돌아 제자리다.

나랑 부처님과 거지, 셋이서 돌아가며 주고받았음에 아무도 손해 본 것 없이 셋이서 함께 복받았다. 이야말로 삼위일체 트리오로 복 짓고 복받기다. 서로 이기고 지고 비겼다.

필리핀 호텔에선 아침 조반용 식권 열흘치를 필자가 굶는 대신 노상 거지에게 주었던바 그는 그걸 되팔아 마리화날 샀는가 하면 페루(Peru)에선 내가 신은 신발이 탐난다고 하루 종일 쫓아다니던 거지에게 벗어주었더니 이내 테킬라랑 바꾸었었다.

딱 한 번 예외는 인도에서다.

남루한 아줌마가 손목시계 가리키며 힌디어로 무어라고 하도 절절히 애원을 해 풀어주었던바 식빵 한 무더기와 바꾸는 걸 목격하곤 이번엔 현찰 20달러도 선뜻 덤으로 얹어준 적 있었다.

보시란 정녕 무엇일까.

필자는 육이오전쟁 직후 배를 많이 곯았었다.

구세주는 길거리 미군이었다. 그들 꽁무닐 졸졸 쫓아다니며 인정사정없이 구걸을 했었다.

"할로 쩡깡 기브 미 찹찹 오케이?"

쌍놈들이나 쓰는 엉터리 영어였는데 이걸 정확히 바로잡으면 아마도 이랬을 것이다.

"Hello G. I. Give me chap chap, Ok?"

그랬다. 필자가 부처님 만나 겨우 목구멍에 풀칠하게 되자 엉뚱한 망상이 퉁퉁 불어터져 도무지 지금 제정신이 아니다. 부처님 댁 들어올 땐 일주문 통해서였다.

나갈 땐 어디로 out인가?

스스로 시궁창 택해 지렁이와 애벌레들 우글거리는 가장 추잡한 개구멍 통로로 나갈까부다. 그 시궁창을 사이에 두고 이번엔 전혀 예상치 못한 "할로 쩡깡."이 날 부여잡는다.

"What's matter?"

반문하는 내게 그는 다짜고짜 스마트폰 문자판을 디민다. 내용은 태국어라 내가 이해하지 못한다.

"English."

라고 주의를 주자 그는 France라고 답한다. 국적이 프랑스라는 것 같아

French냐고 되묻자 못 알아먹는다. 북통 같은 색(sack)을 매고 엔간히 초라한 행색인데 만리타향 먼 곳을 떠도는 놈이 기본 언어가 100프로 먹통이다. English라고 필자가 재차 소리 지르자 스마트폰에 뭐라뭐라 지껄이고 자동통역으로 돌아온 영어 자판을 내게 펼친다.

"난 돈 없는데 이 절에서 공짜로 며칠간 쉴 수 있나?"

이런 내용인지라 고갤 저었더니 다시 영어 자막으로 "그런 곳 소개해달라."는 내용인지라 내가 또 고개를 내젓자 "G'by."라는 자막과 함께 발길 돌린다.

참 어처구니없도록 골 빈 놈이다.

지금이 19세기 요순시절도 아닌 터에 선진국 불란서라면 옛 식민지 동양에서 환영까진 아닐지언정 설사 문전박대야 당하랴 하는 오만불손한 계산으로 떠돌아다니는 무전여행자임에 틀림없다. 사고방식도 싸가지거니와 도와주고 싶어도 단어 몇 개나마 통해야 어떻게 해보련만 이건 맨땅에 헤딩이다.

돌아다니다 보면 저런 싹바가지 쌔고 빌렸다.

스마트폰 팔아서 그 돈으로 술이나 작신 마시고 하루빨리 귀국하는 게 신상에 이롭겠다.

다섯

한스(Hans) 법사님은 영어는 능통한 데 반해 수련생들에게 별반 감동을 주지 못하는 게 흠결이다.

울림을 주지 못하는 건 죽은 법문이다.

입으로가 아닌 가슴으로 전해야 하는데 그게 여의치 않다. 떠나기 전 따끔하게 한번 얘기해봐야겠다.

"부디 쉽게 하세요, 쉽게쉽게."

우리 노래 애국가를 보라. 유치원생도 쉽게 부르고 일반인도 쉽게 부른다. 부처님 말씀 역시 누구나 쉽게 이해해야 한다.

진리는 쉬워야 하기 때문이다. 대학생은 알아듣는데 초등학생이 못 알아듣는다면 그건 박사학위 논문이지 핏줄 속에 스며드는 진리가 아니다. 심청전이나 섹스 교본인 까마수트라처럼 쉽고 흥미진진하게 말초신경을 자극해 좋내는 화끈한 열락을 불 지필 순 없는 것일까.

예를 들면 말이다.

참선 화두를 섹스에 이용하면 사정이 쉬 되지 않아 자연스레 조루증을 치료한다든지 염불 삼매를 섹스 클라이맥스와 맞춘다면 쾌감이 배가하여 어불랑 붙은 그 자리가 즉시 불국토로 변한다든지……. 색골들은 종종 섹스 쾌감을 극대화시키고자 마약이나 마리화나를 활용하지 않던가.

이곳의 또 한 가지 맹점은 수련생을 대하는 바깥 절 일반 스님들의 태도다. 수련생을 한 수 아래로 여겨 합장배례 인사를 드려도 고개만 끄덕이든지 심하면 본체만체 지나치기 일쑤다. 수련생 중엔 의학박사도 있고 대학교수도 있는 판이다.

불교의 생명은 하심이다.

만날 오가는 수많은 수련생들 일일이 신경 쓰기 번거롭겠지만 수련생 입장에서는 스님들 일거수일투족이 평생 남을 기억인데 좀 아쉽다 싶어 짚어봤을 뿐 다른 불손한 의도는 전혀 없음을 밝혀둔다.

오늘도 법문은 이어진다.

Thus have I heard

Life is indecisive. Death is decisive. For I am certain to die. My life is uncertain. My death is certain. By the power of all the Buddhas, all your diseases, all your dangers, all your harms, all your misfortunes, May they all be destroyed.

우리 초등학교 시절엔 화장실 낙서가 유행했었다.

변변한 대자보가 없던 시절이라 그럴듯한 소견을 화장실 벽이나 문짝에 써 갈기는 식이다. 초딩 3학년 때다. 필자는 가라사대 나는 부처님 마누라를 사랑한다고 적었겠다.

입소문을 타고 전교생이 다투어 그 화장실 낙서를 구경코자 줄을 섰고 나중엔 선생님들까지 반응을 보였다. 범인은 물론 색출하지 못했다. 필자는 평소 글씨본인 흘림체가 아니라 정사각형 광고글자로 또박또박 휘갈겼기 때문이다. 4학년 땐 당시 정비석 선생의 소설『자유부인』이 공전의 히트를 칠 무렵이다. 화장실 낙서를 바꾸었다.

"자유부인 따라

부처님 마누라 도망갔다."였고

5학년 땐 다시 바뀌어

"인생 허무하다.

부처님 마누라도 별수 없다."였다.

그러다 6학년 오르면서 올 것이 오고 말았다.

화장실 낙서가 "나는 자살하고 싶다."였으니 어쩌랴. 슬슬 미쳐가기 시작했던 시기다.

굽이치는 낙동강 핏빛 놀에 내가 물들지 않는 까닭은 오로지 당신에게 물들기 위함이었지만 그 당신은 이미 부처님 마누라가 아닌 미지의 누구였으니 미지의 누구는 놀보다 진한 영상으로만 떠돌았다. 놀은 어디로 가는 것일까. 놀 지고 촛불 켜면 그 환했던 몸뚱어리는 또 어디로 가버리는 것일까.

허무하고 외롭고 그리운 날들.

켜켜이 쌓이는 이 우수의 세월은 달리 어디로 숨는 것일까.

그곳 미지의 블랙홀이 우리가 모두 숨어버리는 무아란 걸 깨달은 건 입산 후 금강경 읽고 나서였다.

우리 모두 언제 어디서 무엇이 되어 다시 만날까.

다시 만나지 못한다.

인간은 무아라는 눈에 보이지 않는 꽃 한 송이 피우기 위해 살아 있는 신기한 한 물건이다. 부처님 꽃인 우담바라는 3000년에 한 번 핀다지만 무아의 꽃은 3000만 겁에도 한 번 필까 말까 한 망각의 꽃이다.

사과 씨를 쪼갠다고 그 속에 사과나무가 들었을까.

인간을 샅샅이 해부한다고 그 속에 꽃이 도사렸을까.

죽어서야 피는 꽃, 피어서는 순식간에 지는 꽃.

아아, 이름하여 무아의 꽃이다.

호숫가로는 키가 5미터가 실히 넘는 바나나나무 군락지가 있다. 필자가 여기 도착한 날로부터 한 달 넘게 어른 주먹 두 개만 한 봉오리만 깃대봉마냥 다섯 개 늘어뜨리곤 좀체 열리질 않는다.

해서 어젯밤엔 주문을 걸었댔다.

"와라, 안 오면 쳐들어간다!"

그랬더니 오늘 정오에 기적처럼 꽃봉오리 하나가 열렸다. 탐스럽다 못해 숙연해진다. 난 카메라도 그 흔한 스마트폰도 없는 신세라 사진을 찍지 못한다.

뿐인가.

열린 꽃봉오리 밑으로 형광등 불빛을 발하는 자라 한 마리가 눈부시게 유유히 맴돈다. 내가 누군가에게 말해도 아무도 믿지 않을 것임에 이젠 말하지 않는다.

죽을 때 임박하면 안 보이던 게 보인다더니 내가 그 짝이다. 며칠 사이 죽음이 내 언저리를 서성이는 게 또렷이 느껴진다. 어떤 땐 내 정면 1미터 지척에, 어떤 땐 바로 내 머리 뒤통수에 찰싹 달라붙었다가 서서히 후퇴한다.

"오냐, 집행하라. 난 죽을 준비가 됐다."

죽음을 가까이 만끽하며 생활을 즐긴다.

십수 년 이래 내가 이만치 행복했던 적 있었는가.

타인이 지어주는 밥으로 식사하고 경치 빼어난 명당 골라 산책하고 은근히 외국인 특권 누리고, 명상 수련복인 하얀 유니폼 차림이면 인근에선 절대 우위의 대접을 받는다. 이곳에서 요구하는 하숙비는 달랑 월 250달러다. 한국에서의 절반 생활비다.

해질녘 산책길에선 호수를 가로지르는 악어물고길 보았다.

길이는 1미터가량. 역시 내가 말해도 아무도 믿으려 들지 않을 게 뻔함에 함구하겠다. 이곳 모든 게 나 혼자만의 추억으로 차곡차곡 쌓이듯 비밀도 그렇게 차곡차곡 쌓이는 거다.

어쨌거나 넉넉하고 행복한 일상이다.

예서 무얼 더 원하랴.

이건 죽음의 여행이 아니라 행복의 여행이다. 내가 이다지 달콤한 나날을 향유해도 되는 것인지 도무지 실감이 나질 않는다. 엄마 비롯해 배비나 정여혜나 수많은 여인들께 모진 아픔만 수놓아준 지독스레 나쁜 놈이 잠시

나마 혼자 행복하다니 가소롭다.

말도 안 된다.

머잖아 죽음의 여행을 재촉해야겠다.

이렇게 행복할 때 죽는 게 제격이다.

여섯

달포 전 떠났던 이탈리아노 Miss lonely가 뜬금없이 또 나타났다. 캄보디아와 라오스를 휘돌아 라오스에서 빠지는 길목인 이곳 지척의 치앙라이에서 이곳으로 온 거다. 치앙라이라면 작년이던가, 축구팀 동굴소년 사건으로 유명해진 곳인데 이곳 치앙마이에서 버스로 불과 30여 분 거리다.

어쨌든 잘 왔다. 보너스로 만나니 반갑다.

하면서 앞뒤 사정 거두절미해 인도의 레(Leh)로 떠나잔다. 레라면 인도 최북단이다. 파키스탄과의 접경지역으로 1년 중 3~9월까지만 여행 가능한 극지대다.

어쩜 『예수의 잃어버린 세월』로도 명성이 자자한 곳이다.

그곳 산악 마을에선 크리스마스 시즌 임박하면 이사전(Issa biography)이란 인형극 놀이가 심심찮게 공연된다는 걸 필자는 다섯 차례 인도 여행 중 익히 들은 바 있다. 근자엔 〈세 얼간이〉란 인도 영화를 통해 그곳 아름다운 풍광이 우리에게 소개되기도 했던 터다.

예수는 어떤 연유에서인지 지구상 가장 아름답다는 그곳을 떠돌다 여래의 발자취 더듬었고 그걸 성경으로 각색했을 수도 있다. 그는 타고난 역대

급 천재였음에 얼마든지 가능하고 남는다. 아니면 역시 여래처럼 UFO 타고 떠돌다 아차 실수로 지구에 불시착했다가 동정녀 마리아에게 입양된 우주적 사생아일 수도 있다.

레 여행경비는 Miss lonely가 부담하겠단다.

"그리고 내 이름은."

"스톱."

"Stop이라니?"

"아직은 미스 론리로 충분하다."

"나는 이탈리아 굴지의 벤처기업 연구원으로 고수익자다."

"경비가 우선순위 아니다."

"그럼?"

"남녀가 극지방을 오순도순 떠돌며 2층 안 지을 수 있나? 난 2층 결사반대다."

"지금껏 몇 번이나 지었나?"

"스무 번 남짓이고 한 여자에 한해 한 번씩이다."

"예외는?"

"세 번 지은 여자도 한 명 있긴 있다."

"그녀랑은 왜 헤어졌나?"

"난 한 여자의 남편으론 자격미달이다. 어쩌다 연애나 전문으로 일삼는 변태인갑다."

"나하고도 그렇게 변태로 지내자."

"그게 약속한다고 쉬 되는 것도 아니다."

그날 밤 Miss lonely랑 호수 상류의 외딴 섬으로 침입해 몰래 맥주를 마셨다. 말이 섬이지 얼기설기 시멘트 교각으로 이어진 곳인데 외지인들은 거의 알지 못하는 귀빠진 곳이다.

"Cheers!"

미스 론리는 연애 5년 만에 헤어져 상심이 크단다.

알고 본즉 유부남이었단다.

남자는 이혼한다고 했으나 같은 여자로 다른 여인의 눈에 피눈물 맺히게 할 수 없어 스스로 이별을 선언했더란다.

어쩜 지당한 결론이다.

그런 놈이라면 다른 여인에게도 마찬가지다.

연애는 도 닦는 행위다.

남자가 여자에게 입산하고 여자가 남자에게 입산하는 수도행각이다. 연애는 입산처럼 정갈하게. 입산은 연애처럼 정갈하게!

뭐 이렇게 할 수는 없는 것일까.

"그래서 레에 안 가겠다는 건가?"

"연애도 이젠 자신 없다."

"이대로 헤어진다고?"

"그렇다."

"언제 또 만나나?"

"인연이 간절하면."

"내가 한국으로 찾아가면?"

"차후 나는 한국에 거의 머물지 않을 것이다."

"I miss you!"

결국 그녀는 기습적 포옹으로 내 입술에 키스했고 나는 그녀 손을 꼬옥 잡고 한동안 놓지 않았다. 하여간 지긋지긋한 연애는 두 번 다시 안 되고말고다.

결단코 안 되고말고다.

새로운 아가씨가 명상센터에 이름을 올렸다.

선진 조국 한국 아가씨다. 날라리 멋을 내느라 머릿결은 반쯤 염색한 노랑머리다. 등록 첫날부터 명상은 전혀 관심 밖이고 틈만 나면 서양 총각들 주변을 얼쩡거린다. 이런 한심한 여자를 외국에서 너무 많이 목격해 새삼스러울 것도 없다. 인도에선 이놈저놈 서양인 아무한테나 빌붙다가 종내는 서양 총각 아닌 인도 총각한테 살해당하는 끔찍한 현장 중계도 목격한 바다. 또 어떤 아가씬 동남아 여기저기 휘저으며 양코배기 아무하고나 막 붙어 국적 불명의 튀기만 셋을 까버린 경우도 목격했다. 그러니까 지금 입소한 이 아가씬 서양 총각 사냥하겠다고 위장전입한 케이스가 되겠다.

낮이고 밤이고 명상시간 파하면 서양 총각 골라 속닥속닥인데 난중에도 동양인인 필자가 혹여 한국인은 아닐까 노심초사 걱정하는 투가 역력하기에 내가 미리

"I am a Mongolian."

이라고 해버리자 아가씬 적이 안심인지 함박웃음 머금는다.

하지만 아무래도 번지수 잘못 짚은 것 같다.

아가씨가 최종 순번으로 덥석 물어버린 게 아르헨티나 총각인데 필자가 살펴건댄 이 녀석 역시 돈푼이나 있음직한 동양 아가씨 꿰차고자 원정 온 날건달이다. 영어도 너무 엉터리다. 필자가 은근슬쩍 농담 삼아

"너희들 그러다 hell 간다."

이죽거렸던바 녀석은 hell을 hill 발음으로 접수해 "좋을시고."로 기고만장한다. 까놓고 두 년놈한테 충고해주고도 싶으나 그마저 여의치가 않다.

씨부랄, 모르겠다. 인연 꼴리는 대로 살아라.

셋이서 노래나 한 곡 합창하고 헤어지자고 필자가 제안한다.

Don't cry for me Argentina······.

이들이 짝짜꿍 팔짱 끼고 떠나자 언젠가 내게 관심을 보일 듯 말 듯 망설
이던 일본 가시내 아키짱이 되돌아왔다. 나이는 방년 스물아홉. 자결한 애
인 배비를 살짝 닮았다.

"탕!"

지금도 귓전에 파고드는 총소리.

나는 왜 그녀를 죽음으로 내몰았던가. 찢어 죽일 놈이다.

명상엔 걷기 명상(walking meditation), 자는 명상(sleeping meditation), 절하기
명상(bow meditation) 등 테크닉이 다양한데 아키짱이 택한 건 상류 호수에
위치한 산신각에서 하루 1000배씩 절하기다. 우리들 명상시간 맞추어 하루
네 번, 한 번에 250번씩이다.

걷기 명상 중인 수행자들

사흘째 자정 도와 그녀가 날 그곳으로 안내했다.

"나 아키짱은 일본에서 유명한 무당 가문의 7대째 적손이다. 내가 보건 대 당신은 귀신을 몰고 다니는 귀신 대장이다. 보통내기가 아니다. 사이비 교주라도 되나?"

"농사꾼이다."

"눙치지 말라. 당신 얼굴에서 귀신이 보인다. 우리 이곳에서 동료끼리 산신님께 인신공양 올리자."

"우리 몸에 불을 질러서?"

"불은 불이지."

"무슨 말이냐?"

"섹스 공양 올리자는 거다. 공양 올려야 당신도 살고 나도 산다."

"싫다면?"

"고고한 척 비싸게 굴지 말라. 이제 내 무당의 명을 걸고 당신 강고쿠 고 스트(korean ghost)와 붙어야겠다. 당신이 호수길 산책할 때 당신의 양 어깨 에 뭇새들이 내려와 앉는 것도 당신이 법당에서 명상할 때 당신 육체 언저 리로 신비한 기(energy)가 서리는 것도 여느 사람은 놓쳤겠지만 내겐 선명히 보였다. 우리 서로가 지닌 기를 맞교환(swap deal)하자."

"당신은 섹스에 어떤 장점을 지녔나?"

"난 긴자쿠(leech)다. 한번 물면 안 놓는다. 당신이 원한다면 복상사(love death)도 시켜줄 수 있다.

"거절한다."

"거절 못할 것이다. 난 사무라이 무녀다. 한일 합작의 아이노쿠(hybrid) 귀 신 만들어 아시아 무당계를 재패하고 말 테니까."

아키짱이 먼저 걸친 옷 할랑 벗더니 알몸으로 산신님 정면한 양탄자에

반듯이 눕는다. 피부가 새우살처럼 하도 새하얗게 맑다 보니 실핏줄 너머 뼈가 아스라이 보일 지경이다. 손발은 작아 앙증맞고 거시기는 내가 좋아하는 백(white)이다. 2층 안 지은 지 25년 넘는다. 하더라도 예의상 필자도 발가벗고 눕는다.

"붙자."

"싫다."

"당신은 여직 무심의 단계에 도달치 못했구나. 무심일 때 짓는 2층(sex)은 상대가 창녀라도 성스런 행위지만 무심이 아닐 때의 2층은 조강지처와 지어도 간통이고 무심일 때의 자살은 들꽃처럼 아름답지만 무심이 아닐 때의 자살은 패륜적 살인에 지나지 않는다."

"……."

"이래도?"

그녀가 고사리 같은 손으로 내 거시길 살살 쓰다듬는다.

임자 잘못 만나 노상 공휴일 신세이던 한 많은 내 거시기가 신통방통하게도 꼿꼿이 용을 쓴다. 싹둑 잘라 참기름에 튀겨선 개들한테나 선심 쓸까?

에라, 모르겠다. 선각자 데카르트는 나는 생각하는 고로 존재한다 했지만 이 시간 똥통 악몽이는 난 생각하지 않는 고로 존재하겠다. 떠그랄 년아, 구워 먹든 삶아 먹든 니 맘대로 갖고 놀아라.

"싫담 싫은 대로 의식을 치르겠다."

그녀가 발딱 일어나 앉아 내 거시길 살포시 흔든다.

"May you be happy

May you be free from sex

May you be from ghost

By the power of all the Buddha,

May you always enjoy well-being."

부처님 축원문에 자신의 기도문을 섞어 줄줄이 암송하다가 말미에 내 거시기에서 샴푸를 빼버렸다.

"Happy?"

"Happy."

"Thank you."

그리고 자기 입술과 혀를 사용해 뒷마무리도 깔끔히 정리했다.

더 큰 사단은 이튿날 터졌다. 누군가 그곳 산신님 제단에 외람되게 잉어회를 떠서 바쳤는데 그놈의 잉어가 하필 우리 절 호수를 지키는 물고기 식구 중 한 명이라는 점이다.

이곳 물고기는 잡기가 땅 짚고 헤엄치기다.

물 반 고기 반이다. 호숫가에 가만히 웅크렸다가 과자 부스러기 하나 던지면 허겁지겁 모이고 그때 소쿠리로 건지면 서너 마리는 너끈히 걸린다. 안 그래도 다양한 생물군으로 포화상태인 호수에 하루에도 수십 명씩 시민들이 몰려와 방생을 해댄다. 의식을 행하며 그들은 진지하게 기도를 올린다. 내가 너희들 목숨 살렸으니 너희들은 내게 은혜를 갚으라는 주문일 것이다.

화성 금성을 오가는 21세기에 사람들은 아직도 미물인 물고기한테 소원을 빈다. 어쩜 흐뭇한 풍경이다.

은혜 뒤쪽의 소원은 무엇일까?

왕생극락일 테지. 필자가 초등학교 1학년 때 접하고 진저리쳤던 그 소원을 사람들은 어쩌자고 계속 이루려 발버둥 칠까. 만약 왕생극락하여 그곳이 따분해지면 그땐 무슨 소원을 빌까? 제발이지 죽여달라고 빌겠지.

어쨌든 잉어회를 산신님께 공양 올린 범인은 아키짱으로 정황상 들통났지만 그녀는 이미 떠났다.

이번 죽음의 여행에선 별일이 다 터지는구나.

일곱

이곳은 하루에 사계절이 혼재한다.

옷도 하루 네 벌이 필수적이다. 새벽엔 오리털 파카, 오전엔 가을 추리닝, 오후엔 티셔츠, 밤엔 실내용 카디건이 알맞아 미국 샌프란시스코랑 얼추 비슷한 일기다. 이 좋은 일기를 품은 천혜의 요새에서 이곳 스님들은 열심히 공부한다.

참 부럽다.

한국 명승대찰처럼 큰돈이 움직일 여건도 아닌지라 돈 땜에 中들끼리 박터질 일도 없을 것 같다.

우선 마음에 드는 건 우리들 뷔페용 공양에 심심찮게 육고기와 과일이 듬뿍 올라온다는 점이다.

다른 하나 맘에 드는 건 염불이다.

목탁이나 요령을 이용하지 않고 일자 음률로 이어가는 음정인데 더러는 2중창 2박자를 절묘하게 가미해 참 담백하다. 한국의 염불은 주로 한문 형태인 데 비해 이곳 염불은 팔리(Pali)어 원본이다.

이곳 생활 이틀째로 접어든 헝가리 노인은 못된 버르장머릴 지녔다. 대놓고 동양인 무시하기다. 이곳의 중국인이나 나 한국인과는 옷깃만 스쳐도 지긋지긋 징그럽다는 감정을 감추지 않는다. 정작 자신이 사는 헝가리는 한국에 비해 한참 후진국일 텐데 일류 지상주의 유럽인 행세가 이만저만 아니다. 저 영감태기 내 앞에서 개한테 x대가릴 물린대도 난 말리는 대신 신나게 구경만 할 것이다.

필자는 거의 온종일 묵언을 해버린다.

누군가 말을 걸어와도 못 들은 척 외면한다.

닷새나 지나 뒤늦게 아키짱에 대한 인민재판이 열렸다. 재판이라기보단 식구들끼리 어울려 실외에서 break time 하면서다.

"그녀는 산신님께 회를 공양물로 올렸다. 우리도 일상 먹는 건데 어떠냐?"

"우리야 세 사람 이상의 손을 거쳐서 먹는다. 그녀는 우리가 키우는 형제자매 물고길 살생했다."

"그래도 의도야 본받을 만하지 않느냐?"

"의도가 좋다고 직접 살생을 눈감아줄 순 없다. 아키짱은 엄연히 가해자고 전범자다."

이쯤에선 결국 필자가 나설 차례 같다.

"그렇담 말이다. 신혼 첫날밤 남녀가 붙을 때 신랑이 불방망이 휘둘러 여잘 아프게 하면 이 역시 형사고발 대상이냐? 과속차량 잡겠다고 더 과속하는 경찰차도 그럼 단속 대상이며 골키퍼 속이고 공을 넣어버린 공격수 soccer player도 형사처벌 대상이냐?"

"으하하, 논리의 전개가 심하다. 그러는 당신의 정체는 뭐냐?"

"나도 알고 보면 불쌍한 사람이다."

"알았다. 더 이상 묻지 않겠다. 평상시 명상에 임하는 태도나 공양간 치다꺼리나 대중청소 철저히 앞서는 것도 당신이었다."

이건 사실이다.

필자는 가능한 한 타의 모범이 되도록 노력했고 대중들 또한 그걸 인정해 순순히 따라주었다.

급기야 이곳 생활은 중반기 지나 후반기로 치닫는다. 내가 왜 여기 와서 이러고 있는진 나도 이젠 모르겠다. 돌아가려 해도 돌아갈 곳도 없고 만고 강산 통틀어 날 기다려줄 사람 하나 없는 외톨이 신세다. 필자는 무인도에서도 더욱 밀리고 밀려서 빚어지는 모래톱 한 움큼이다.

오늘 갓 들어온 한국 청년이 다가와 넌지시 묻는다.

"Where are you from?"

"From my mom."

필자는 퉁명스레 받아친다.

도무지 누구하고도 말을 섞기가 싫다.

한국에서처럼 요상망측한 일들이 근자에 내게서 벌어지고 있다. 멀쩡히 서 있다가 어지럽지도 않은데 나도 몰래 꽈당 자빠진다. 얼마나 요란스레 자빠졌는지 머리통이 부딪친 시멘트벽엔 실낱 금이 생겼고 주변의 멍멍이들이 일제히 캉캉 짖는가 하면 위층(upstair) 식구들 놀라서 우르르 내려오는 난리판이었다.

산책 중에도 그렇게 두어 번 자빠져 머리통을 바위에 박았건만 정작 나는 말짱해 아무런 이상 없고 통증도 후유증도 없다.

어디 그뿐인가.

스위치 올리지 않았건만 천장 선풍기 저절로 돌아가고 로밍을 하지 않아 쓸모없는 2G 핸드폰은 배터리마저 빼놓았건만 수시로 정상 작동을 해댄다. 이따금은 엄청난 크기의 왕거미가 도마뱀을 잡아선 내 앞에 패대기를 치고 오솔길 산책 땐 이름 모를 새들이 내 어깨 양쪽에 내려앉아 노랠 부른다. 어떤 땐 벽 저쪽 너머의 사물이 또렷이 보인다.

하긴 별반 신기하지도 않다.

한국에선 요 몇 년 사이 거의 매일이다시피 일어났던 일들이다. 필자는 아무런 의미 두지 않았다.

시간여행까지 해본 터에 그깟 게 대수일까.

더러는 짜증도 난다. 귀신들의 지랄 굿이다. 일본년 아키짱이 내 얼굴에서 귀신을 보았다면 어쩜 맞는 말이다.

아키짱 지적대로 필자는 귀신 사촌일까?

필자랑 눈이 마주치는 찰나 상대 무생물이 움직인다. 1밀리미터 정도가 아니라 5센티미터 이상 연속하여 움직인다. 필자는 이런 불가사의를 사실 매일 겪는다. 20년도 넘었다.

과학도 종교도 검증치 못할 불가사의. 어쩜 지구상 70억 명 인구 중 현재에도 그걸 직접 겪고 경험하는 사람은 필자가 유일한 '단 한 사람'일지도 모르겠다.

그럼 20여 년 이상 이어진 이 미스터리를 왜 지금껏 숨겼느냐고?

되묻겠다.

그런 걸 왜 밝혀야 하느냐고?

* 여기서 한 가지 분명히 못을 박겠다. 이 기록은, 이 책은 fantasy나 fiction이 아니라 nonfiction 이라는 것.

오늘도 짬을 내서 호수 최상류 쪽을 더듬어본즉 열대우림 후미진 기슭마다 코딱지만 한 토굴들이 다닥다닥 줄을 섰다. 스님들도 한 명씩 각각등 보체로 짱박혔다.

이들은 무슨 공부를 할까?

"Hello."

"?"

"English?"

"?"

"Beer?"

"?"

마시든 말든 떠나기 전 맥주 한 박스 토굴 마을 중앙로에 배달시키고 아주 야한 양갈보 나체사진과 콘돔도 더부살이로 보태겠다.

내려오는 길엔 동굴법당에 들러 태국 사람들은 불전을 얼마나 내는지 한 시간 동안 지켜본다. 거의 대부분이 1바트고 간혹 10바트도 꼽사리 끼었으나 한국 사찰이람 아마도 한 시간 동안 만 원짜리 이순신 서른 장에 5만 원짜리 신사임당 다섯 장은 쌓였을 게다. 보기가 하 민망해 필자가 100바트 지폐 한 장을 꺼내자 대부분 깜짝 놀란다.

쌓이는 현찰이 신통치 않자 며칠 전부턴 동굴법당 입구 쪽 아랫마당에 아예 불전함을 설치해 이곳 스님들이 직접 헌금(donation) 납부를 부추기는 판이다.

부끄러울 것 없다.

예수님께서 십자가 못 박힐 때 입었다는 수의가 전시된 곳으로 남미 최고의 가톨릭 성지라 일컫는 멕시코시티의 과달루페 성당에선 현역 신부님들이 관광객 상대해 기념품 판매에 앞장서는 진풍경도 필자는 목격한 바다. 한국의 시골 장마당에서 "골라골라 싸구려싸구려."를 외치는 노점상 날라리들과 유사했었다.

어찌 멕시코뿐이랴.

한국 사찰에서는 더 교묘히 한술 더 뜬다. 당하는 쪽에서만 감쪽같이 모를 뿐.

어쨌든 태국 스님들은 나름 열심히 정진한다.

가난하나마 너그럽게 항시 웃음기 철철 넘치는 표정으로 진지하게 사는 태도들이 부럽다. 내 나이 젊다면 당장 태국으로 귀화해서 이곳 스님이 되련만.

그러자 제꺽 태국 부처님께서 주먹을 불끈 쥐신다.

"아서라 말어라. 네놈 악몽이 한국 불교 그만치 왕창 말아먹었음 됐지 그걸로 모자라 태국 불교까지 초토화시키겠다고? 이곳에서 부디 일찍 자고 일찍 일어나는 새 나라의 어린이로 거듭나거라."

"네, 깊이 명심하겠습니다."

그렇지만 쇠귀에 경 읽기다.

오늘 저녁 참(snack)으로 먹은 물국시가 그걸 웅변한다. 독일녀랑 중국녀랑 나랑 셋이서 바깥 식당에서 먹었다. 일인당 가격은 15바트로 45바트인 걸 필자가 44바트 내고 독일녀가 1바트 냈다. 15바트면 한국 돈으로 500원 내외인데 필자가 선심 쓴 44바트는 기실 노천 대웅전의 부처님전에 쌓인 불전을 쓱싹 쌔빈 거다. 그러구 보니 필자는 도둑질에도 다분히 일가견이 있는가 보다.

"훈훈하고 편안한 이곳이 좋다. 다시 악다구니 중국으로 돌아가다니 내 신세가 너무 가련하다."

"나도 이곳 생활이 행복하다. 독일은 기계가 사는 데지 사람이 사는 데가 아니다."

"독일이나 중국은 한국과 저울질하면 훨씬 좋은 데다. 끝 모를 경쟁과 끝 모를 우격다짐과 결사적으로 취하는 술 문화와 빨리빨리가 한국의 얼굴이다. 이 세상 어디에도 한국처럼 독특한 나라는 없을 것이다."

"당신도 독특하다. 이곳 명상에서 넘버원이다."

"쏘주보살이 도와주셔서다."

오늘 밤은 맥주보살이다.

호숫가 돌 벤치에 앉아 마신다. 대관절 나는 지금 무얼 하고 있는 것이냐? 죽도 밥도 아니다.

오늘을 살면서 내일을 걱정하고 당장 심장이 뛰면서 자살을 심각하게 고민하고, 못났으면 못난 사람만치 살아야 적정인데 잘난 사람만치 잘난 생각을 해댄다. 내 숙명은 인간이 고작이건만 왜 11차원의 부처를 흉내 내고 나랑은 전혀 무관한 신과 다투려 덤비는가? 다시 심기일전해 마음을 비워야겠다.

야호, 마음 비우기 쉽지 않구나.

금강경 인생 호락호락하지 않구나.

난 아직 멀었다.

"관세음보살님, 엄마보살님, 배비보살님, 그대들처럼 한 점 부끄럼 없는 떳떳한 생사를 원합니다. 하루를 살더라도 상관없습니다. 제발 도와주십시오. 자살 안 하고 가만히 버려둬도 제 나이에 이놈의 인생 몇 년이나 더 굴러가겠습니까. 오늘 밤 칼을 물고 칵 뒈지더라도 당신의 제자이기 부끄럽지 않게. 당신의 아들이기 부끄럽지 않게. 당신의 애인이기 부끄럽지 않게 그렇게만 해주십시오."

위해서, 위해서 가일층 분발해야겠다.

술 떨어졌으니 내 방에서 냉수 한 잔 놓고 원샷!

여덟

탑돌이를 하고자 Pagoda로 올라갔더니 씨근벌떡 따라붙는 불청객이 있다. 유고슬라비아 중년인 Mr. Lu다. 필자는 묵묵히 탑돌이를 한다. 그도 졸졸 꽁무닐 쫓기에 휙 돌아서며 묻는다.

"왜 따라붙었는가?"

"작별 인사차."

"떠나나?"

"떠난다."

"그런데?"

"당신이 존경스럽다. 그 나이에 이곳 룰에 충실할뿐더러 명상시간을 가장 잘 지킨다. 청소나 주방일까지 매사 앞장선다. 당신은 무언갈 감추고 있는 대단한 사람이다."

"그런 거 없다."

"있다."

"쑥떡이나 먹어라."

"달라."

"오냐."

철썩 소리가 나게 녀석의 볼따구닐 갈겨버린다.

"정신이 좀 나나?"

"영광이다. 나머지 반쪽도 갈겨달라."

"절에서 왜 예수 흉내 내느냐? 내 앞에서 썩 꺼져라."

"예수가 울고 갈 사람이 당신이다."

"정 떨어진다."

"정 안 떨어진다."

그래, 이곳 Wat Umong 명상센터는 일명 사이코 집합소다. 이런 상식 이하의 일들이 보통으로 벌어지는 곳이다. 지켜보는 스님들도 함박웃음 터뜨리며 여유만만이다. 이곳 스님들 방에 들어가보면 장식품이라곤 천장에 달린 형광등과 선풍기가 전부다. 흔해 터진 달력 한 장 걸리지 않았다.

이들은 무소유의 진정한 실천자다.

몸에 걸친 헐렁한 황색 헝겊이 낮이면 의상이고 밤이면 이불이다. 일부는 휴대폰을 지녔지만 그들은 사무적 소명을 담당하는 사판승(살림꾼)에 불과하다. 하루 한 끼 먹고 무소유와 배고픔을 미덕으로, 한세상 아니 온 듯 초연히 살아간다. 이들에게서 배울 바가 많다. 배우고 닦아야 삶을 안다. 죽어봐야 저승 맛을 알듯이.

어제까지 스물한 명이던 외국인 수련생 중 오전 동안 열일곱 명이 와르르 밀물인 듯 빠져나가고 필자 위시해 오스트리아 노르웨이 독일, 더하여 4개국 네 명만 남았다. 또 오늘내일 썰물인 듯 낯선 꾼들이 우시두시 쳐들어오겠지. 가능한 한 명상 한 가지에만 명을 거는 프로(Pro)들이 오셨음 좋겠다.

그저 그런 날들이다.

어제는 지나갔고 내일은 오지 않았고 오늘은 있는 듯 없는 듯 째깍째깍 사위며 흐른다.

그 흐름 속에서 보이는 모든 것 보이지 않는 모든 것 인정사정없이 휩쓸리며 멸망하고 있다. 살아가고 있는 게 아니라 정확히 멸망하고 있는 것이다.

멸망 속에서 나는 새삼 무엇인가?

사람인가? 아닌 것 같다. 동식물인가? 아닌 것 같다.

이도저도 아닌 한 물건이다.

하지만 이마저도 아닌 것 같다. 6조 혜능의 탄식처럼 애시당초 한 물건 없었거니 어디에다 이름인들 붙일 것인가.

나는 무아다.

무아는 늘 죽기 아님 까무러치기다. All or nothing이다.

가능한 한 해골바가지 복잡하게 인테리어 하지 말자. 당장 담배나 사러 내려가야겠다. 오늘 밤 호숫가 산책로 맴돌며 한 시간 만에 스무 개비 다 피워야겠다.

필자가 생각해도 나는 사이코다.

이런 날건달이 세상 살아 있는 한 인류평화는 요원하고 나라사랑 애국애족은 개 짖는 소리고 하늘에 계시지 않는 먼 하느님도 결코 편안치 못할 것이다.

밥그릇 수로 따져 필자가 언필칭 외국인 수련생의 2인자(number two)가 됐다. 방장은 필자와 겨누어 입소가 한 달 빠른 독일인 50대다. 이 사람이 처음엔 필자에게 구렁이 담 넘듯 스리슬쩍 폼 잡더니 근자엔 꼬랑댕이 탁 내리고 고분고분 모드(mode)로 깝쳤다. 명상 실전에서 필자의 적수가 되지 못해서다. 필자랑 타이틀매치 붙어볼 심산인지 기를 쓰고 달라붙었다가 단 이틀 만에 코피 쏟으며 두 손 바짝 들었다. 이 사람 무언갈 몰랐다. 녹슨 칼도 칼은 칼이다. 필자는 아무리 땡초일망정 한국 조계종의 선객 출신이다. 이런 경우 힘을 힘으로 제압한 셈이다.

이래저래 흥미진진한 일상사다.

토굴에 계시는 태국 스님들께 고스톱 화투놀이 내지는 영자 놀자 벗자 놀이의 딸딸이를 가르쳐드릴까?

아서라 말어라.

착한 스님들 망하기 전 내가 먼저 지옥 가겠다.

이곳 사찰 반경 100미터 이내에선 식당이건 카페건 절대 술을 팔지 않는다. 마트(mart)에서도 오후 6시 이후엔 주류 판매를 금지한다. 정부에서 법률로 정한 게 아니라 장사꾼 자기네끼리 정한 자율적 지침이란다.

여러모로 불교 국가답다.

정부에서 사용하는 연호도 서기가 아니다. 부처님 탄생을 기준한 불기가 공식이다. 그러니까 금년은 서기 2019년이 아니라 태국에선 불기 2562년이다. 국제적 불기 표준으론 2900년이건만 그딴 것 무시하고 400년이나 앞당겨버렸다.

노스님들은 새벽 여섯시면 아장아장 탁발행각에 나선다. 비가 세차게 퍼붓는 날에도 맨발로 우산 없이 흠뻑 젖으며 강행하는 광경을 필자가 수차 목격했다.

그렇다면 나도 동참한다.

오늘 오전 필자는 아무 데나 흐드러진 이름 모를 야생화 한 묶음 포획해 거금(?) 500바트와 묶어 동굴법당 5번째 부처님께 공손히 올렸다.

"저를 용서치 마십시오. 구원받지 못할 인간 말종입니다. 더더구나 저는 앞으로도 방방 미쳐 날뛰며 지랄깽판을 계속 칠 것입니다. 저 같은 망나니가 어떻게 최후를 맞는지 그 비참한 표본을 저로 하여금 만천하에 공개해주소서."

오늘 밤도 어젯밤처럼 호숫가 돌 벤치에서 캔맥 5000cc를 한 시간 만에 싹 털어 부었다. 내일부턴 맹세코 열흘간 금주할 것이다.

헌데 맹세가 문제 아니다.

희미한 별빛과 가로등 불빛 아롱지는 사이로 야곰야곰 다가드는 검은 실루엣, 독일 아가씨 페라예(Feraye)다. 이 야심한 시간에 어쩐 일일까.

알뜰살뜰 취한 술기운이 날아갈 수도 있다.

"Stop!"

"Why?"

"I am old man over seventy."

"I don't care. me is thirty four."

"그래서?"

"같이 놀자."

"싫다."

"싫든 좋든 당신 이름이나 알아야겠다. 여기다 손톱 이용해 당신 이름 한 번 써봐라."

스마트폰을 펼쳐 내게 건넨다.

그깟 이름 나부랭이야 뭐 어때. 필자는 고분고분 내 이름을 '현몽스님'이라고 써서 건넨다. 그러자 그녀가 스마트폰에 몇 번 손가락 장난을 걸더니 의기양양해진다.

"어메, 첸세이지가 당신 영화 주연 했구나."

"첸세이지가 누구냐?"

"한국인 월드스타 안성기 씨의 유럽식 별칭이다. 한국 배우 배용준이 일본에선 욘사마로 불리고 축구 스타 차범근이 독일에서 차붐으로 불리듯."

* **여기서 잠깐.**
야, 성기야. 네 덕에 이 별 볼일 없는 땡초가 시방 국제적 인물로 떠오르는 순간이다. 고맙다. 꿍따리 샤바라!

"그뿐 아니라 마리화나 전력도 있네. 인터넷에 실린 당신 사진들이 현재

독일 아가씨 페라예(Feraye)와 호수에서

의 실물만 못하다. 여기 보니 게다가 당신은 절에서 쫓겨난 가짜 중이다."

"맞다."

필자는 원래 기계치인지라 스마트폰 다루지 못한다.

형광등도 갈아 끼우지 못한다. 그러는 사이 세상이 헤까닥 달라져도 이렇게 달라질 수 있을까. 필자는 완전 시골 영감태기에 원시인이다. Google에 외람되게 떠 있는 내 신상명세서가 영문으로까지 번역되어 있을 줄이야.

"좋다, 놀자."

필자는 그만 항복하고 만다.

한국에서라면 아가씨들 곱상한 눈길은 차치하고 이놈저놈 이년저년들의 역겨운 눈총이나 안 받음 감지덕지할 판인데 30대 묘령의 푸른 눈 아가씨가 오순도순 정답게 놀잔다.

다음은 모르겠다. 얼큰히 취했겠다.

인생을 논하고 불교를 논하고 연애를 까발리다 손잡고 〈로렐라이 언덕〉을 노래 부르고 살짝 블루스 춤도 춘다.

참 똑똑하고 예의 바르고 편안한 아가씨다.

이 여자랑 살아버릴까?

아이구 맙소사. 내가 지금 이럴 때인가. 이년은 필시 마구니다. 나의 비전비술 수행이 잘 돌아가자 갑자기 꼽사리 낀 마구니다. 물리쳐 마땅하다. 다시 안 만나야겠다.

그러나 다시 안 만나고 자시고 할 것도 없었다.

날이 밝자 그녀는 어울랑 붙어 사진 몇 장 팡팡 찍더니 다음 행선지인 코피피(island)로 떠난다며 내 손을 잡았다.

좋은 여자다. 필자는 그녀 어깨를 감쌌다.

"우리 머잖아 또 만날 것이다."

그녀가 말했다.

"어떻게, 어디서?"

내가 응수했다.

"두고 보시라."

"두고 보라니?"

"당신은 허무하고 고독한 사람이다. 나같이 하늘을 품을 줄 아는 여자에게 와서 쉬어야 한다."

"나를 좋아하나?"

"당신이 더 나를 좋아하고 있는 것 안다."

"오 마이 갓!"

"나를 잊지 말라."

"우리들 사진 공개해도 괜찮으냐?"

"하라. 만천하에 공개하라."

이 여자 무언갈 모른다.

필자를 좋아했던 여자 또는 필자가 좋아했던 여자들은 총천연색으로 싸그리 불행해졌다. 배비는 영원히 자기가 나의 1번이길 원하다가 4번 5번 6번으로 밀리자 가차 없이 권총 한 방으로 명을 끊었고 그렇게 죽음으로 맞서자 다시 모든 년 물리치고 살아서의 1번으로 화끈하게 돌아왔다.

새삼 1번 여자 배비가 그립다.

불행했던 여자, 내가 손을 놓지 않았던들 죽지 않았을 여자, 아아, 그리운 배비야. 여기 만리타향 태국 사찰에 공부하러 왔더니 또 여자가 나타났다.

여기서 정리해야겠다.

독일 아가씨 Feraye, 우리 이쯤에서 더 나가지 말고 치앙마이 Wat Umong의 호수에 피었다 시드는 꽃 한 송이로 서로를 간직하자. 그리고 내가 했던 말 잊지 말라.

Don't trust man.

Don't believe the god.

그래, 첫눈에 홀랑 반한 가시내가 있었다.

배비, 밀희, 여혜다. 결론은 깡그리 비극으로 끝났다. 내가 단물만 쪽 빨아먹곤 달아뺐기 때문이다. 독일 아가씨 Feraye는 내가 아직 반할까 말까 망설이는 비몽사몽의 여자다.

우리는 여기서 더 나가지 않는 게 부처님적 인연이다.

나 같은 종자, 나 같은 악성 DNA는 누군가의 애인이 되어선 아니 될뿐더러 누군가의 아들로 태어나서도 안 된다. 세계 평화와 인류 복지를 위해서도 나 같은 악성은 말살당해 마땅한 한 물건이다.

나 같은 게 사람은 무슨 사람이란가?

"관세음보살님, 엄마보살님, 배비보살님,

이번 기회에 나를 갈가리 찢어 죽여주십시오."

드디어 자살인가?

자살할 가치라도 남은 인간인가?

나 같은 말종에게 관심을 표하는 여자가 있다니 본시 좀 모자라는 얼뜨기가 모이는 데가 명상센터인가 보다. 모자라니까 명상을 하고 명상을 하니까 어느 면 더 모자라게 퇴보하는 건 아닌지 모르겠다.

어쨌든 시간은 다시 오전 아홉시 반이다.

일단은 명상해야겠다.

자살도 자학도 연애도 명상 다음이다. 그러니까 자살도 연애도 제대로 못한 채 나는 바보 명상으로 남는다. 이번 주엔 진짜 공부꾼들이 유럽 각지로부터 대거 모여들었다. 지독한 공부벌레들이다. 슬로베니아 노인네는 숫제 묵언까지 행하며 법당에서 거의 날밤을 새운다. 베트남에서 넘어온 서른 살 아가씨(Uhoang)도 연신 배가 고프다 칭얼대면서 온종일 법당을 지킨다. 이들이 명상에 전념하는 건 나름 각자의 이유가 있겠지만 필자랑은 좀 달랐으면 좋겠다.

필자 현몽은 지지리 더러운 종자이니 말이다.

아홉

아침식사 종이 울려 뛰어가자니 그제 갓 입소한 멕시코 30대 여자가 바깥 벤치에서 독서삼매 중이다. 왜 조반을 포기하느냐고 묻자

"Is that English?"

그것도 영어라고 씨부렁거리느냐고 신경질 팍 내는지라 필자도 저들 눈높이의 엉터리 영어를 사용해본다.

"Why no breakfast?"

이래도 연속 깜깜인지라 종이쪽지에 써서 들이댄다. 하지만 얼음판에 자빠진 황소처럼 움푹 팬 눈알만 껌뻑인다. 쌍년이 breakfast란 단어를 모르는 눈치다.

"후레 쌍!"

필자가 쏘아붙이고 홱 돌아서자 이번엔 재빠르게 반응이 온다.

"Free chang?"

chang은 태국어 코끼리를 발음 그대로 옮긴 것인데 이년은 필자의 후레

쌍을 free chang으로 해석해버린 거다. 필자의 혓바닥이 꼬부라진 건지 이년 귓구멍이 꼬인 건지 도통 모를 일이다.

여기서 "불이야!" 하면 저기선 "물이야!"다.

이런 이민족들이 명상공부란 미명하에 한 지붕 아래 얼크러설크러 모여 한솥밥을 나눈다. 한스 스님의 영어 설법이 제대로 통할 리 만무다. 한스 스님은 오늘 치앙마이 소재의 모 대학에 강의를 나가신 참이다.

근데 공교롭게도 그의 미국인 친구라는 더글러스가 찾아왔다가 허탕을 치면서 필자와 대화를 나눈다.

놀라운 이야길 듣는다.

"그의 태국식 본명은 Tawachai Hanwongas로 발음이 꽤나 까다로워 유럽인들이 nick name 겸 애칭으로 그의 뒤 이름자에서 몇 글자 조립해 monk Hans로 부르게 되었고 나이는 서른셋이다."

"입산 연도는?"

"열두 살짜리 동자께끼다."

"외국어는?"

"그게 미스터리다. 그는 오로지 책과 녹음기만 이용해 팔리어(Sanskrit)와 영어를 독학으로 통달했다. 흔해 터진 영어학원 한번 다니지 않았고 해외 어학연수를 간 적도 없다."

"대단하다."

"그렇고말고다. 더하기하여 겸손하기 이를 데 없는데다 실제 자신의 수행정진도 게을리하지 않는다. 여자 보길 돌같이 할뿐더러 재물에도 전혀 관심이 없다. 그의 거처를 보라. 그냥 판자 조각으로 얼기설기 엮어 밖에서도 안이 훤히 보이고 안에서도 밖이 훤히 보이는 난민촌 구조다. 그는 이곳 Wat Umong이 세계적인 명상 메카(mecca)로 우뚝 서길 바랄 뿐이다. 그와 한 팀을 이룬 외국인 담당 태국 스님들도 마찬가지다. 그들은 사심 없이 부처님 포교를 위해 전심전력한다."

"내가 이곳에서 두어 달 머물며 관찰한 바도 당신 견해와 일치한다. 한국에도 이런 스님이 있다면 참 좋겠다는 바람이다."

"한국에선 왜 어렵나?"

"큰돈이 되지 않는 일엔 아무도 나서지 않는다."

"당신이라도 앞장서지."

"내 신세는 한국에서 삼팔따라지다."

한국 사찰에서 누가 필자를 기억하랴.

커피나 마시려 절 밖으로 나가다가 때맞추어 수련원 신입생 스페인 새내기랑 맞닥뜨린다.

"Sorry, no English."

필자는 에둘러 영어 문외한이라고 손사랠 친다.

그녀가 커피를 사겠단다.

"그라샤스."

"영어는 못하면서 Spanish는 하는가?"

"No, no spanish."

그마저 눙쳐버리고 커피나 홀짝인다.

절 정문에 위치한 커피전문점 Corner Coff다. 커피 값은 45바트. 우리 돈으로 1300원가량인데 그야말로 맛깔스런 카푸치노 마시며 국제신사 대접을 받는다.

실소를 금치 못하겠다.

필자가 사는 한국의 청도 읍내에서 1500원짜리 커피 한 잔 시켜놓고 잠깐 사색에 잠길라치면 한심한 늙은이라는 다방 아가씨의 비아냥 충만한 눈

우몽사 정문 앞 카페에서

총이 뒤통수를 후벼 파건만 여기선 정반대다. 한국의 가난뱅이 시골 영감 태기가 칙사 대접을 받는다.

잠결인가, 꿈결인가.

까무룩한, 아주 감미로운 합창이 귓전을 간질인다. 시계를 보니 새벽 네 시다. 이 시간에 남녀 혼성합창단이 이곳 사찰을 방문할 리 만무다. 어림잡아 열 명은 됨직한 화음이다.

벌떡 일어나 밖으로 나간다.

염불인지 국악인지 교향곡인지 모를 나긋나긋한 합창인데 그들 모습은 보이지 않고 필자가 다가갈 적마다 전방 10여 미터 거리를 유지하며 소리도 이동한다.

명상이 깊이 유지될 때 체험한다는 천상의 음향이다. 보글보글 된장찌개 끓듯 어떤 환희가 내 몸을 감싼다. 필자는 명상용 벤치에 털썩 주저앉아 가만히 나를 맡겨둔다. 무어라 표현키 난감한 기쁨이다.

얼마나 안개 자욱한 시간이 흘렀을까.

유령 합창단도 퇴각했고 필자의 기분도 평상시로 착 가라앉았다. 명상센터인 법당으로 들어간다. 의외에도 법사이신 monk Hans가 불쑥 난입한다. 새벽명상 시간대에 그를 마주치기 처음이다.

더욱 뜻밖인 건 그가 세상에 존재치 않는 언어로 법문을 진행한다는 점이다. 어쩌면 부처님 살았을 적의 부처님 언어 같다. 음성 또한 너무 단아하고 신비롭다.

이건 또 무슨 조화냐.

법문을 마치고 그가 돌아설 즈음 직접 물어본다. 그는 분명 영어로 설법을 했단다. 산스크리트도 아니었단다. 하면 뭐야. 명상이 불붙이는 불가사의 기현상이 내게서 이젠 물체 이동이나 공간 이동이 아닌 소리 이동으로 옮겨간 것인가.

뭐가 뭔지 모르겠다.

아침 나절 며칠간 함께 묵었던 미국인이 자기는 시방 람펑(Ram Poeng)명상원으로 방향을 틀었다며 함께 가잔다. 그곳이 훨씬 더 엄하고 잘 먹는 곳이라고 추켜세운다. 필자도 한 번 다녀온 곳이다.

잠시 망설인다.

수행자는 한 나무 아래 사흘을 머물지 않는 게 원칙이다. 어떻게 할까.

"노래 한 곡 부르고 결정하겠다."

호수 위쪽 맨 끄트머리로 올라가 내 십팔번인 〈한네의 이별〉(김영동 작곡)을 냅다 가파르게 뽑는다.

* 한네야, 영동아, 너희라면 어떻게 하겠느냐?

"사랑하고 헤어짐도 물거품이네.

그대의 아픔 그대의 괴로움……."

노래 한 곡 호수에 퍼뜨리고 돌아왔다.

"난 안 가겠다."

"왜?"

"여기서 행복하다."

람펑도 가기 싫고 한국도 가기 싫다. 어디든 지겹다. 자살명상이나 개발할까 보다. 파고다로 올라가 탑돌이에 몰입한다.

"나무 관세음보살 한 바퀴

나무 울엄마보살 두 바퀴

나무 배비보살 세 바퀴."

우몽사의 파고다와 동굴법당

이곳 우몽사에서 관광상품으로 자랑 치는 이 파고다는 30여 미터 높이로 한국 법주사(속리산)의 청동미륵불 정도이건만 이들은 외람되게도 스핑크스에 견주고 바벨탑에 빗댄다. 게다가 온통 시멘트 범벅인지라 예술성은 빵점이고 동굴법당도 우리네 입장에선 방공호 수준이다.

이곳의 특산품은 단연 국제명상센터다.
흰옷 걸친 동서양 수련생들이 노니는 걸 보면 태국 내국인들은 긍지를 만끽하고 외국 관광객들은 원더풀을 연발한다. 그런 면에서 우리는 이곳에서 명실공히 일등 관광상품이다.
연일 중국인 단체관광단이 우르르우르르 쏟아진다. 더러는 일본인도 한국인도 뒤섞인다. 필자는 이들 향해 "니하, 곤니치와, 안녕."을 삼중 메들리로 엮어 내쏜다.

"싸바디캅?"

이때 헐레벌떡 뛰어드는 인물이 있었으니 이곳 Wat Umong을 무대로 활동하는 히피 거지다.

"캄온!"

급한 용무인 듯 필자를 이끌고 외진 곳으로 간다.

그의 영어는 혼자영어로 변화무쌍하기 이를 데 없다. 그가 까발리는 단어의 골자를 종합하건대 boomboom hoink sex Mp bad vulva XY chuchu knife kill Bang 등등 괴상야릇한 것들이다. 필자는 상상력을 총동원해 스토리를 만들어본다.

"내가 장거리 출장 동냥에 나서며 마누라 왼쪽 허벅지에 사인펜으로 보초병(MP)을 하나 그려서 세웠다. 일주일 뒤 돌아와 확인한즉 보초병이 오른쪽 허벅지로 이동을 해버렸다. 거지 집단 내의 누군가와 바람피워 섹스(boomboom)한 거다. 바람피우고 샤워하는 사이 그림이 지워진 걸 엉뚱한 곳에 세워버린 거다. 나는 다그쳤다."

"했더니?"

"여자 대답이 걸작이다."

"뭐라게?"

"보초란 본시 이곳저곳 옮겨 다니며 사주경계 철저히 서는 게 맡은 바 임무 아니냐며 되레 큰소리치더라. 이제 어떻게 하면 좋겠느냐. 당신 의견에 따르겠다."

"무조건 용서하라. 그 남자 흔적이야 메콩강에 배 지나간 자리다."

"또 그러면?"

"동일범이면 한 번 더 용서하되 또 다른 남자라면 용서는 하되 이번엔 당신이 떠나라."

"내가 넬슨 만델라 같은 성인군자가 되라는 것이냐?"

"아니다. 넬슨 만델라는 대통령이 된 이후 28년간 옥바라지했던 정실부인 버리고 젊은 여비서한테 새장가 가버렸다."

"부인이 바람피웠댔나?"

"그것까진 내가 모르겠다. 나의 요지는 이 세상 가장 아름다운 건 용서라하는 것이다."

말은 청산유수로 쉽게 뱉었으나 히피 거지가 얼마만큼 알아들었는진 미심쩍고 나라면 과연 그런 용서 할 수 있을지도 의아했다. 오늘 밤은 철야정진으로 용서명상 해야 할까부다.

우선 필자가 가장 증오해 마지않는 나 자신부터 용서하자. 뭐 이런 더럽고 뻔뻔하고 악랄하고 간사한 놈이 인간이랍시고 동서남북 설치는지 그 꼬라지 역겹다.

우몽사에서 명상하는 수행자들

313

현몽이 악몽이 이런 놈은 누가 죽여도 무죄다. 죄와 벌은커녕 아주아주 착한 일 했다고 옥황상제로부터 표창장과 금일봉 하사받을 것이다. 엄마에게 지은 죄 너무 막중하고 배비에게 지은 죄 너무 크고 부처님께 지은 죄 너무 한량없다.

하면서 보무도 당당히 스스로 죽지도 않고 있다.

일곱 살에 우연히 강타당했던 생사의 허무에서 여직 한 발짝도 벗어나지 못하고 있기 때문이다. 사는 것 죽는 것 싸잡아 허무한 터에 자살인들 무슨 큰 의미이겠는가.

아아, 내가 미친다.

명상인들 무슨 힘으로 날 어떻게 해보겠는가.

암튼 밤새워 철야정진.

멋모르고 저게 명상이다 싶었는지 그리스 50대가 필자를 따라 밤을 같이 지새우고 있었다.

열

Wat Umong에 여장을 푼 지 석 달째다.

주먹이 운다. 몸을 사리지 말자.

묵언정진, 단식정진, 철야정진, 지랄정진,

세수도 안 하고 정진, 똥도 안 싸고 정진.

그야말로 공부벌레들 총집합이다. 이번 주에 입소한 스물한 명 신입생들 전원 보통내기들 아니다. 앉으나 서나 가나 오나 명상 곱하기 명상이다. 스물한 명 중엔 희소가치가 충분한 남미 온두라스 인종까지 꼽사리 끼었다. 세계 도처 만국기 휘날리는 곳마다 명상 열풍이 장난 아니다. 도대체 한국 참선은 무얼 하자는 건가.

아직도 판치생모에 뜰 앞의 잣나무인가?

제대로 가르치지 못할 때 진리는 유언비어가 된다. 현 상황이 지속되는 한 한국 불교는 변방으로 밀려 몰염치한 자기들만의 홀로종 불교로 전락하고 말 것이다.

"눈을 좀 크게 뜨소서.

지금은 목하 당나라 시절이 아닙니다.

목마른 자에겐 속히속히 생수 대접하고 배고픈 자에겐 날래날래 술을 공양 올려야 하는 디지털 시대입니다. 현대인들은 기계 만능의 스트레스에 시달려 골이 으스러지고 있습니다. 저들에게 보약은 당장 약발 먹히는 호흡명상법이지 노루뼈 우리듯 부지하세월 꼬아대는 당나라 적 참선법 처방이 아니랍니다. 이러다 새 시대의 새 나라 어린이들조차 참선 대신 명상법 좇아 동남아로 원정 가게 생겼습니다."

해뜰녘 도와 호숫가에 앉았다.

잉어 한 마리가 세모진 얼굴을 내밀곤 필자를 빠끔히 쳐다본다. 필자가 먼저 말을 건다.

"너희 물고기는 다음 생에 사람 되는 게 소원이겠지?"

물고기가 답을 한다.

"오냐, 나는 다음 생에 어여쁜 여인으로 환생해 악몽이 네놈을 자근자근 작살낼 것이다. 네놈 겨냥한 맞춤형 물고기 갈보(fish call girl)로 나서겠다는 포부다."

"하필 나냐?"

"천상천하 젤 나쁜 놈이니까."

"날 작살내고 나선?"

"용왕으로 승천해 다시 태어나는 네놈을 나의 내시로 삼을 것이다."

"Oh, my god!"

"앞으론 oh my fish라고 해라."

"나쁜 물고기."

"네놈은 물고기에 비해 팔만사천 배는 더 나쁜 놈이다. 네놈과 까고 놀았던 고 짜파니 무당도 나쁜 년이다. 고년이 회를 뜬 잉어가 누군지 아느냐? 동남아 물고기 조직에서 그는 델타포스에 속했던 특수부대원이다. 일본년 앞길이 평탄치 못할 것이다."

"잘못했다. 맹세하겠다. 남은 인생 생선회도 갈치조림도 입에 안 대고 주야불철 물고기님들 지성껏 모시겠다."

"진정으로 우러나 뉘우친다면 너희 연놈들 정상참작을 상부에 한번 건의는 해보겠다."

"물고기 만세!"

돌아오니 법당에선 한스 스님 법문이 한창이다.

"And what is sorrow? Whatever sorrow …… of anyone suffering from misfortune, touched by a painful thing, that is called sorrow."

그러나 필자의 근심걱정은 그게 아니다.

그보단 더 심각한 근본적인 문제다. 명색은 사람이면서 실제적 사람임을 감당하지 못하고 실제적 사람이라면 그 정확한 자기소개서를 작성하지 못하는 데 함정이 도사렸다.

끝내 허무한 한 물건인가?

아무래도 더 미치기 전에 자살을 택해야 하건만 자살이라는 이게 도무지

쉽지가 않다.

난 하품을 토한다.

때맞추어 필자 바로 앞줄의 여인 두 명이 냉큼 일어나 오체투지를 쏜다. 부처님 향해선지 한스 스님 향해선지는 가늠키 난감하다. 고역은 워낙 지척이다 보니 두 여인의 된장통(hip)이 내 코앞으로 파고들었다는 점이다.

본의 아니게 정밀 관찰을 실시한다.

왼쪽 동양 아지매 된장통은 참외 두 개 진열한 듯 귀엽고 오른쪽 서양 아지매 된장통은 맷돌짝 두 개 포갠 듯 징그럽다. 동양 아지매 손은 꽃잎 다섯 개 뿌려놓은 듯 요염하고 서양 아지매 손은 갈고리 휘두르듯 사납다. 동양 아지매 맨발은 오이를 반쪽 쪼갠 듯 가지런한데 서양 아지매 맨발은 쇠스랑 두 개 포갠 듯 위태롭다. 날름 따먹는다면 동양 아지매는 담백하게 맛깔스럽고 서양 아지매는 느끼해서 토하겠다.

"아이쿠, 맙소사!"

호수에서 잉어보살한테 손발 싹싹 비벼 빌고 온 지 한 시간도 채 되지 못해 이게 무슨 지랄 상념인가. 잉어보살님 말씀대로 나는 용왕님의 내시로 자원입대해 치도곤을 맞는 게 필자가 지닌 업보인갑다.

"참회진언 옴 살바못쟈

모디 사다야 사바하."

서둘러 뉘우치곤 용맹정진에 돌입한다.

까무룩이 조는 듯 마는 듯 비비다가 눈을 뜨니 시간은 어언 자정이 넘었고 괴이한 돌발사태 발생이다. 내 앞에 하이얀 손수건이 한 장 나풀거렸고 손수건 위에선 오색영롱한 브로치가 빛나고 있었다. 태국 시장에서 구할 수 있는 브로치가 아니다. 분명 어느 여인인가가 다녀갔다. 현재 외국인 수련생 스물아홉 명 중 여자는 일곱 명이고 입소 날짜로 계산해 브라질 중국

네덜란드 캐나다 베트남 스웨덴 독일 순이다. 이들 중 지나치다 살짝 말을 섞은 상대는 Dutch 아가씨뿐이다.

그렇다고 그 아가씰 점찍기도 미심쩍다.

옛날 스물한 살 때 대구광역시 칠성시장에서 탁발을 행할 시 어떤 여고생이 숨 가쁘게 쫓아와 바리때(동냥 그릇)에 손수건을 넣었었다. 절에 돌아와 풀어보니 손수건 속에 돌돌 말려 숨은 건 십팔금 실반지였다.

순간 필자는 참 행복하고 경건해졌다.

中노릇 잘해야지. 中놀이 잘해야지라고 혼자 다짐하고 다짐했었다. 이렇게 오랜만에 소싯적의 행복감이 살큼 일었으나 이내 기분은 무거워진다. 스물아홉 명 수련생 중 어쩌자고 내게만 얄궂은 일들이 연속 일어나는가?

이건 필시 바람직한 징조가 아니다. 이곳을 떠날 때가 가까운 것 같다. 어서 잘 죽으라고 지나간 여인네들이 불난 데 부채질을 해대는 건지도 모르겠다.

열하나

이른 새벽 파고다에서 탑돌이를 하노라니 서양인 젊은 남녀 셋이 하얀 복장의 필자가 특별한 스님인 줄 착각해 공손히 합장배례 퍼붓는다. 정신 번쩍 들게 해주겠다. 필자가 담박 거수경례로 응대하자 어리둥절해 쩔쩔맨다.

그리고 어눌한 질문이 날아든다.

"Who are you?"

"Nobody."

"Where are you from?"

"Milky way."

"Is this a dream?"

"Dream in dream."

"What shall I do?"

세 명 중 한 명인 아가씨가 설레발을 치길래 필자는 그녀 향해 진한 윙크 한 발 사격해버린다. 반응은 즉각 세차게 되돌아온다.

"Psycho!"

미친놈이란다. 필자는 쉬 순응한다.

"Yes."

"God bless for you."

"Thank you.

너는 너대로 나는 나대로

갈 길이 따로 있구나."

한국 유행가 들입다 꺾으며 탑돌이 계속하자 그들은 씨근벌떡 내려가버린다. 필자는 안 씨근벌떡 내려와 오전명상에 임한다. 명상시간은 두 시간씩이다. 시작 삼십 분이면 졸음을 이기지 못해 절반이 빠져나가고 한 시간이면 답답함을 이기지 못해 대여섯 명 남다가 한 시간 삼십 분에 이르면 그나마 추풍낙엽으로 휘날리고 필자는 으레 외톨이로 남는다.

오늘도 출발은 호흡명상이다가 나도 몰래 서서히 비전비술의 유혹으로 빠진다.

눈을 감는다. 내가 둥실 사라진다.

연속장면은 텅 비어 나는 모른다. 점심식사 쳇송(ring the bell)이 울린다.

번쩍 눈을 뜬다. 괴상망측 이변이 이번엔 벌건 대낮 도와 일어났다. 눈부신 은박 쟁반에 진홍색 바나나 꽃잎 하나이 방싯 피어 필자를 반긴다. 지난 밤엔 브로치, 오늘 낮엔 꽃잎.

이게 대관절 무슨 놈의 조화라냐.

어디 한번 갈 데까지 가보자꾸나.

오후엔 미열과 몸살기가 도져 내 거처인 쪽방에서 개긴다. 혼자 잘난 척 죽자고 용맹정진을 밀어붙인 후폭풍이다. 잘난 척 까불면 꼭 인과응보가 따르는 법.

혼자서 담요 뒤집어쓰고 끙끙 앓는다.

이러다 장난감 인형처럼 심장발작 일으켜 혓바닥 길게 쑥 내밀고 눈깔이 확 뒤집히며 외상 없는 저승열차 탄다면 얼마나 좋을까. 오래 살았으니 오래 죽어야 한다.

자살 예찬자였으니 저승에서도 환영받아야 한다.

밤이 무르익으면서 브로치 비밀과 꽃잎 비밀이 우습게 풀렸다. 남자 한 명과 여자 한 명이 범인이다. 상세한 내막은 미주알고주알 밝히지 않겠다. 영구 미제사건(?)으로 혼자 안고 가겠다. 왠지 그래야 할 것 같아서다.

오늘 밤은 어쩐지 피 같은 밤이다.

목을 탁 치면 하얀 피가 치솟을 것 같다.

따끈한 오후 시간 명상 숲 벤치에 앉았으려니 법사이신 한스 스님께서 태국 고유의 차(tea)를 달여 주전자째 들고 필자에게로 온다. 있을 수 없는 일이다. 그는 위치상 구성원 어떤 특정인 개인에게 애정을 베풀어선 아니 된다.

필자는 고맙다고 빙긋 웃고 그도 빙긋 웃는다.

그리고 한마디씩만 주고받는다.

한스 지도법사, 필자, 미국인 부부

"This is a single way."

"Yha, The way is nirbana."

고수(Hans)와 하수(필자)끼리 마주 앉아 새삼 무슨 잡다한 얘길 주고받을 건가.

그의 나이 방년 서른셋.

유창한 영어에 부드러운 리더십에 확고한 불교관.

한국 불교에 이만한 젊은 인재가 있을까?

한국 불교 풍토는 수도 세계라기보단 무림계의 막보기식 맥을 이었다는 표현이 적절하겠다. 신인 탄생은 어불성설이다. 조금만 튀었다 하면 고승이라 일컫는 원로스님들이 눈에 쌍심지 켜고 사정없이 찍어버린다.

아직은 나의 세상이지 너희 세상이 아니라는 경고다.

허구한 날 무식한 유한마담들 치마폭에 휘감겨 "벽오동 심은 뜻이." 얼레발 설레발 태평가 부르다가

"알겠는가, 할!"

사자후 토하는 게 전부다.

그 신기루가 디지털 시대로 접어든 21세기에 과연 언제까지 통할지 심히 우려스럽다. 시대를 읽지 못하는 사팔뜨기들, 시대를 듣지 못하는 우물 안 청각장애인들.

으스름 해질녘 Dutch 아가씨가 사뿐사뿐 다가와 필자를 예쁘게 포옹한다. 떠난단다. 서로 이름도 모른다. 그건 그것대로 좋다. "잘 있어요." "잘 가세요." 자신의 몸통만치 큰 색을 매고 씩씩하게 떠나는가 싶더니 5미터도 가지 못해 되돌아와선 또 포옹한다.

싹싹하고 멋진 아가씨다.

이 아가씨랑 한 6개월 산다면 지루하지 않겠다. 하지만 필자가 지독한 알코올중독자란 걸 인지하면 석 달도 못 채워 걸음아 나 살리라고 보따리 싸겠지. 필자를 군대생활 버금갈 3년이란 길고 긴 세월 꼼짝달싹 못하게 붙잡아둔 여인은 정여혜가 유일했다. 그런 여자 한 번 더 재림해선 안 된다.

그럼 1대 연인 배비는 무엇이냐.

그녀는 영혼의 여자로 엄마와 동급이다. 그럼 엄마는 무엇이냐. 관세음보살과 동급이다. 그럼 관세음보살은 무엇이냐. 필자가 아직 가지 못한 제3지대의 생명체다.

제3지대를 믿느냐?

반신반의지만 일단 믿는다.

특히 이번 우몽사 명상을 통해 더욱 확실해졌다.

이건 내게 있을 수 없고 있어서도 아니 될 크나큰 변화다. 결국 제3의 생명체, 제3의 에너지를 인정한다는 것 아닌가.

그러구 보니 지금 이 시점은 천지개벽에 버금갈 내 인생의 최대 전환기다. 제행무상과 인생허무를 원점에서 재점검할 계기가 발생한 것이다.

냉정하고 냉철하리만치 과학적 사고방식의 필자에게 도대체 무슨 일이 벌어지고 있는 것인가.

그동안 정신병원 들락거리며 쌓인 초의학적 섬망인가?

며칠간 살갑게 지냈던 동년배의 미국인 렐스리와 캐나다인 드라크가 오늘 떠났다. 한 사람은 북극해 유전탐사 기술자로, 한 사람은 아프리카 농업개발 기술자로 왕년에 한가락씩 날렸던 박사들이다. 이들이 말년에 명상으로 인생을 되돌아본다. 둘 다 이혼은 아니나 부인과는 별거(한국이라면 졸혼)를 택했다.

이들의 녹록지 않은 경륜과 인생사를 새롭게 보살피고 도와주는 자가 한스 스님이다.

한스 스님은 은근히 존경스럽다.

한국엔 고시 행시 사시 비롯해 크고 작은 공채시험 공무원시험 입사시험 입학시험이 줄줄이 알사탕으로 수두룩한데 항차 삼계도사로 나설 승려 입산자에겐 왜 아무런 시험도 요구되지 않는가? 한국 스님들 보나마나다.

2019년 기준해 학력고사로 평균 내면 中1 정도고 인격수준 평균 내면 시골 동네 반장님 정도고 불교 실력은 그냥저냥 귀동냥으로 익힌 거리 약장수 정도다.

하긴 진작 시험제도 시행했다면 나 같은 호로쌍놈이 어찌 中이 되었을까만, 그래도 시행했다면 이따위 돌대가리 애시당초 걸러 해악을 일찌감치 제거했을 텐데…….

오늘도 한스 스님의 간절한 설법은 계속된다.

"What is pain? Whatever is experienced as bodily pain, bodily discomfort. Pain or discomfort born of bodily contact, that is called pain."

아주 앳된 미국 아가씨가 입소했다.

생김새가 영락없이 인디언 추장 딸내미다. 첫날의 생소한 의식절차를 도와주었던바 답례로 필자에게 초콜릿 다섯 개를 건네는지라 단칼에 거절해 버린다. 더 이상은 가까이하지 말라는 필자의 경고성 통첩이다. 머쓱해진 아가씨더러 필자가 묻는다.

"명상은 왜 하려는가?"

"부처님 닮고 싶어서다."

"당신네 나라는 기독교 우선주의 아닌가?"

"거기서 거기다. 예수가 물 위를 걸었다면 부처는 바람 위를 걸었고 예수가 사랑이라면 부처는 자비다."

"똑같은데 왜 부처를 택했는가?"

"예수보단 부처를 남편으로 택하고 싶어서다."

"어째서?"

"부처가 예수에 비해 정력이 열 배는 강하다는 인상이다."

아아, 이게 무슨 말이냐.

예수든 부처든 상대를 나의 절대불가결한 필수품으로 선택해야지 잡동사니 유행상품으로 택해선 쌍방 간 폭삭 망한다는 걸 이 아가씬 아는지 모르는지 심히 답답하다.

"정신 차려라, 아가씨야. 인생은 혼자다. 예수도 부처도 나의 길동무는 될 수 있을지언정 종점에선 나를 왕창 배신할 수도 있다는 걸 왜 모르느냐?"

"하면 할아버진 왜 부처님 명상하세요?"

할아버지라니, 씨팔, 기분 나쁘다. 난 아직 총각이다. 멀쩡한 총각 혼삿길 막지 말라.

"너 같은 속물은 모르나니."

"모르다뇨?"

"모른다면 모르는 거야."

"힌트라도 주셔야죠."

"No hint is hint."

바로 이때다.

"Long! Long!"

공양주 아줌마가 급히 필자를 호출한다. long 키다리는 서양인이 제격일 텐데 필자가 워낙 갈비만 남아 키다리 빗사이로막가(비 사이로 막 가)로 보이는갑다.

"Ok, I go."

보나마나다. 부엌 설거지다. 이 아줌마는 막대한 양의 부엌 설거질 꼭 필자에게 맡긴다. 첨엔 필자가 먼저 솔선수범했고 다음엔 나의 설거지 솜씨가 아줌마 성에 찼고 그다음엔 내가 오래 머물다 보니 이무로워져서다.

아무러면 어떠냐.

누군가 나를 필요로 한다니 감지덕지할 따름이다. 미국 가시내는 빤히 지켜보면서 손끝 하나 까딱하지 않는다.

대신 새로 입소한 미국인 30대 부부가 또 묘하게 필자에게 접근을 시도한다. 적당히 친절을 베풀다 말고 곧이어 필자는 호수 윈컨에 자리한 여승당으로 내뺀다. 그동안 한 번도 눈여기지 않았었는데 갑자기 오늘부터 명상센터를 연다고 해서다.

여승당답게 역시 정갈하고 오밀조밀했다. 첫날이어서인지 청중은 미국인 남녀 여섯 명이 고작이다. 담당 법사는 30대 초반의 아리따운 아가씨다. 발음으로 유추컨대 캐나다 국적이다. 머잖아 한스 스님의 라이벌로 떠오를 것 같다.

"While the feel is moved from the floor, the mind acknowledges hell up……."

호흡을 응용한 방법은 비슷한데 이 아리따운 여성은 주로 손발과 온몸을 동원하는 요가(Yoga) 스타일의 가르침이다.

어쨌든 세계는 명상 열풍이다.

낭만이 사라지고 기계가 판을 치다 못해 AI 부처님 탄생이 목전에 다다르자 인간들은 뭔가 오싹한 전율을 느껴 명상센터로 우시두시 줄을 선다.

말세가 임박해 예수님께 줄 서는 게 아니다.

부처님께선 가라사대 말세를 닥쳐선 그 아무도 그 아무것도 믿지 말고 오직 스스로를 스승 삼으라 하셨겠다.

이제 세계인들은 스스로에게 줄을 서고 있는 것이다. 그렇다고 명상이 과연 세기말의 만병통치약이 될 수 있을까.

떠나야겠다. 정말 떠나야겠다.

본시 찻길 뱃길 하늘길 모조리 막혀 꿈길 따라 겨우 왔던 이곳 Wat Umong에서 이젠 제3의 길을 모색해 떠나겠다.

언제냐?

이럴 때 필자는 엄청난 기술자다. 돌아오는 길은 몰라도 떠나는 길은 확실히 안다. 길게 뜸들이지 않는다. 빠를수록 좋다. 오늘 생각했으니 내일 결행하겠다. 대상이 하느님이든 부처님이든 예쁜 여자든 그들로부터 떠나는 덴 전문가다. 그야말로 철들 무렵인 일곱 살 기점으로 일흔 살 이 나이 이르도록 필자는 떠나고 떠나고 떠돌고 떠도느라 심히 고달팠다.

남아서 더 싸우기 싫다. 싸워도 소용없다.

70년 동안 필자를 옥죄었던 제행무상과 인생허무를 이젠 용서해야겠다. 무상하면 무상한 대로 허무하면 허무한 대로 그냥 요 모양 요 꼴로 나를 내팽개치겠다.

다시 내가 누구인진 제3의 세계에서 따지겠다.

쥐꼬리만치 남은 여생일랑 일찍 자고 일찍 일어나서 선생님 말씀 잘 듣는 착한 어린이가 되겠다. 이번 명상여행에서 얻은 게 있다면 내 사랑하는 엄마와 배비가 허무와 무상이 아닌 제3지대에서 아직 법신으로 살아 나랑 더불어 호흡하고 있다는 거다.

떠날 준비에 박차를 가한다.

그동안 우리 남정네 기숙사 화장실을 남몰래 청소해주신 장애인 아줌마에게 300바트를 보시하겠다.

그리고 추억으로 남을 상큼한 한 가지.

오늘 오후 마지막 인사차 들렀던 동굴법당 여섯 분 부처님 중 한 분이 필자에게 눈웃음을 치셨다. 석불께선 실눈을 살짝 치켜뜬 채 금빛 찬란한 윙크를 날렸다. 역시 불가사의지만 이 기록은 간증을 위한 포교용 리포트가 아닌지라 거기에 대해 더는 언급하지 않겠다.

그때 필자는 약속했다.

"우몽사 동굴 부처님들, 당신들 주변은 너무 누추하고 불결합니다. 제가 새롭게 단장해드릴 것을 약속합니다. 저는 내일 떠납니다. 너무 큰 것을 얻고 떠납니다."

"무언갈 얻고 떠난다니 천만다행이로다."

"브라보!"

지금 이 부처님 내 앞에 활현하신다면 만사 앞질러 술집으로 모시고 2차

우뭉사의 동굴법당에서 명상 중인 필자

는 창녀촌 방문해 육보시 대접하겠다. 그간 필자에게 알려진 석가모니는 너무 완벽한 부처님적이어서 차라리 부처님적이지 못했다.

더러는 어리빵한 인간적 부처님을 원한다.

필자의 열아홉 살 입산은 솔직히 까발겨 맹랑한 도피였고 엑소더스 (Exodus)였다.

귀의라기보다 일종의 거래에 가까웠다. 서로가 서로를 속였고 서로가 서로에게 속았다. 서양 속담에도 있지 않은가.

한 번 속았을 땐 속인 자가 잘못이나

두 번 속았을 땐 속은 자가 잘못이라는.

"악몽아, 너는 내게서

배운 바 인생이 있더냐?"

"없습니다."

"천만다행이로다. 배운 바 있다면

넌 한참 더 타락했을 것인즉."

"당신은 그간 내게 수많은 여자를 붙여준 중매쟁이이기도 했습니다."

"얼씨구, 그래서?"

"또 한편 고맙습니다. 그나마 도와주지 않으셨다면 저는 중간에 예수쟁이로 변절해버릴 수도 있었으니까요."

"지금은 왜 사느냐?"

"살았으니까 삽니다."

"으하하하, 잘 가거라."

"이게 우리의 마지막입니까?"

"아니다. 며칠 후 메콩강 갈대숲에선 그 옛날의 오리지널 모습으로 널 만나주마."

"우리는 참 못 말릴 난형난제군요."

"오냐오냐 해주니 싸가지 없구나. 내가 누구냐?"

"죄송하옵니다, 스승님."

"쯧."

내일은 이곳 치앙마이와 아주 가까운 국경도시인 치앙라이로 옮겨 그곳에서 메콩강 지류를 가로질러 라오스 시골 마을인 훼이샤이로 밀입국하겠다. 지금은 갈수기라 무릎 정도의 수심에 강폭도 30미터가량일 것이다.

그곳 암팡진 강기슭 어딘가 수상쩍은 데에 콕 처박혀 닷새간 단식하며 결사항전의 알코올 명상에 달라붙으리라.

나는 죽어야겠다.

나는 살아야겠다.

열둘

밀입국에 성공했다. 물소가 네댓 마리 노니는 한적한 강기슭 바위 밑에 베이스캠프를 차렸다. 재수대가리 사나우면 공안한테 잡혀 구속이다. 그전에 알코올 명상수행이 급선무다. 하루에 먹고 마실 양은 King size(490cc) 태국 캔맥주 창(Chang)으로 스무 개씩 비우기다.

시작하면서 우선 필자가 늘 읊조렸던 '신인류의 맹세'를 전초전으로 되씹는다.

신인류의 맹세

기존의 관습을 기꺼이 깨부순다.

한껏 나누는 보시에서 기쁨을 누린다.

매사에 감사한다.

탐진치 삼독을 뿌리 뽑는다.

지금 존재하는 곳에 충분히 존재한다.

우상을 멀리한다.

허무한 인생임을 긍정한다.

사기를 당할지언정 사기를 치진 않는다.

하루 열두 번씩 반성한다.

타락이 아닌 자유를 만끽한다.

더러운 야망을 품지 않는다.

종교를 탐닉하지 않는다.

그렇다. 우리들 위에 언제나 군림하는 정치가나 종교지도자들은 백골이 진토되도록 아무런 반성도 하지 않으면서 협잡에 가까운 현상유지에만 열을 올린다. 허구한 세월 매스껍고 유치찬란한 성명서나 결의문이나 꾸며대며 스스로를 마비시키고 전 인류를 단체로 무력화시키는 악성 곰팡이들이다.

하면서 이들은 더러 집단적 히스테리를 일으킨다.

"세계만방에 평화를!"

"잘 먹고 잘 살기 축복을!"

급박하게 들이닥친 미세먼지 기상이변만큼이나 걱정스런 재앙의 예고자들이다.

고로 명상하고 참선하자는 것이다.

우리들 모두의 나는 누구였던가?

되돌아보면 바람 한 점이었고 우주의 숨결인 인연 한 줄기였고 사랑하는 사람과의 추억 한 올이었고, 하면서 또 한때는 소나무나 늑대이기도 했었다.

그런대로 내가 소나무나 늑대가 아닌 사람이었음은 너무 가슴 아픈 회상이다.

방금 깡통 맥주 열 개째 거덜냈다.

싸르르 취한다. 취하는 만치 아아, 진절머리 나는 인생이다. 자살 또한 실제 죽는 것만치 힘들고 재미없다. 지치고 지쳤다.

돌이켜서 이 모든 건 결국 마음의 장난인가?

그렇다면 말이다.

한마음 속에 탐진치 삼위일체로 도사렸고 곁들여 희로애락까지 중구난방 설치는 틈바구니에 착한 마음씨앗 하나 덤으로 얹혔는데 착한 마음씨앗 하나가 어떻게 거대한 질풍노도의 탐진치와 희로애락을 제압할 것이며, 통틀어 한통속 마음이거늘 마음으로 어떻게 마음을 다스린다는 것인가.

참으로 어렵고 어려운 과제다.

하지만 여기에 명상참선의 묘미가 도사려 숨었다. 부처가 그냥 부처가 아니다. 고스톱으로 얻어진 자리도 아니다.

불로 불 끄기다.

실제 중동 사막에 새로운 큰 유전이 터져 걷잡지 못할 땐 불기둥을 진정시키기 위해 저들은 그곳에 폭탄을 투하해 불씨를 날려버린다.

명상참선은 이보다 훨씬 더 과학적이다.

필자는 우선 호흡명상을 택한다.

호흡과 의식을 일치시킨 연후 육체의 흐름까지 일치시킨다. 그러곤 비전 비술을 마지막으로 차출해 이번엔 진짜 2000년 전의 여래를 상봉한다.

soul star를 형상화한 그림

이제 그는 감히 말해질 수 없는 진리를 내게 설한 것이다. 제11차원의 무한대로부터 법신이라는 통로를 이용해 그는 흘러올 것이다.

여래의 인생은 텅 빈 허공이었다.

금강경도 자세히 보면 사실은 텅 빈 백지 노트에 지나지 않는다.

"저 악몽이 문안 여쭙습니다."

"착하구나."

"여래께선 제가 제 엄마와 배비 아가씨 비롯해 숱한 여자에게 저지른 죄악을 사하여주시옵소서."

"나는 그딴 재주엔 맹탕이니 그런 거야 전지전능하다는 예수님께 청탁해 보거라."

"그럼 당신 특기는 무엇입니까?"

"마음 다루기다."

"좋습니다. 정식으로 물고 늘어지겠습니다. 정말 마음을 이용해 마음을 이길 수 있습니까?"

"있고말고."

"어떻게요?"

"쥐를 예로 들겠다. 사람들은 쥐를 박멸하고자 고양이 기르고 쥐약 살포하지만 쥐들의 번식력은 그 모든 걸 앞선다. 인간의 탐진치나 희로애락도 쥐의 번식력과 마찬가지라 엔간한 처방으론 박멸이 불가능하다. 그러나 딱 한 가지 극약처방이 있다."

"무엇입니까?"

"쥐로 쥐잡기다. 즉 열 마리 쥐를 한꺼번에 독 안에 가두고 뚜껑을 닫은 후 한 달 뒤 열어보면 아주 강한 한 마리 쥐만 살아남느니라. 무슨 말인고 하면 쥐가 쥐를 잡아먹고 산 거다."

"?"

"이 한 마리 쥐를 방생하면 이놈은 사생결단코 쥐만 잡아먹기 시작하더란다. 왈 고양이 쥐의 탄생이다. 마음으로 마음 잡기가 이와 같다. 참선명상을 이용해 자비심 한 줄기만 키울진대 결국 자비심 쥐는 탐진치 쥐를 싸그리 잡아먹어 천하통일을 이루더라 이거다."

"깨달음의 끝이 자비심입니까?"

"그렇고말고지. 자비와 용서가 깨달음의 본질이지."

"부처님, 앞으로 친하게 지냅시다."

"오냐."

"사랑합니다."

여기서 한 가지 길라잡이 충고가 남는다.

호흡명상은 그 자체로 분명 4선정(삼매의 다섯 단계 중 네 번째)에 이를 수 있다. 그러나 마지막 5선정으로 넘어갈 땐 한국에서 행하는 화두참선(Zen)이 한층 날카롭고 화끈하지 않나 싶다.

화두참선은 분명 대단한 위력을 지녔다.

하면서도 대중적으로 각광받지 못하는 것은 5선정에 이르기까지의 기본 단계(호흡명상)를 너무 무시해서인 것 같다. 기지도 못하는 유아에게 걷는 법부터 가르치는 식이다.

이제 결론을 맺겠다. 술도 거의 다 바닥났다.

쥐가 쥐를 다 잡고 나면 남는 게 무엇인가?

정확히 정리하겠다.

그건 필자가 대답할 바 아니다.

그대 스스로 대답을 얻으라!

My dear Buddha

My dear Mom

My dear Bebi

As you know I have no place to go anymore. Sometimes I feel that I have been too far and the only place left is heaven. But I believe in my heart there is a better place than heaven and that is to be with you!

As ever king Hyunmong

4. Apr. 19,

영단어 하나로
역사, 문화, 상식의 바다를 항해한다

알아두면 잘난 척하기 딱 좋은
영어잡학사전

본래 뜻을 찾아가는
우리말 나들이

알아두면 잘난 척하기 딱 좋은
우리말 잡학사전

알아두면
잘난 척하기
딱 좋은 시리즈!

우리말의 뿌리와 역사를 밝혀
인식의 지평을 넓혀주는 교양서

알아두면 잘난 척하기 딱 좋은
우리말 어원사전

철학자들은 왜 삐딱하게 생각할까?

알아두면 잘난 척하기 딱 좋은
철학잡학사전

나를 인정하기만 하면,
나는 충분히 가치 있는 존재야

인생 별거 없다.
그렇다고 뻔한 인생도 없다.
이제는 아등바등 살지 말자.

나를 위한 작은 사치와
소소한 행복이면 족하다.

주어진 일에 최선을 다하면서
작은 일에도 기뻐할 줄 알고,
유쾌하게 하루하루를 보내는 것이야말로
최고의 내 인생을 사는 비법이다.

괜찮아, 나를 위해서라면

열심히 살아온 당신에게 위로의 말을 해보자

인생의 성공은 천부적인 재능이나 뛰어난 지적 능력에
달려 있는 게 아니다. 누구나 타고난 평범한 소질이
있고, 그것을 계발하면 될 일이다. 그런데 한 가지
반드시 필요한 것이 있다. 바로 마음의 눈으로 사물을
꿰뚫어보는 힘이다.

이 책 『괜찮아, 나를 위해서라면』은 새뮤얼 스마일스의
해박한 지식과 삶에 대한 통찰이 녹아 있는 책이다.
스마일스는 따뜻하면서도 예리한 시선으로 세계 여러
위인들의 성실한 삶과 동서양에서 전해오는 생활의
지혜를 제시함으로써 인생을 살아가는 데 꼭 필요한
것이 무엇인지 진지하게 생각하게끔 인도한다.

새뮤얼 스마일스 지음 · 이민규 옮김 · 이우일 그림 | 에세이 | 256쪽 | 13,800원

톨스토이 인생노트

오늘 당장 인생노트를 시작하라

『톨스토이 인생노트』는 우정, 사랑, 노동, 성공 등 무릇
인간이라면 결코 비켜갈 수 없는 삶의 화두를
제시하면서, 독자들로 하여금 자신을 더욱 계발하고
나아가 자기완성에 최대한 다가갈 수 있도록 길라잡이
구실을 하고자 기획한 책이다. 제목을 '인생노트'라고
명명한 것도 그런 취지를 살리기 위함이다.

이 책에 실린 인용문구들은 톨스토이가 섭렵한 수많은
작품이나 전집에서 삶의 지침이 될 만한 글을 추린
것인데, 톨스토이가 이 책을 쓴 목적은 단순히 위대한
사상가들의 글을 옮기는 데 있지 않다. 오히려 일반
대중들이 매일매일 쉽게 읽고 접하여 그들의 위대한
지적 유산들을 활용하자는 데 있다. 독자들은
사상가들의 삶의 정수가 담긴 한 줄의 글을 통해 삶의
가치를 확인하고 긍정의 힘을 얻는 한편, 독자들을
위해 마련한 노트에 내 삶의 원칙을 기록하고
점검함으로써 오늘의 삶의 질을 한 단계 높일 수 있는
힘을 끌어낼 수 있을 것이다.

레프 톨스토이 지음 | 최종옥 옮김 | 자기계발 | 288쪽 | 16,000원

기막히게 재미나는 색다른 명상 에세이

목마르면 물마시고
배고프면 밥드세요